Million-$ Brain Booster

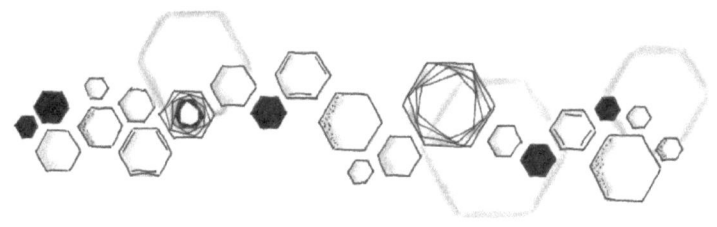

Babette Pribbenow

Million-$ Brain Booster

Ein Pharma-Krimi

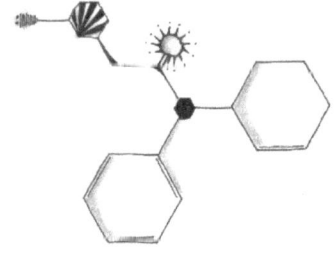

Bibliografische Information der Deutschen Nationalbibliothek:
Die Deutsche Nationalbibliothek verzeichnet diese Publikation in der
Deutschen Nationalbibliografie; detaillierte bibliografische Daten sind
im Internet über http://dnb.dnb.de abrufbar.
Lektorat: Natalie Tornai, Berlin
Umschlagentwurf: Florian von Wissel, Köln
Vignetten: Cornelia Groch, Berlin
Mit Unterstützung der ProjektAgentur Ulrich Störiko-Blume

Herstellung und Verlag: BoD – Books on Demand, Norderstedt
ISBN: 978-3-7504-0025-2

Für Jeremias

Vorwort

Liebe Leserinnen,
liebe Leser,

mit diesem Wissenschaftskrimi wollte ich eine spannende, unterhaltsame und ein bisschen informative Geschichte schreiben. Sie ist frei erfunden, aber es ist nicht völlig undenkbar, dass etwas ähnliches bei uns geschieht.

Während meiner Arbeit an der Schule habe ich viele Jugendliche kennengelernt, bei denen ADHS/ADS diagnostiziert worden ist. Einige von ihnen hatten bereits mehr als ihr halbes Leben lang Medikamente eingenommen – in der Absicht, leichter lernen zu können oder ein vermeintliches „Defizit" auszugleichen. Andere wiederum standen kurz vor dem Abitur und wollten etwas einnehmen, um bessere Leistungen zu erzielen, da sie meinten, dem Leistungsdruck nicht anders begegnen zu können.

Als Neurobiologin habe ich das immer mit sehr gemischten Gefühlen betrachtet, weil ich weiß, was Psychopharmaka im Gehirn bewirken. Aus meiner Sicht ist der Eingriff in den Botenstoffwechsel des Gehirns eine gefährliche Sache. Wenn eine medizinische Notwendigkeit dafür vorliegt, hat es seine Berechtigung; bei gesunden Gehirnen sollte man das Risiko allerdings nicht eingehen.

Das alles hat mich dazu motiviert, dieses Buch zu schreiben, das sich um die Themen ADHS/ADS und Neuro-Enhancement (Steigerung der kognitiven Fähigkeiten durch Medikamente bei gesunden Menschen) dreht.

Die im Buch verwendeten wissenschaftlichen Begriffe werden im Glossar im Anhang erläutert. Außerdem befinden sich im Anhang einige Informationen zu Neuro-Enhancement und ADHS/ADS, beispielsweise was in einem Gehirn so passiert, wenn man leistungssteigernde Medikamente nimmt oder was sich hinter dem Begriff Aufmerksamkeits-Defizit-Hyperaktivitäts-Störung (ADHS) eigentlich verbirgt.

Und wer es noch genauer wissen möchte: Weitere, detailliertere Informationen sowie eine ausführliche Literaturliste stehen auf meiner Homepage:
www.babettepribbenow.de

Viel Spaß beim Lesen!
Babette Pribbenow

Kapitel 1

Das erste Maigrün – Eileen liebte die Jahreszeit, wenn die Welt langsam grün wurde, die Vögel morgens zwitscherten und es noch hell war, wenn sie abends nach Hause kam. Wer mochte den Frühling nicht ... Aber jetzt sah sie das alles nur aus dem Fenster des Chemielabors.

Ihr langes, rotgelocktes Haar war zu einem Pferdeschwanz gebunden und hing über dem weißen Laborkittel bis zur Mitte des Rückens hinab. Neben ihr stand Ben, mit ihm arbeitete sie im Chemiepraktikum zusammen. Ben war ziemlich gutaussehend und groß, mit kurzen blonden Locken. Sie mochte ihn, weil er ein richtig netter Kerl war und für einen Jungen erstaunlich uncool. Allerdings war er auch ziemlich ungeduldig. Heute sollten sie den Gehalt an Sauerstoff im Teichwasser bestimmen, und ihm ging es wieder nicht schnell genug. Sie musste ihn daran hindern, den nächsten Arbeitsschritt zu machen, bevor die Flüssigkeit in dem Glasbehälter nach dem Schütteln wieder klar geworden war.

Die beiden besuchten die 12. Klasse des Otto-Hahn-Gymnasiums in Beutzenburg. Es war eine naturwissenschaftlich ausgerichtete Schule, die einen guten Ruf genoss. Die Schülerinnen und Schüler hatten neben dem normalen theoretischen Fachunterricht ebenfalls praktischen Unterricht in den sehr gut ausgestatteten Laboren. Dafür erwarben sie Zusatzqualifikationen, allerdings brauchten sie auch 13 Jahre bis zum Abitur.

Eine lange Auffahrt führte zu dem alten, imposanten Schulgebäude. Es war der ehemalige Wohnsitz eines bedeutenden Industriellen und Naturforschers. Davor lag ein Parkplatz für die Autos der Lehrkräfte. Da Beutzenburg eine überschaubare Kleinstadt war, wurde der Parkplatz nicht von vielen Lehrern benutzt. Die meisten nahmen das Fahrrad oder kamen zu Fuß.

Die Praktikumsgruppe von Eileen und Ben bestand nur aus 14 Schülerinnen und Schülern. Zu zweit standen sie vor den Arbeitstischen und führten die praktischen Schritte aus, die auf ihren Arbeitsanweisungen standen. Ihr Lehrer, Frank Bündner, lief zwischen den Arbeitstischen im Chemieraum herum und passte auf, dass die Arbeitsschritte und Sicherheitsbestimmungen eingehalten wurden. Er war immer bemüht, seine Schülerinnen und Schüler bei Laune zu halten. Sein Blick fiel auf Eileen und Ben und er schmunzelte über dieses ungleiche Paar. Sie war die Jahrgangsbeste, es schien, als würde ihr alles gelingen. Als Lehrer konnte man froh sein, wenn man mehr wusste als sie, was leider nicht immer der Fall war. Ben hingegen war ein Träumer, er verschusselte eigentlich grundsätzlich sein Arbeitsmaterial oder vergaß Dinge. Außerdem war er hypermotorisch und brauchte immer Bewegung. Man musste vorsichtig sein, damit er die Laborgeräte durch seine Unachtsamkeit nicht umwarf. Seine Schulnoten waren eher durchschnittlich. Trotzdem war er immer fröhlich, eine echte

Sportskanone und bei allen beliebt. Aus unerfindlichen Gründen arbeiteten die beiden gerne zusammen und verbrachten wohl auch viel Freizeit miteinander. Er sah auf die Uhr, noch zwei Stunden bis zum Ende des Praktikums um 16 Uhr. Sie lagen gut in der Zeit.

Nachdem Eileen Ben dazu gebracht hatte abzuwarten, bis sich die weißen Flocken in ihrer Lösung unten abgesetzt hatten, sah sie sich um. Ihre Mitschüler überführten gerade die verschiedenen Substanzen in die Teichproben. Frank Bündner lief entspannt wie immer zwischen den Tischen hindurch und sprach hier und da mit ihren Mitschülern. Er war nett, fand sie, und gab sich mit dem Unterricht Mühe.

Dann blieb ihr Blick an Jerome hängen. Der gemütliche, etwas übergewichtige Klassenkamerad sah heute sehr bedrückt aus, als wäre er total müde und kaputt. Sein Partner Max stand neben ihm, er war ziemlich klug und ganz gut in der Schule. Allerdings war er recht schweigsam, und sie wusste eigentlich gar nichts über ihn, außer dass er eng mit Jerome befreundet war. Jerome profitierte von seinem Freund, der ihn unterstützte, wo es ging. Bei der praktischen Arbeit im Labor blühte er auf, das war sein Ding. Heute dagegen schien Jerome keinen Spaß am Experimentieren zu haben. Sie bemerkte, dass er schweißgebadet war. Komisch, dachte sie, ist doch gar nicht so warm hier drin. Sie schubste Ben an: „Schau mal, Jerome geht es irgendwie nicht gut, oder?"

Ben sah zu Jerome hinüber. In diesem Augenblick schwankte Jerome plötzlich und suchte Halt an den Glasgefäßen auf dem Tisch. Keine gute Idee! Ben sprang los, um Jerome aufzufangen - aber er kam zu spät. Jerome fiel wie ein Sack auf den Boden und blieb dort in den Scherben liegen. Er lag völlig reglos am Boden, eines der Glasgefäße hatte ihm in die Hand geschnitten. Aus der Wunde sickerte Blut.

„Eh, was ist denn los, Mann, komm, ich helf dir hoch", rief Ben. Jerome rührte sich nicht. „Herr Bündner!", schrie Ben, aber der stand schon neben ihm.

„Ist er tot?", fragte Felix, der Klassenclown vom Dienst, doch das fand heute niemand lustig. Inzwischen waren alle nähergekommen und starrten die reglose Gestalt auf dem Fußboden an. Max hielt die Hand seines Freundes und versuchte ihn hochzuziehen.

Ben sagte zu ihm: „Lass ihn lieber, Max, wir müssen erstmal die Scherben beseitigen."

Max stand unter Schock. Auch ihr Lehrer kniete nun neben Jerome und untersuchte ihn linkisch.

Ben fragte höflich: „Herr Bündner, ich gehöre zum Schulsanitätsdienst, soll ich das vielleicht machen?"

Frank Bündner stand auf und sah erleichtert aus: „Ja, mach das, Ben."

Dann wandte er sich an die anderen. „Felix, hast du ein Handy? Ruf sofort die 112 an, sie sollen zur Schule kommen! Mike, renn runter ins Sekretariat und sag dort Bescheid!"

Mit fachkundigen Händen fühlte Ben nach dem Puls,

überprüfte die Atmung und fegte vorsichtig ein paar Glassplitter beiseite.

Er rief den anderen zu: „Wir müssen ihn anders lagern, räumt mal das ganze Zeug auf dem Boden zur Seite."

Schnell packten ein paar Mitschüler mit an. Sie zogen Stühle und Tische beiseite, bis eine große Lücke entstand. Marie hatte geistesgegenwärtig den Besen aus der Ecke geholt und fegte die Scherben beiseite. Fachmännisch legte Ben Jerome in die stabile Seitenlage und schob ihm dann noch eine Jacke unter den Kopf. Jerome war leichenblass und schweißgebadet und gab immer noch keinen Mucks von sich. Max kniete hinter ihm und redete leise auf ihn ein, eine Hand auf seiner Schulter. Er sah sehr unglücklich und besorgt aus.

„Eileen?" Ben schaute hoch und sah sich nach seiner Freundin um. „Könntest du mir bitte etwas Verbandszeug bringen. Die Wunde an seiner Hand blutet wie Sau."

Eileen holte Verbandsmaterial. Ben zog sich Einmalhandschuhe über und versorgte die Wunde.

Inzwischen interviewte der Lehrer die Schülerinnen und Schüler: „Weiß jemand, was mit Jerome los ist, war er krank oder ging es ihm nicht gut?"

Die Schüler zuckten mit den Schultern und redeten durcheinander, keiner konnte sich daran erinnern, dass irgendetwas mit ihm nicht in Ordnung war.

„Nein, mir ist nichts aufgefallen", sagte Marie. „Er hatte Appetit wie immer!"

Eileen schaute in die Runde, ihre Klassenkameraden sahen erschrocken aus. Sie standen um Jerome herum, sprachen leise und mutmaßten über die Gründe für den Zusammenbruch. Sie bewunderte Ben, der sich ruhig und umsichtig um Jerome kümmerte. In seinen Augen konnte sie tiefe Besorgnis sehen. Die Stimmung wurde immer beklommener, je länger Jerome kein Lebenszeichen von sich gab. Einige gaben zweifelhafte gute Ratschläge, wie: ein Eimer kaltes Wasser könnte helfen.

„Vielleicht ist er ja auf den Kopf gefallen und deshalb bewusstlos?", fragte Marie.

„Im Krankenhaus werden sie bestimmt schnell feststellen, was ihm fehlt", versuchte Frank Bündner seine Schüler zu beruhigen. „Ich höre schon das Martinshorn, ein Glück! Rick, bitte hol die Sanitäter hoch."

Die Rettungssanitäter untersuchten Jerome kurz und packten ihn auf die Trage. Max hatte sich die beiden Rucksäcke und Jacken geschnappt und folgte ihnen. Er würde seinen Freund nicht alleine lassen.

Eileen sah vom Fenster aus zu, wie der Krankenwagen losfuhr. Jerome hatte das Bewusstsein noch nicht wiedererlangt, und sie sorgte sich um ihn.

„Was könnte denn mit ihm los sein, Ben?"

„Ich habe keine Ahnung. Aber ich habe gesehen, dass er bereits bewusstlos war, als er gestürzt ist. Und er ist auch nicht mit dem Kopf zuerst aufgeschlagen, der Sturz kann eigentlich nicht die Ursache für seine Bewusstlosigkeit sein."

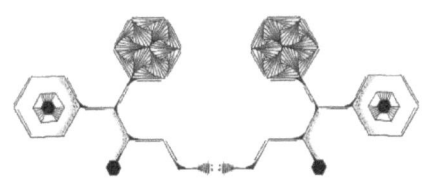

Moleküle. Moleküle hatten sein Leben begleitet. Auf Moleküle konnte man sich verlassen. Anders als auf Menschen, die enttäuschten einen immer. In manche Menschen hatte er große Hoffnungen gesetzt. Er hatte sich Mühe gegeben und ihnen geholfen, aber sie hatten ihn im Stich gelassen. Deshalb mochte er die Menschen nicht mehr. Tiere mochte er auch nicht. Nur Pflanzen, die hatten eine gewisse Berechtigung.

Vor ein paar Monaten war er aufgestanden und hatte es gefühlt, heute, heute würde etwas passieren. Heute würde er endlich einen Durchbruch schaffen. Seit Jahren suchte er es, das Molekül, das alles verändern könnte. Das sein Leben verändern würde.

Er war es leid. Er war es leid, dass niemand sein Können zu würdigen wusste. Egal, wie sehr er sich abrackerte, bei den wichtigen Beförderungen wurde er immer übersehen. Das war schon im Studium so gewesen. Dabei war er im Chemielabor grundsätzlich als Erster fertig gewesen, jede Analyse war ihm gelungen. Jede Prüfung hatte er mit Eins bestanden. Und trotzdem waren die Doktorandenstellen immer an andere Leute vergeben worden. Keine wissenschaftliche Hochschulkarriere, dieser Makel würde für immer an ihm haften. Obwohl er fachlich immer der Beste gewesen war, hatte man andere Menschen vorgezogen. Es war ihm unerklärlich. Konnten sie denn nicht sehen, wozu sein Geist im Stande war? Oft wachte er nachts auf und hatte schon wieder eine neue Idee. Seine Ideen verfolgten ihn geradezu. Und mit den Ideen kam dieses euphorische Gefühl, nach dem er geradezu süchtig war. Dann brauchte er kaum noch Schlaf. Er konnte arbeiten, ohne erschöpft zu sein. Die Welt leuchtete in neuen Farben.

An diesem einen Morgen hatte er nachts wieder so eine Idee gehabt. Er konnte an nichts anderes denken. Er spürte, wie sein Schritt federte, er keinen Hunger empfand und sich ein wunderbares, warmes Gefühl in ihm ausbreitete. Das wäre eine Sensation, wenn es klappt! Genau danach suchten sie! Das war sein Sprungbrett nach ganz oben. Er würde es ihnen beweisen. Nicht, dass **er** noch einen weiteren Beweis brauchte. Aber dann konnten ihn die anderen nicht länger übersehen. Er arbeitete ohne Unterlass. Gut, die Zahlen hätten besser sein können, das wusste er auch. Das war aber nicht seine Schuld! Es waren die verdammten Vorgaben, die den Profit schwinden ließen.

An dem Abend hatte er es geschafft. Er hatte das Spiegelbild eines bereits vorhandenen Moleküls gefunden – nicht absolut deckungsgleich, etwa so wie linke und rechte Hand. So einfach war es gewesen, man hatte nur die Idee gebraucht. Dann kann man Dinge schaffen, für die andere Jahre benötigen. So war das eben.

Er öffnete eine Flasche Champagner und leerte sie allein. Freunde hatte er kaum. Er wusste nicht so recht, was er mit ihnen anfangen sollte. Ihm fehlten die Gesprächsthemen. Mit sich selbst fühlte er sich eigentlich am wohlsten. Er kostete seinen Triumph aus. Seine Gedanken flogen nur so dahin.

Am nächsten Morgen hatte er einen ausgewachsenen Kater. Seine Euphorie war verschwunden. Missmutig öffnete er den Kleiderschrank und holte ein auf Kante gebügeltes, weißes Hemd hervor, wie jeden Mittwoch. Was, wenn er sich irrte? Nicht auszudenken, er würde sich bis auf die Knochen blamieren. Und was noch schlimmer war, es würde lange dauern, bis er es tatsächlich wusste. Wenn er sich an die Vorschriften hielt. Jahre würden ins Land gehen, ohne dass er wissen würde, ob er richtig lag. Wieso hatte er nicht vorher daran gedacht? Diesmal musste es schneller gehen. Er musste einfach wissen, ob seine Annahme stimmte. Und es gab nur einen Weg, es herauszufinden.

Kapitel 2

Frank Bündner hatte den Unterricht für heute beendet. Nach dem fürchterlichen Vorfall war niemand mehr in der Lage gewesen, den Versuch fortzuführen. Eileen und Ben verließen die Schule durch das Eingangsportal und gingen zu den Radständern. Sie schlossen ihre Räder auf und machten sich auf den Heimweg zu Eileens Wohnung. Eileen wohnte mit ihrer Mutter in einer Wohnung in der Altstadt von Beutzenburg, nicht weit von der Schule. Es war ein wunderbarer Frühlingstag, der Himmel blau mit kleinen, weißen Wölkchen. Die Nachmittagssonne wärmte schon ein bisschen und die Luft roch verheißungsvoll. Die beiden radelten schweigend nebeneinander her. Jeder hing seinen Gedanken nach. Ben freute sich darauf, mit Eileen am Küchentisch zu sitzen und Tee zu trinken. Er war fast jeden Tag bei ihr und fühlte sich pudelwohl. Nicht, dass er kein schönes Zuhause hatte, ganz im Gegenteil. Er lebte mit seinen Eltern in einer vornehmen Villa im grünen Außenbezirk der Stadt. Der Pool im Garten war sensationell. Seine Eltern hatten eine gutgehende Kanzlei und verdienten viel Geld. Dafür war Ben viel alleine gewesen in seinem Leben. Erst als er Eileen näher kennenlernte, hatte er bemerkt, wie schön es war, gemeinsam am Küchentisch zu sitzen und zu quatschen. Eileens Mutter Grace saß oft bei ihnen und erzählte spannende Dinge. Sie war Pharmakologin und arbeitete bei BEUTZPHARMA.

Eileens Mutter wusste die unglaublichsten Dinge, warum Verliebtsein nur eine chemische Reaktion ist; was im Gehirn passiert, wenn ein Mensch an Alzheimer erkrankt oder dass wir glücklich sind, wenn unser Gehirn den Botenstoff Dopamin ausschüttet. Für ihn hatte sich eine neue Welt erschlossen, die Gesprächsthemen zu Hause hatten ihn oft gelangweilt. Es ging meistens um juristische Themen, und das interessierte ihn überhaupt nicht. Oder es ging um seine nicht so besonderen Schulleistungen und seine Zukunft! Das war ein grässliches Thema! Mit Grace hingegen konnte man über alles reden.

Bei Eileen angekommen, ließ Ben sich auf einen Stuhl plumpsen und sah ihr beim Teekochen zu - das war immer das Erste, was sie tat, wenn sie nach Hause kam.

Heute sah sie besorgt aus, ihre Stirn war in Falten gezogen - bestimmt machte sie sich Sorgen um Jerome.

„Das wird schon wieder", versuchte er sie zu beruhigen. „Im Krankenhaus werden sie feststellen, was ihm fehlt und dann kommt er schnell wieder auf die Beine."

„Ich weiß nicht", erwiderte sie. „Irgendwie war das sehr erschreckend. Ich kann mir überhaupt nicht vorstellen, was mit ihm passiert sein soll. Es kam so aus heiterem Himmel!"

„Morgen werden wir von Max mehr erfahren, er wird sicher bleiben, bis Jerome wieder aufwacht."

Sie hörten, wie jemand die Haustür aufschloss.

„Mutter kommt immer genau dann, wenn der Tee fertig ist!", freute sich Eileen.

Ihre Mutter kam zur Tür herein, sie sah erschöpft aus. Selbst ihre braunen Locken, die ihr bis auf die Schultern reichten, hingen heute müde herab. Sie war eine kleine, zierliche und sehr energische Person und immer geschmackvoll gekleidet. Meistens hatte sie gute Laune.

„Ah, da komme ich aber genau richtig, eine Tasse Tee wird mir jetzt guttun! Wie war's in der Schule?"

„Na, nicht so toll", antwortete Eileen. „Jerome ist heute mitten im Chemiepraktikum zusammengebrochen und nicht mehr aufgestanden. Dabei hat er auch noch das Glasmaterial vom Tisch gefegt und sich böse geschnitten. Herr Bündner hat den Rettungsdienst geholt und die haben Jerome mitgenommen. Aber er hat das Bewusstsein nicht wiedererlangt! Ich glaube, es ist etwas Schlimmes, der Notarzt hat sehr besorgt geschaut, und alle haben sich mächtig beeilt."

„Das hört sich ja dramatisch an. Ist Jerome denn krank gewesen?"

Eileen und Ben sahen sich an und schüttelten dann die Köpfe.

„Nicht, dass wir wüssten", beantwortete Eileen die Frage. „Er hatte aber schon vorher Schweißausbrüche, zitterte und sein Gesicht war richtig rot. Ich habe Ben Bescheid gegeben, aber es war schon zu spät, Jerome ist umgefallen, bevor Ben ihn erreicht hat."

„Wer hat denn die Erstversorgung übernommen, bestimmt du, Ben, oder? Du bist doch im Schulsanitätsdienst." Grace wandte sich an Ben.

„Ja, ich habe mich um ihn gekümmert. Aber es war

ganz anders als in der Erste-Hilfe-Ausbildung. Jeromes Puls habe ich am Anfang kaum messen können, er war ganz flach. Dann habe ich nach seinem Herzschlag gespürt und gemerkt, dass sein Herz rast. Seine Atmung ging auch sehr schnell. Leider konnte ich nicht viel für ihn tun, außer ihn in Seitenlage zu bringen und seine Hand zu verbinden."

„Also, ich finde, das war eine ganze Menge!" Sie schielte zu ihrer Tochter und musste trotz des ernsten Themas schmunzeln. Eileen sah Ben voller Bewunderung an.

Gemeinsam tranken sie Tee, und Grace bereitete nebenbei das Essen zu. Sie war keine besonders gute Köchin und hatte auch tatsächlich überhaupt keinen Spaß am Kochen. Sie tat das nur für ihre Tochter, sie selbst hätte sich wahrscheinlich immer nur von Fast Food ernährt. Eileen verbrachte sowieso die meiste Zeit mit Lernen – viel zu viel, fand Grace. Sie war immer froh, wenn sie sich mit Ben traf und fragte sich, ob sie wohl irgendwann mal ein Paar werden würden.

Beim Essen kamen sie noch einmal auf das Ereignis in der Schule zu sprechen. Eileen beschäftigte der Vorfall sehr.

„Das ist doch nicht normal, Mama, dass Menschen einfach bewusstlos zusammenbrechen, oder?"

„Nein, das ist natürlich nicht normal und muss irgendeine Ursache haben. Ich habe über Bens Worte nachgedacht, flacher Puls und schneller Herzschlag, das deutet auf Kreislaufversagen hin und möglicherweise auch auf eine Weitung der Gefäße. Dann ist der Puls schlecht fühlbar, und das Herz versucht durch vermehrtes Schlagen den Blutfluss in den geweiteten Gefäßen anzukurbeln. Aber das sind jetzt nur Spekulationen ..."

„Wenn ich jetzt noch mal genau darüber nachdenke, sah Jerome in den letzten Wochen ohnehin etwas angeschlagen aus, oder, Eileen? Er hatte einen ziemlich üblen Hautausschlag am Hals, im Nacken und außerdem an den Händen."

„Stimmt, das ist mir auch aufgefallen", bestätigte Eileen.

„Das würde ja zu dem Vorfall heute passen", überlegte Grace laut. „Hautausschlag und die Symptome, die Ben gerade beschrieben hat, könnten auf eine Unverträglichkeit hindeuten. Bei dieser Heftigkeit beispielsweise auf eine Medikamentenunverträglichkeit oder eine allergische Reaktion auf irgendetwas."

„Stimmt, mir ist der Gedanke an einen anaphylaktischen Schock ebenfalls schon gekommen. Genau diese Symptome haben wir bei der Ersthelferausbildung gelernt."

„Und wenn man Medikamente nicht verträgt, kann das solche Auswirkungen haben?", erkundigte sich Eileen.

„Ja, leider", antwortete Grace. „Jeder Mensch reagiert anders auf Medikamente. Antibiotika zum Beispiel retten sehr viele Menschenleben. In Einzelfällen lösen sie aber allergische Reaktionen aus, bis hin zum anaphylaktischen Schock. Auch wenn das nur sehr selten passiert."

„Manche Menschen reagieren ja auch auf Lebensmittel allergisch, z.B. auf Erdnüsse. Bei einigen Allergikern reichen schon kleinste Mengen aus, um sie umzubringen, wenn sie nicht behandelt werden." Ben kannte sich da aus, er hatte einen Onkel mit einer Erdnussallergie, der immer seine Notfallmedikamente dabeihatte.

„Wir fragen morgen einfach mal nach, ob er auf etwas allergisch reagiert hat, vielleicht ein Medikament nehmen muss oder so. Hoffentlich geht es ihm bald wieder besser, damit er nach Hause darf." Für Eileen waren Krankenhäuser eine schreckliche Vorstellung.

Mit diesen Worten war das Thema beendet. Grace erzählte von ihrem anstrengenden neuen Projekt. Anschließend zogen sich Eileen und Ben in Eileens Zimmer zurück. Sie hatten noch einiges an Hausaufgaben zu erledigen. Ben war froh darüber, dass er fast alle Kurse mit Eileen zusammen hatte. Eileen wusste immer, was sie aufhatten. Sonst würde er sicher die Hälfte seiner Hausaufgaben schlichtweg vergessen. Als sie zwei Stunden später mit allem fertig waren, verabschiedete sich Ben und fuhr nach Hause.

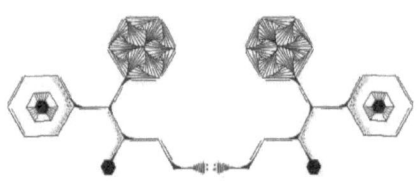

Tagsüber versuchte er, so zu sein wie immer. Wie jeden Morgen holte er das zum Wochentag gehörende farbliche Hemd aus dem Schrank und sorgte für sein akkurates Äußeres. Das große Ding landen, davon hatte er immer geträumt. Und diesmal war er ganz dicht dran. Freudige Erregung durchflutete ihn. Aber er durfte sich nichts anmerken lassen. Der Weg lag klar vor ihm. Sein Vorhaben in die Tat umzusetzen, war gar nicht so einfach gewesen. Diese Käfige waren so verdammt sperrig. Man konnte immer nur einen tragen. Und dann diese Aufregung, als die Viecher vermisst wurden, einfach unnötig. Und niemand hatte ihm gesagt, dass Mäuse stinken. Dieser Gestank in seiner Wohnung! Seiner Putzfrau hatte er kündigen müssen, damit sie nicht merkte, was er tat. Es dauerte eine Weile, bis er die richtige Dosis für die Tiere gefunden hatte. Aber jetzt stand er glücklich vor den Käfigen in seinem Wohnzimmer, munter liefen die Mäuse in ihren Laufrädern herum - gut so! Diese Viecher waren genauso rastlos wie er. Ständig probierten sie neue Sachen aus und scheinbar brauchten sie auch keinen Schlaf.

Kapitel 3

Am Morgen beeilte sich Eileen, zur Schule zu kommen. Es war ein klarer Tag, und die Vögel zwitscherten um die Wette. Bestimmt würde es wieder schön werden. Allerdings nahm Eileen das nur am Rande wahr. Sie war morgens einfach nicht zu gebrauchen. Eileen radelte die Auffahrt zur Schule hoch und stellte ihr Rad in den Ständer. Von Weitem sah sie schon Ben die Auffahrt hochkommen, der strahlend alle begrüßte. Wie er das machte, mit dieser guten Laune am frühen Morgen, war ihr ein Rätsel! Sie begrüßten sich und schlossen wie immer ihre Räder zusammen. Dann betraten sie gemeinsam die Schule, heute hatten sie in der ersten Stunde Informatik-Leistungskurs bei ihrem Lieblingslehrer, Kai Baumann.

„Lass uns schnell noch zu Max gehen und fragen, wie es Jerome geht", sagte Eileen. „Er müsste jetzt Bio-LK haben." Sie konnte gar nicht abwarten zu erfahren, wie es Jerome ging. Die beiden liefen in den 1. Stock und suchten nach Max. Sie fanden ihn am Ende des Ganges vor einem Klassenraum stehend, er sah bedrückt und übernächtigt aus.

„Hi Max, wie geht es Jerome, weißt du was Neues?", fragte Eileen ohne Umschweife.

„Ich war gestern den ganzen Nachmittag im Krankenhaus, durfte aber nicht zu ihm. Heute Morgen war ich auch schon da und habe seine Mutter getroffen, sie war

die ganze Nacht bei ihm. Er liegt immer noch im Koma."
Max klang verzweifelt.

„Oh Mann, das hört sich aber gar nicht gut an, tut mir
leid", sagte Ben und legte eine Hand auf Max Schulter.
„Weiß man denn irgendwas? Ist er krank gewesen?"

„Nein, die Ärzte können sich nicht erklären, was mit
ihm los ist, und seine Eltern sind ebenfalls ratlos."

„Hat er vielleicht irgendein Medikament genommen?", hakte Eileen nach. „Er hatte doch schon seit einiger Zeit so einen Hautausschlag."

„Ich weiß von keinem Medikament. Aber ich werde
seine Eltern fragen, ich wollte in der Pause sowieso anrufen und mich erkundigen, wie es ihm geht. Wir sehen
uns später."

„Jetzt müssen wir dringend los, Ben, sonst kommen
wir zu spät zum Unterricht!"

Die beiden hasteten über den Flur und huschten gerade noch rechtzeitig in den Informatikraum. Kai Baumann fuhr gerade die Rechner hoch. Bevor er an die
Schule gekommen war, hatte er in einer Computerfirma
gearbeitet und war für die IT-Sicherheit zuständig gewesen. Den Schülern erschien der Lehrer manchmal etwas paranoid, wenn dieses Thema im Unterricht behandelt wurde. Er warnte sie vor vielen Dingen, die sie ganz
unbekümmert taten, z.B. in sozialen Netzwerken aktiv
zu sein, eigene Fotos hochzuladen, bei Amazon Sachen
online mit Kreditkarte zu bezahlen und so weiter. Trotzdem war Kai Baumann bei fast allen Schülern beliebt, er

war lustig, nett und gerecht. Außerdem machte er einen guten Unterricht, manchmal vielleicht etwas chaotisch, aber er wusste, wovon er sprach. Berühmt berüchtigt waren ebenso die Geschichten aus seiner Jugend, z.B. wie er als Rausschmeißer in einem Club gearbeitet und seinen Baseball-Schläger immer griffbereit hatte. Wenn ein Schüler im Unterricht mal unausstehlich war, drohte er immer damit, gleich seinen Schläger zu holen. Das sorgte für allgemeine Belustigung, vor allem als er ihn zum Spaß tatsächlich einmal mitbrachte ... Bei der Schulleitung kam sein ungezwungener Umgang mit den „schulischen Belangen" allerdings weniger gut an.

Kai Baumann hatte seinem Kurs eine anspruchsvolle Programmieraufgabe gestellt. Die Schülerinnen und Schüler saßen zu zweit vor den Rechnern und tüftelten. Normalerweise mochten sie solche Aufgaben. Heute wurde allerdings nebenbei viel getuschelt. Jeromes Zusammenbruch war natürlich Thema Nr. 1. Es wurde wild darüber spekuliert, warum Jerome ohne ersichtlichen Grund ins Koma gefallen war. Viele sorgten sich um ihn, weil er immer noch nicht wieder bei Bewusstsein war. Und es stand die Frage im Raum, ob er noch der Alte sein würde, wenn er wieder aufwachte.

Der Informatiklehrer bemerkte schnell, dass seine Schüler heute nicht bei der Sache waren. Als er sie darauf ansprach, erzählten sie ihm von Jeromes Zusammenbruch, ihrer Ratlosigkeit über die Ursache und auch von ihren Sorgen um seine Gesundheit.

Kai Baumann wartete, bis seine Schüler sich die Sorgen von der Seele geredet hatten. Dann versuchte er, Optimismus zu verbreiten. Nach diesem kurzen Austausch waren die Schüler wieder in der Lage, sich auf ihre Arbeit zu konzentrieren, und das Programmieren lief viel besser.

Am Ende der Stunde klopfte es an der Tür, und Natascha Schwab kam herein, die als sogenannte Quereinsteigerin seit Beginn des Schuljahres an der Schule war. Sie unterrichtete Bio und Chemie und war von einschüchternder Schönheit. Anfang dreißig, langes blondes Haar, das ihr bis zum Hintern reichte, und als sei das nicht schon genug, hatte sie auch noch die Figur einer Barbiepuppe. Den Blondinen-Witzen zufolge hätte sie strohdumm sein müssen - aber weit gefehlt. Natascha Schwab war Biochemikerin und blitzgescheit. Man munkelte, dass sie vorher in einer Firma angestellt gewesen war und Schwierigkeiten mit ihrem Chef bekommen hatte. Obwohl sie im Unterricht noch etwas unbeholfen war, mochten sie die Schülerinnen und Schüler, und einige Jungs waren in sie verknallt. Allerdings hatte sie offensichtlich ein Auge auf Kai Baumann geworfen. Grinsend wartete deshalb der Informatik-Kurs schon immer auf das Ende des Unterrichts, wenn sie die Frühstückspäckchen brachte. Natascha trug ein enges, rotes Kleid. Oh Gott, dachte Eileen, diese Signalfarbe hat sie echt nicht nötig.

„Hallo, Kai, hier ist das Frühstück für deine Schäfchen!" Natascha strahlte ihn unverhohlen an. „Bis später!" Sie zwinkerte ihm zu.

Kai Baumann war es immer etwas peinlich, wenn sie ihr Interesse an ihm so offen bekundete, aber es schien ihm auch zu gefallen.

In der Mittagspause saßen die Schülerinnen und Schüler an großen Tischen in der Mensa und aßen gemeinsam. Einige hatten etwas von zu Hause mitgebracht, andere kauften sich etwas. Die Mensa war ein schöner, großer und heller Raum, in dem man sich gerne aufhielt. Überall wurde gelacht und geredet. Eileen, Ben und Max saßen etwas abseits in einer Ecke, sie wollten ungestört über Jerome reden.

Max erzählte von seinem Telefonat mit Jeromes Eltern.

„Sein Zustand ist immer noch unverändert. Die Ärzte sagen, es scheint ein Problem mit seinem Gehirn zu sein, alle Organe sind wieder in Ordnung. Sie können sich die Bewusstlosigkeit einfach nicht erklären. Alle gängigen Ursachen, wie Schlaganfall, Herzinfarkt usw. konnten sie ausschließen. Jetzt vermuten sie, dass es eine Vergiftung sein könnte und haben sich bei den Eltern erkundigt, ob ihnen möglicherweise eine Ursache dafür einfällt. Aber die Eltern haben keinen Verdacht und haben mich gefragt, ob etwas in der Schule ihn krank gemacht haben könnte."

„Das ist aber merkwürdig", Ben grübelte laut vor sich hin, „am Chemieunterricht kann es nicht gelegen haben, wir sind mit den Substanzen überhaupt nicht in Berührung gekommen."

„Nein, das glaube ich auch nicht", ergänzte Eileen.

„Wenn irgendetwas in der Luft gewesen wäre, weil es über die Klimaanlage verbreitet wurde, hätte es uns alle getroffen", sagte Max. „Ich war den ganzen Tag mit ihm zusammen und habe schon lange hin und her überlegt, aber mir fällt beim besten Willen nichts ein. Wir haben sogar das gleiche Essen in der Mensa gegessen!"

„Du verstehst dich ziemlich gut mit Jeromes Eltern", stellte Eileen fest.

Max wurde rot und presste die Lippen aufeinander, augenblicklich verstummt.

„Hey, tut mir leid, Max, ich wollte dir nicht zu nahetreten, und es geht mich überhaupt nichts an!" Sofort war es Eileen unangenehm, dass sie das Thema angeschnitten hatte.

„Ist schon gut, Eileen, ich rede nicht gerne darüber und bin außerdem ziemlich durcheinander. Ehrlich gesagt, bin ich gerade völlig am Ende, denn ich habe die meiste Zeit des vergangenen Jahres bei Jerome gewohnt. Deshalb kenne ich seine Eltern so gut. Jetzt kann ich dort aber nicht hin, seine Eltern sind völlig verzweifelt, und ich will ihnen nicht auch noch zur Last fallen."

„Warum wohnst du denn nicht zu Hause?", erkundigte sich Ben.

„Weil ich dort nicht willkommen bin."

Plötzlich sprudelte alles aus ihm heraus.

„Mein Vater ist tot. Meine Mutter hat einen neuen Freund, mit dem ich mich von Anfang an nicht verstanden habe. Als er noch einen Job hatte, ging es so halbwegs, aber seit einem Jahr ist er arbeitslos. Jetzt sitzt er den ganzen Tag vor dem Fernseher und trinkt. Wenn er abends genug getrunken hat, wird er wütend, und immer bin ich an allem schuld. Dann geht er meistens auf mich los, und wenn meine Mutter sich zwischen uns stellt, bekommt sie ebenfalls was ab. Deswegen bin ich lieber nicht zu Hause."

Eileen und Ben sahen sich betroffen an.

„Das ist ja furchtbar", sagte Eileen schließlich.

„Davon wussten wir gar nichts", ergänzte Ben. „Kannst du nicht irgendwo anders leben?"

„Ich weiß nicht, wo, meine Mutter hat nicht genug Geld, um mir eine eigene Wohnung zu finanzieren. Ich müsste regelmäßig arbeiten gehen, aber so kurz vor dem Abitur habe ich dafür eigentlich keine Zeit. Da ich bereits 18 bin, ist irgendwie niemand richtig für mich zuständig. Seit vielen Wochen schlafe ich bei Jerome. Nachmittags mache ich oft hier an den Rechnern in der Schule meine Hausaufgaben, weil ich keinen eigenen habe."

„Ach, deshalb sitzt du immer hier in der Schule und arbeitest, ich habe mich schon darüber gewundert", sagte Ben.

In der Schule gab es ein kleines Internetcafé mit frei zugänglichen Rechnern, die Schüler konnten sich dort mit ihren Passwörtern anmelden.

„Solange Jerome krank ist, kannst du bei uns wohnen", bot ihm Eileen an. „Meine Mutter hat sicher nichts

31

dagegen."

„Danke für das Angebot, das würde ich tatsächlich gerne annehmen. Aber zurück zu unserem eigentlichen Thema, was ist mit Jerome passiert? Irgendwie hoffe ich, dass es geklärt wird und die Ärzte ihm dann besser helfen können."

Am Abend saßen alle drei am runden Tisch in Eileens kleiner Küche. Sie hatten gemeinsam mit Grace gekocht und gegessen. Max fühlte sich sehr wohl und war schon etwas besser drauf. Er würde im Wohnzimmer auf der Couch schlafen.

„Puh, ich bin schrecklich müde", sagte Grace nach dem Nachtisch. „Ich gehe bald schlafen. Wie steht es mit dir, Max, bist du auch immer so lange auf wie meine Tochter?"

„Eigentlich gehe ich sonst nicht so spät schlafen, aber seit einigen Wochen kann ich abends schlecht einschlafen. Was ausgesprochen unpraktisch ist, wenn man früh aufstehen muss."

„Na, das liegt sicher an deiner persönlichen Situation. Wenn die erst mal geregelt ist, kannst du bestimmt wieder besser schlafen." Grace versuchte ihn zu trösten. „So geht es nicht weiter, für deine Wohnsituation muss eine Lösung gefunden werden. Ich werde morgen mal in der Schule anrufen, vielleicht hat ja jemand eine gute Idee, an wen man sich wenden kann."

Max sah sie zweifelnd an, da glaubte er nicht dran. Das behielt er aber lieber für sich.

Nachdem Grace schlafen gegangen war, kamen sie noch einmal auf Jerome zu sprechen. Eileen fasste zusammen: „Wenn Jerome sich in der Schule vergiftet hätte, dann müssten auch andere irgendwelche Symptome haben. Lasst uns morgen einfach mal nachfragen."

„Am besten wir teilen uns auf", sagte Ben. „Du und Max, ihr könntet in den Leistungskursen nachfragen, in denen Jerome ist. Und ich frage in unseren Leistungskursen nach. So erreichen wir die meisten aus unserem Jahrgang am schnellsten."

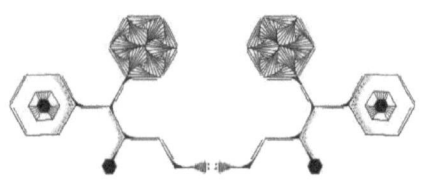

Jetzt stand der nächste Schritt bevor, das war un-
vermeidlich. Manchmal überkamen ihn Skrupel.
Dann wachte er nachts auf und war schweißgebadet.
Das hatte noch keiner gewagt, aber er würde es tun.
Verbündete zu finden war nicht schwer. Die mensch-
liche Natur war leicht zu bestechen. Macht und Geld,
das waren die Instrumente. Eine Gehaltserhöhung,
eine bessere Position, und schon wurden Dinge nicht
mehr hinterfragt. Die Frau war ein Glücksgriff gewesen, schon länger arbeitslos, da waren Menschen zu
vielem bereit. Selbst dazu.

Das war ein Experiment nach seinem Geschmack,
das Versuchsdesign war entscheidend für den Erfolg.
Sein Molekül würde den Erfolg seines Spiegelbildes
noch toppen. Er hatte ja gesehen, was es mit den
Mäusen machte. Waren ihm am Ende fast noch sympathisch geworden, so munter und aufgekratzt. Entscheidend war, es ging ihnen gut. Er hatte ihnen keinen Schaden zugefügt, nur Nutzen.

Jetzt musste er ein bisschen rechnen, hochrech-
nen, das konnte er. Und noch einen letzten Test. Der
verfressene Hund der Nachbarin, der war der richtige Kandidat. Eignete sich hervorragend dafür,

sammelte alles auf, wie ein Staubsauger.

Mit der Nachbarin musste er ab jetzt ins Gespräch kommen, damit er sie heimlich aushorchen konnte.

Kapitel 4

Als Eileen aufwachte und aus dem Fenster sah, war der Himmel bedeckt und voller Regenwolken. In der Küche war Max bereits dabei, den Frühstückstisch zu decken. Tee hatte er auch schon gekocht. Grace holte gerade die fertigen Toasts aus dem Toaster. Alle setzten sich um den Tisch und nahmen ein schnelles Frühstück ein. Sie redeten nicht viel, alle waren noch müde. Max war bedrückt. Er hatte gleich nach dem Aufstehen mit Jeromes Mutter telefoniert, Jerome war immer noch ohne Bewusstsein. Die Ärzte waren ratlos.

Auf dem Weg zur Schule überlegten Eileen und Max, wie sie die Mitschüler befragen könnten. Sie mussten möglichst diskret sein. Sie beschlossen, gleich morgens mit dem Bio-LK anzufangen. Vor dem Unterrichtsraum hatte sich schon eine Traube von Jugendlichen gebildet, die alle vor dem Regen geflüchtet waren.

Eileen und Max gesellten sich zu den anderen Schülern und brachten das Gespräch auf Jerome und seinen Gesundheitszustand.

„Hi!", begrüßte Eileen ihre Mitschüler. „Wir haben mal ein paar Fragen an euch. Es geht um Jerome. Er liegt immer noch im Koma. Die Ärzte wissen nicht, was er hat und es gibt Anzeichen für eine Vergiftung. Da Jeromes Eltern sich diese nicht erklären können, haben wir uns überlegt, ob vielleicht irgendetwas an unserer Schule seine Reaktion ausgelöst haben könnte. Das ist jetzt vielleicht etwas an den Haaren herbeigezogen, aber das Einzige, was wir im Moment für ihn tun können."

„Und wenn es etwas in der Schule ist, müssten ja eigentlich mehrere von uns betroffen sein", ergänzte Max. „Habt ihr vielleicht irgendetwas Ungewöhnliches an euch bemerkt?"

„Jerome liegt immer noch im Koma?", fragte Marie entsetzt.

„Ja, leider", bestätigte Max traurig.

Die Schülerinnen und Schüler sahen sich betroffen an.

„Hach, ich hab's euch ja immer gesagt!" Kevin, der schuleigene Verschwörungstheoretiker war sofort Feuer und Flamme. „Wir werden schleichend vergiftet, weil das Wasser verunreinigt ist, und keiner will es wahrhaben. Ich sage euch schon lange, dass man kein Wasser aus dem Hahn trinken darf. Es ist doch allgemein bekannt, dass in unserem Wasser Medikamentenrückstände sind, wie weibliche Hormone von der Anti-Babypille!"

Eileen und Max stöhnten innerlich, Kevins Verschwörungstheorien fehlten ihnen gerade noch.

„Ja, ja, schon gut, Kevin", unterbrach ihn Eileen. „Bitte lass uns bei der Sache bleiben. Überlegt einfach mal, ob irgendetwas anders war in den letzten Tagen oder Wochen, es ist ja nur so eine Idee von uns."

Für einen Moment sagte niemand etwas, alle dachten nach.

„Also, mir fällt einfach", sagte Marie.

„Mir auch nicht", bestätigte ein weiterer Schüler.

„Ich kann seit ein paar Wochen abends schlecht einschlafen", sagte Fine vorsichtig, „aber das liegt sicher an dem Schulstress."

Sophie sah erstaunt in die Runde: „Ja, mir geht es genauso, dabei schlafe ich sonst schon immer, bevor ich beide Beine im Bett habe!"

„Bei mir das Gleiche", erzählte Lucas. „Ich habe überhaupt kein Problem mehr damit, bis abends noch zu lernen oder Protokoll zu schreiben."

Das konnten noch drei weitere Schüler bestätigen, abends lernen ging auf einmal wie geschmiert.

Etwas ratlos sahen sich alle an.

Lucas sagte endlich: „Naja, aber das ist doch eigentlich etwas Positives! Ich finde es voll gut, nicht mehr so müde zu sein. Ihr sucht bestimmt nach etwas Negativem."

„Moment mal", sagte Fine, „für mich ist das überhaupt nicht gut. Ich fühle mich morgens wie gerädert."

„Ich auch", bestätigte Sophie.

„Ich habe übrigens ebenfalls Probleme mit dem Einschlafen", sagte Max. „Fällt euch vielleicht noch etwas ein?"

Nach kurzem Zögern sagte die stille Luise: „Also, ich habe seit ein paar Wochen ein bisschen Hautprobleme."

„Was denn für welche?", hakte Eileen nach.

Luise zeigte ihre Hände, die waren rau und schuppig.

„Und so sieht außerdem mein Hals aus!" Luise trug ein Halstuch, sie hob es etwas an, damit die anderen den

Ausschlag sehen konnten.

Ein weiterer Schüler zeigte seine Hände, sie waren leicht mit Pusteln bedeckt.

„Seht ihr", sagte Kevin, „jetzt werdet ihr bald nicht mehr über mich lachen!"

Eileen und Max sahen sich an, vielleicht hatte er ja recht damit.

Nach dem zweiten Block trafen sich Eileen und Max mit Ben, um die Ergebnisse ihrer Befragungen auszutauschen.

Eileen und Max hatten inzwischen 12 Schülerinnen und Schüler mit Schlafproblemen ausfindig gemacht und 5 mit Hautproblemen. Ben hingegen war nicht fündig geworden, keiner der befragten Jugendlichen hatte irgendwelche Anzeichen bemerkt.

„Das ist wirklich alles seltsam", sagte Eileen. „Warum haben bei uns einige Leute Schlaf- und Hautprobleme, und bei dir ist gar nichts rausgekommen?"

„Keine Ahnung", erwiderte Ben, „vielleicht habe ich falsch gefragt? Aber merkwürdig ist das schon, keiner hatte irgendwelche Symptome."

„Das mit den Schlafproblemen ist seltsam", sagte Max. „Erinnert ihr euch noch an gestern Abend? Da habe ich euch erzählt, dass ich abends nicht einschlafen kann. Ich glaube wirklich langsam, dass irgendetwas nicht in Ordnung ist."

„Und Jerome hatte auch Hautausschlag, der sah nur viel schlimmer aus als bei den anderen, deshalb war er auffälliger", Eileen wurde langsam aufgeregt. „Und wenn Kevin doch recht hat, jedenfalls mit dem Wasser? Vielleicht stimmt hier was mit den Rohren nicht, und das Wasser ist schuld?"

„Jerome hat wirklich immer das Leitungswasser getrunken", sagte Max, „und er hatte viel Durst und hat seine Trinkflasche mehrmals nachgefüllt."

„Na, dann müssen wir das Wasser untersuchen", schlussfolgerte Ben. „Du hast doch viel Ahnung von Chemie, Max, weißt du, wie man das macht?"

„Oh, gute Frage, muss ich mal überlegen. Da gibt's bestimmt mehrere Möglichkeiten. Kommt ein bisschen darauf an, wonach man sucht, und genau das wissen wir ja nicht. Ich würde sagen, dass man ein Trennverfahren benutzt, wahrscheinlich irgendein Chromatographie-Verfahren. So was wie HPLC und/oder eine Massenspektrometrie. Es passiert ja öfter, dass man nachprüfen muss, ob z.B. im Wasser oder Lebensmitteln Verunreinigungen sind."

„Oh, kleinen Augenblick, Max, ich habe wahrscheinlich in Chemie wieder nicht aufgepasst, was sind Chromatographie-Verfahren noch mal?" Ben sah ihn mit großen Fragezeichen in den Augen an.

„Na, das sind Verfahren, um die einzelnen Bestandteile eines Stoffgemisches voneinander zu trennen. Hast du in der Grundschule mal den Versuch mit den schwarzen Filzern und dem Filterpapier gemacht?"

„Jetzt, wo du's sagst, kann ich mich noch so dunkel erinnern. Erst musste man auf ein Stück Filterpapier einen großen Fleck mit dem schwarzen Filzer malen, und dann wurde das Filterpapier in ein Glas mit ein wenig Wasser gehängt. Am Ende hatte man dann lauter bunte Streifen."

„Ganz genau", bestätigte Max. „Schwarz entsteht nämlich aus einem Gemisch verschiedener Farben. Das Wasser wandert an dem Filterpapier nach oben und zieht die einzelnen Farbmoleküle mit sich. Je nach Beschaffenheit laufen die Farbmoleküle unterschiedlich schnell nach oben. Dadurch trennt man sie voneinander und kann die einzelnen Farben genau erkennen und bestimmen. Das Wasser ist in diesem Fall die ‚mobile Phase' und das Filterpapier wird als ‚stationäre Phase' bezeichnet. Auf diesem Wechselspiel zwischen mobiler und stationärer Phase beruhen diese Trennverfahren."

„Die HPLC ist z.B. eine sogenannte Hochleistungs-Flüssigkeits-Chromatografie", ergänzte Eileen. „Meinst du, mit so einem Gerät kann man feststellen, ob das Wasser verunreinigt ist, Max?"

„Ja, ich denke schon. Man braucht dazu die zu überprüfende Substanz oder Flüssigkeit und vergleicht das Ergebnis der einzelnen Inhaltsstoffe mit Referenzsubstanzen."

„Und wie kommen wir an solche Geräte ran?", fragte Ben.

„Die haben wir hier möglicherweise in der Schule, aber das ist eine Nummer zu groß für mich", sagte Max. „Ich hätte da einen anderen Vorschlag: Deine Mutter hat in ihrer Firma bestimmt Zugang zu diesen Geräten.

Kannst du sie nicht fragen, Eileen, ob sie das Wasser mal überprüfen könnte?"

„Ich fürchte, sie wird mich für verrückt erklären, aber ich rufe gleich an und frage sie mal."

Eileen zog sich in eine stille Ecke in der Cafeteria zurück und holte ihr Handy aus der Tasche.

Ben und Max beobachteten in der Zwischenzeit Natascha Schwab und Kai Baumann. Die beiden standen am Kaffeeautomaten und giggelten herum wie Teenager.

Max sah das Pärchen mit sehnsuchtsvollen Augen an. „Ach, muss Liebe schön sein", frotzelte er.

„Also, Heimlichtuer sind die beiden jedenfalls nicht. Scheinen sich ja blendend zu verstehen." Ben musste lachen.

„Ich würde mich auch gerne mit der Schwab so blendend verstehen", gestand Max. „Sie macht einen tollen Chemieunterricht."

„Das kann ich nicht beurteilen, aber mein Typ wäre sie nicht, irgendwie zu aufdringlich."

„Ja, du stehst mehr auf Naturschönheiten." Max zwinkerte Ben zu.

Nachdem Eileen ihr Gespräch beendet hatte, gesellte sie sich wieder zu den beiden.

„Also, meine Mutter war nicht gerade entzückt. Sie denkt, wir spinnen ein bisschen. Aber damit wir Ruhe geben, wird sie das Wasser für uns auf seine Inhaltsstoffe untersuchen. Wir sollen an mindestens drei verschiedenen Orten eine kleine Wasserprobe entnehmen und ihr in der Mittagspause bringen. Sie hofft dann bis abends ein Ergebnis zu haben."

„Das ist ja super", sagte Ben. „Lasst uns schnell mal in den Biosammlungsraum gehen und schauen, ob ein Lehrer drin ist, damit wir uns ein paar Probengefäße leihen können. Wo hat denn Jerome meistens seine Trinkflasche nachgefüllt? Dort sollten wir auf jeden Fall Proben entnehmen."

In der Mittagspause radelte Max zu der Firma von Eileens Mutter, die Probengefäße sicher in seiner Tasche verstaut. Glücklicherweise hatte es aufgehört zu regnen und sogar die Sonne war herausgekommen. Er ging durch die große Eingangshalle von BEUTZPHARMA, um die Proben wie verabredet beim Pförtner zu hinterlegen. Viele Mitarbeiter nutzten ihre Pause, um ein bisschen spazieren zu gehen.

Als es endlich Abend wurde, warteten die drei schon ziemlich ungeduldig auf Eileens Mutter. Würde Grace die Ergebnisse der Wasserproben haben?

Kaum war die Mutter zur Tür herein, fielen die drei schon über sie her und bombardierten sie mit Fragen.

Grace lachte und sagte: „Nun mal langsam! Ich hoffe, der Tee ist schon fertig, dann können wir uns bei einer Tasse in Ruhe unterhalten."

Ungeduldig deckten sie den Tisch und schenkten ein.

„Jetzt spann uns aber nicht mehr länger auf die Folter, Mama!"

„Ist ja schon gut. Also, ich habe die Wasserproben durch ein Analysegerät gejagt. Wie ich es nicht anders erwartet hatte, ist in dem Wasser absolut nichts Ungewöhnliches. Eine winzige Spur von Schwermetall, aber alles im vertretbaren Rahmen. Eure Proben kann man völlig unbedenklich als Trinkwasser nutzen."

Die drei sahen sich enttäuscht an.

„Das ist wirklich schade", sagte Eileen traurig. „Ich hatte so gehofft, wir würden eine Spur finden." Die Jungs nickten zustimmend.

„Jetzt werde ich euch mal was sagen, und bitte nehmt es mir nicht übel. Ich kann verstehen, dass ihr geschockt seid, weil ein Klassenkamerad im Koma liegt und ich finde es gut, dass ihr ihm helfen wollt. Aber ich halte es für ausgesprochen unwahrscheinlich, dass in eurer Schule irgendwo Giftstoffe frei zugänglich sind oder herumfliegen. Ich glaube, ihr steigert euch da in etwas hinein."

„Aber wir haben heute bei den anderen nachgefragt, einige haben Schlafprobleme so wie Max und ein paar außerdem Hautprobleme!", wandte Eileen ein.

„Die Statistik besagt, dass du nur genug Menschen fragen musst, um darunter welche zu haben, die Schlaf- oder Hautprobleme haben. Das überzeugt mich überhaupt nicht!" Eileens Mutter ließ den Einwand nicht gelten.

Ben hielt dagegen. „Aber weißt du, was merkwürdig

war, Grace? Niemand von den Leuten, die ich befragt habe, hatte auch nur irgendwas!"

„Mmh, das kann ich mir allerdings ebenfalls nicht erklären. Wie geht es eigentlich Jerome?" Grace wollte vom Thema ablenken.

„Sein Zustand hat sich nicht wesentlich verbessert, er ist nach wie vor nicht aufgewacht. Ich war heute Nachmittag bei ihm", beantwortete Max traurig ihre Frage.

„Das ist nicht schön", sagte Grace. „Und ich habe auch sonst keine guten Nachrichten für dich. Heute habe ich in der Schule angerufen und mit eurer Direktorin telefoniert. Sie war wie immer sehr beschäftigt und hat mir erklärt, für die Wohnungsprobleme ihrer Schüler nicht zuständig zu sein. Sie meinte, ich könne mich ja an das zuständige Sozialamt wenden."

„Ja", sagte Max, „‚nicht zuständig', das höre ich immer."

Grace betrachtete sein kummervolles Gesicht. „Kopf hoch, Max, du kannst erstmal bei uns auf der Couch schlafen. Denk immer an den Spruch: Das Leben ist nicht gerecht – aber nicht immer zu deinen Ungunsten. Ich bleibe am Ball."

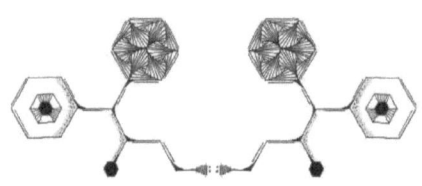

Geschafft! Auch diese Hürde genommen. Alles nach Plan gelaufen, wie nicht anders zu erwarten. Ein guter Plan, eine gute Organisation, und schon lief das Ding. War ein Kinderspiel gewesen, fast zu einfach, fand er. Seine Nachbarin hatte bereitwillig über ihren Hund, ihr Ein-und-Alles, geredet. Selbst mit ihm, obwohl die Nachbarn sich sonst gar nicht gerne mit ihm unterhielten. Warum, wusste er eigentlich auch nicht genau. Er war doch immer tadellos gekleidet und höflich.

In der Firma war es ähnlich, vielleicht waren sie neidisch auf ihn. Weil er immer so einen guten Riecher hatte. Bei seinen Untergebenen war er nicht beliebt, das wusste er. Tuschelten immer über ihn, wenn er nicht da war. Kaum betrat er den Raum, verstummten sie. Ach, sollten sie doch. Denen würde er es zeigen. Auf seine Moleküle war Verlass. Wie man an dem Hund der Nachbarin sah. Früh aufgestanden war er, damit er das präparierte Würstchen gut platzieren konnte. Aus dem Fenster geschaut hatte er jeden Morgen, bis die Alte mit dem Hund herauskam. Von Tag zu Tag hatte das Tier es eiliger gehabt, unter den großen Rhododendron zu laufen und das Würstchen zu fressen. Jeden Abend hatte er vor der Tür gestanden, um einen kleinen Plausch mit der Nachbarin zu halten und den Hund zu streicheln. Das hatte ihn große Überwindung gekostet. Er fasste Tiere nicht gerne an, das hatte er noch nie gemocht. In seiner Wohnung angekommen, hatte er sich sofort die Kleidung ausgezogen und in den Wäschesack für die Reinigung gesteckt. Anschließend ausgiebig geduscht. Er hatte sich schmutzig gefühlt.

Wie ausgewechselt sei ihr Benno, hatte die Nachbarin ihm nach ein paar Tagen erzählt. Gar nicht mehr so träge wie sonst, viel munterer. Ständig wollte er Stöckchen apportieren. Na gut, hatte er gedacht, ist bestimmt noch Luft nach oben, dann gibt es jetzt mal ein bisschen mehr.

Nach drei Tagen vermisste er die Nachbarin morgens, sie ging gar nicht Gassi. Abends hielt dann ein Taxi vor dem Haus, und sie stieg mit dem Hund auf dem Arm aus. Um ihr behilflich zu sein, ging er hinaus und schloss die Tür auf. Benno sei nicht wiederzuerkennen gewesen, erzählte sie unter Tränen. Er hatte nachts nicht schlafen können und sei von einer unerklärlichen Unruhe befallen gewesen, ständig hatte er sie geweckt.

Gleich früh sei sie dann zum Tierarzt gegangen, und der hätte ihm eine Beruhigungsspritze gegeben und zur Beobachtung dabehalten. Sie hoffe nur, dass diese Nacht besser verlief.

Na gut, das war also zu viel gewesen. Der letzte Test war beendet. Jetzt kam das wirkliche Leben.

Kapitel 5

Nach einer kurzen Nacht war ein strahlender neuer Tag angebrochen. Der Frühling war überall zu fühlen. Die drei Freunde hatten noch lange, nachdem Grace ins Bett gegangen war, geredet und Musik gehört. Keiner wollte sich hinlegen und schlafen.

Dafür saßen Eileen und Ben jetzt etwas lustlos und müde im Matheunterricht in der 1. Stunde. Sie waren bedrückt und enttäuscht, dass sie Jerome nicht helfen konnten. Max im Parallelkurs hatte ähnliche Gefühle. Er würde nicht dauerhaft auf der Couch in Eileens Wohnzimmer schlafen können, obwohl er sich dort sehr wohl fühlte. Vielleicht konnte ihm ja Eileens Mutter helfen? So ein betreutes Wohnprojekt möglicherweise? Seine Gedanken kreisten oft um seine Situation, die er im Moment für ausweglos hielt. Er musste dringend für die Klausuren lernen und dann für das Abitur, er hatte überhaupt keine Zeit für andere Dinge. Den ganzen Tag Schule und lernen, das war eigentlich schon genug. Wie gut hatten es doch Eileen und Ben, sie hatten Eltern, die sich um sie kümmerten. Nie mussten sie sich Gedanken machen, wo sie ihr Geld für das Mittagessen herbekamen, wo sie sitzen und arbeiten konnten, und natürlich hatten auch beide einen Computer. Ach nein, Ben hatte zwei. Jetzt bloß nicht sarkastisch werden, dachte Max. Die Schule war „nicht zuständig", na klar. Aber wer, bitte schön, war dann zuständig? Wusste eigentlich jemand, wie anstrengend und kräftezehrend es war, sich durch den Dschungel der „Sozialgesetzgebung" zu kämpfen? Wie sollte er nebenbei noch Abitur machen? Und nun noch die Sache mit Jerome. Ausgerechnet seinen besten Freund musste es treffen; was, wenn er nie wieder aufwachte? Wenn er einfach in diesem weiß bezogenen Bett im Krankenhaus liegen bliebe? Tränen stiegen Max in die Augen. Boah, wenn ich noch etwas hasse, dann Selbstmitleid, dachte er.

Natascha Schwab war wie jeden Tag durch die Kurse geschwebt und hatte die Frühstückspäckchen verteilt. Heute sah sie aus wie ein rosa Wölkchen in ihrem luftigen, spitzenbesetzten Kleid. Für einen Moment hellte sich sogar Max' schlechte Laune auf.

Anschließend saßen die drei Freunde mit ihren Mitschülern zusammen und frühstückten.

„Will jemand mein Milchpäckchen?", fragte Marie. „Ich mag keine Milch. Sonst hat immer Jerome meine bekommen, aber er ist ja im Moment nicht da." Sorgfältig vermied sie eine Zeitangabe.

„Ach, mein Päckchen hat er ebenfalls jeden Tag bekommen", sagte eine weitere Schülerin. „Ich mag das Zeug nämlich auch nicht."

„Jerome hat immer gesagt, ‚Milch macht müde Männer munter' und hat mein gesamtes Frühstück gleich mit verputzt", ergänzte Felix lachend.

„Wie bitte?", fragte Eileen. „Von wem hat er denn noch die Milch bekommen?"

Zwei weitere Schüler meldeten sich.

„Ihr könnt mir die Milch geben", sagte sie. „Ich kann sie verwenden."

Eileen sammelte die Milchpäckchen ein, dann schaute sie die beiden Jungs an und machte ihnen ein Zeichen. Die drei gingen ein Stück weg und stellten sich etwas abseits hinter einen Pfeiler.

„Sag mal, Max, ist dir das nicht aufgefallen, dass Jerome immer die Milch von den anderen bekommt?", fragte ihn Eileen.

„Doch schon, aber du weißt ja, wie er ist, Jerome hat auch oft Brote von den anderen bekommen, weil er immer hungrig war." Max war in Gedanken an seinen Freund versunken.

„Ich glaube, ich weiß, worauf du hinauswillst", schaltete Ben sich in das Gespräch ein. „Ich komme auf fünf weitere Milchpäckchen, und es saßen noch nicht einmal alle Kursschüler zusammen."

„Ganz genau", sagte Eileen ganz aufgeregt. „Was, wenn etwas in der Milch ist und Jerome einfach eine tierische Menge davon getrunken hat?"

„Aber was soll denn in der Milch sein, dass jemand ins Koma fällt?", fragte Max.

„Das weiß ich nicht, aber findet ihr nicht auch, dass das ein merkwürdiger Zufall ist?"

„Ja, schon", gab Ben zu. „Und überhaupt finde ich die ganze Sache mit dem Frühstück merkwürdig, wo kommt das eigentlich her? Ich meine, das Zeug ist doch auch bestimmt tierisch teuer, oder?"

„Ich weiß nicht", sagte Max. „Ich weiß nur, dass die Schwab immer zur Tür hereinschwebt und es bringt." Er grinste etwas dümmlich.

„Das Essen gibt es ja erst seit Anfang des Schuljahres", erinnerte sich Eileen. „Als wir die Stundenpläne bekommen haben, wurde uns doch mitgeteilt: Ein Spender, der unbekannt bleiben will, sorgt sich um das gesunde Frühstück der Abiturienten. Und deshalb gibt es jetzt jeden Tag Frühstückspäckchen und jeden Freitag einen kurzen kognitiven Test im letzten Block."

„Ich habe da nie drüber nachgedacht, ich war froh, ein Frühstück zu bekommen." Max sah etwas wehmütig aus. „Aber wenn ich jetzt so darüber nachdenke, ist das schon sehr merkwürdig, vor allem mit den Tests. Ist da eigentlich etwas herausgekommen? Ich habe nichts von den Ergebnissen gehört."

Ben und Eileen sahen sich an und schüttelten die Köpfe, auch sie hatten nichts gehört. Eine Weile guckten alle nachdenklich vor sich hin, dann sagte Eileen: „Es wird ihr sicher nicht gefallen, aber ich sehe nur eine Möglichkeit: Meine Mutter muss die Milch untersuchen."

„Ach, da hat sie gestern aber deutliche Worte gefunden, würde ich sagen", Ben grinste dünn.

„Seht ihr denn eine andere Möglichkeit?", fragte Eileen.

„Das wäre schon eine prima Sache, wenn deine Mam das noch einmal für uns machen könnte", sagte Max. „Ich würde aber auch vorschlagen, dass wir versuchen herauszubekommen, woher diese Päckchen eigentlich stammen. Wir können doch einfach mal bei der Schwab nachfragen - sie verteilt sie schließlich."

„Na, ich würde sagen, du bist dafür prädestiniert", Ben grinste.

„Wieso?", fragte Eileen. Ihr war Max' Begeisterung für Natascha Schwab bis jetzt entgangen.

„Ach, nur so", sagte Ben. „Die Preisfrage ist, wie du deine Mutter dazu bringst, die Milch zu analysieren, und das möglichst noch heute."

„Puh, das weiß ich tatsächlich auch noch nicht. Ich muss mal überlegen, was ich noch bei ihr guthabe? Fällt mir gerade nichts ein ... Aber ich hätte da eine Idee. Am besten du fragst sie, Max. Ich kann ihr ansehen, dass sie großes Mitgefühl mit deiner Situation hat. Ich könnte mir vorstellen, dass sie dir nicht so leicht einen Wunsch abschlägt. Sie wollte für dich beim Sozialamt nachfragen, das ist vielleicht ein guter Vorwand, anzurufen. Und bei dieser Gelegenheit kannst du gleich mit der Milch nachfragen."

„Oh, das finde ich jetzt aber nicht so gut." Max sah sie zweifelnd an. „Ich bin froh, dass deine Mutter mir helfen will. Da möchte ich nicht auch noch mit so einem Anliegen kommen, das erscheint mir nicht anständig."

„Das kann ich gut verstehen, und es ehrt dich auch." Ben sah ihn verständnisvoll an. „Aber denk an Jerome, vielleicht bekommen wir dadurch einen Hinweis, was ihm zugestoßen sein könnte."

Grace legte den Hörer auf und sah in Gedanken versunken aus dem Fenster ihres Labors im 3. Stockwerk. Man hatte von hier eine schöne Aussicht über die Stadt. Sie war glücklich, nach einem Jahr Arbeitslosigkeit endlich wieder eine Anstellung gefunden zu haben und war es noch immer. Sie mochte ihre Arbeit im Labor und erachtete die Entwicklung von neuen Medikamenten als sinnvolle Tätigkeit. Auch wenn die Suche nach neuen Wirkstoffen oft mühsam war, eher so wie eine Haarnadel im Heuhaufen finden. Aber die Arbeit in einem kompetenten Team und die gut ausgestatteten Labore machten ihr riesigen Spaß. Nach dem erfolglosen Gespräch mit dem Sozialamt fühlte sie sich allerdings bedrückt. „Man sei an der Sache dran", hatte die Sachbearbeiterin zu Grace gesagt und außerdem dürfe sie den Fall nicht mit ihr besprechen, sie sei schließlich eine Außenstehende. Na toll, hatte Grace erwidert, so außenstehend, dass der arme Junge jetzt auf meiner Couch im Wohnzimmer schläft. Sie war empört, das hatte aber auch nichts genutzt. Im Moment könnten sie nichts tun, mit diesem Satz hatte die Sachbearbeiterin das Gespräch beendet.

Grace trübe Gedanken wurden vom Klingeln ihres Handys unterbrochen, Max war am Apparat. Sie konnte nichts weiter für ihn tun, als ihm die traurige Wahrheit mit dem Sozialamt mitzuteilen und zu versichern, dass er weiterhin willkommen war. Und dann fing der Junge schon wieder mit dieser Verschwörungstheorie einer Vergiftung an. Hatte sie nicht noch im Ohr, dass die

Kinder sich immer über den Verschwörungstheoretiker in ihrem Jahrgang lustig machten? Wie hieß er doch gleich: Kevin. Und jetzt machten sie es ihm nach, das war ja nicht auszuhalten. Dafür hatte sie wirklich keine Zeit, aber Max hörte sich so bittend an. Wahrscheinlich war es einfach seine Art, das Unglück mit dem Freund zu verarbeiten und so hörte sie sich sagen: „Na gut, Max, aber das ist definitiv das letzte Mal. Das mache ich nur dir zuliebe. Pack ein paar von diesen Milchpäckchen zusammen und bringe sie wieder zu mir. Du kannst sie wie gestern beim Pförtner unten abgeben, und nimm bitte eine blickdichte Tüte und knote sie zu. Ich will nicht, dass er mich für verrückt hält! Ach, und bestell meiner Tochter schöne Grüße von mir, und dass mir ganz klar ist, warum du gefragt hast und nicht sie!" Mit diesen Worten legte sie auf.

Als Max den anderen von seinem Gespräch mit Grace erzählte, guckte Eileen etwas zerknirscht. „Mist, da hat sie mich mal wieder voll durchschaut, aber gut, sie macht es, und das ist die Hauptsache. Lasst uns jetzt mal Frau Schwab suchen gehen."

Die drei fanden sie wenig später in der Cafeteria zusammen mit Kai Baumann, wie sollte es anders sein. „Na toll", sagte Ben, „jetzt müssen wir auch noch stören."

„Ach, entschuldigen Sie bitte, Frau Schwab", Eileen war ziemlich mutig, „wir hätten nur mal eine Frage, dürfen wir kurz stören?"

„Aber ja doch, na klar", lächelte Natascha freundlich.

Ben nahm den Faden auf: „Wir haben uns gefragt, wo eigentlich das Frühstück herkommt, dass sie uns jeden Tag bringen."

„Wieso habt ihr euch das gefragt?", hakte sie nach.

Die drei sahen sich an - auf diese Frage waren sie nicht vorbereitet.

„Ach, nur so", sagte Max schließlich, „es interessiert uns einfach. Und auch das mit den Tests jede Woche, wer wertet die eigentlich aus, und warum erfahren wir nie ein Ergebnis?"

„Ich habe keine Ahnung", antwortete sie und zuckte mit den Schultern. „Der Spender möchte gerne anonym bleiben, und ich finde, das kann man akzeptieren. Ist doch eine gute Sache mit dem Frühstück."

„Ich würde ebenso gerne mal wissen, wo diese Frühstückspäckchen herkommen, die du da jeden Morgen aus deinem Auto nach oben schleppst." Kai sah sie neugierig an.

Natascha zog ihr Handy aus der Tasche: „Entschuldigt mich einen Augenblick, mein Telefon hat gerade vibriert." Sie stand auf, ging zur Seite und führte ein kurzes Gespräch. Dann kam sie wieder und wendete sich an Max: „Ach, was ich noch fragen wollte: Wie geht es eigentlich Jerome, das weißt du doch sicherlich am besten, Max?"

Max errötete leicht: „Es geht ihm nicht gut, er ist immer noch nicht wieder bei Bewusstsein."

„Oh", sagte sie, „das ist aber nicht schön, bestimmt war er krank und ist trotzdem zur Schule gekommen?"

„Nein", erwiderte Max, „keiner kann sich erklären, was mit ihm ist, die Ärzte nicht, die Eltern nicht und wir auch nicht."

„Na, Max, das ist sicherlich eine harte Zeit für dich." Kai Baumann war Vertrauenslehrer und wusste ein wenig über seine Probleme Bescheid. Er sah ihn forschend an. „Ist alles okay oder brauchst du Hilfe?"

„Alles okay, Herr Baumann, Eileen und ihre Mama helfen mir."

„So, ich muss jetzt aber los in den Unterricht." Natascha war schon aufgestanden. „Die Sache mit Jerome tut mir sehr leid, ich hoffe, es geht ihm bald wieder besser!"

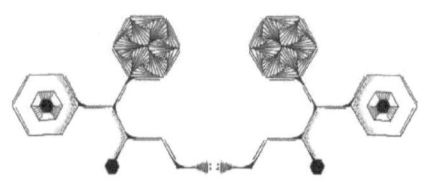

Er hatte gedacht, es würde schwieriger sein, viel schwieriger. Aber auf Menschen war eben kein Verlass, erschreckend eigentlich. Was so ein bisschen Geld alles ausrichten konnte, die würden glatt ihre Seele an den Teufel verraten. Hatten nicht viel hinterfragt. Glaubten die denn tatsächlich an seine gute Seele? Oder war es ihnen einfach egal? Oder wollten sie es gar nicht so genau wissen? Er wusste es nicht. Menschen waren ihm sowieso ein Rätsel, er verstand sie nicht. Er konnte außerdem meist nicht einschätzen, ob es ihnen gut oder schlecht ging, und es war ihm auch egal. Nur die Moleküle, die waren nicht egal. Die konnten ihn erheben. Diesmal hatte er wirklich die große Nummer gelandet, das wusste er. Die Firma würde ihm dankbar sein und ihn fürstlich belohnen. Alle würden ihn bewundern.

Er hatte sich gut informieren müssen, denn das hier war nicht sein eigentliches Gebiet; die richtigen Fragen finden, unter welchen Umständen das Experiment gelungen war. Schon eine kleine Herausforderung für ihn. Aber pah, das konnte er natürlich ebenfalls. War trotzdem eine knifflige Sache, so unter aller Augen. Aber dafür besonders aussagekräftig, es ergab nur so einen Sinn. Die Bestimmungen, die verdammten Bestimmungen verhinderten wahre Durchbrüche. Wissenschaft verhindern, das taten die! Umso verwirrender, dass die sich auf das Experiment eingelassen hatten. Formalitäten missachtet und neben dem Geld nur diese eine Bedingung gestellt hatten. Merkwürdig eigentlich. Aber darüber wollte er jetzt nicht nachdenken. Das große Experiment konnte starten, das war das Wichtigste. Und diese Frau war Gold wert, kam gerade im richtigen Moment in sein Büro geschwebt. Persönliche Mitarbeiterin vor Ort, besser ging's nicht. Wenn alles vorbei war, würde er ihr einen Job geben oder auch nicht. Er erlaubte sich ein kleines Grinsen und rückte seine Krawatte gerade – auch wenn das überhaupt nicht nötig war.

Kapitel 6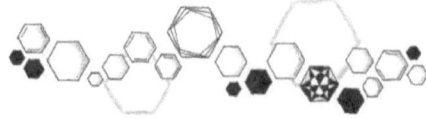

Die drei Freunde trafen sich nach dem Unterricht in der Eingangshalle der Schule.

„Na, da sind wir aber nicht wirklich weitergekommen mit der Schwab. Und was machen wir jetzt?" Eileen hatte ihre Stirn in Falten gelegt und sah die anderen fragend an.

„Am besten nach Hause gehen und auf deine Mutter warten." Max hatte langsam Hunger und freute sich schon auf das gemeinsame Abendessen.

„Also, ich fand die Reaktion von der Schwab richtig merkwürdig. Ich habe das Gefühl, sie verheimlicht etwas. Und ich finde, wir sollten einfach mal zur Schulleitung gehen und fragen, wo diese Frühstückspäckchen eigentlich herkommen." Ben hatte einen kämpferischen Ausdruck im Gesicht.

Die Schulleitung ihres Gymnasiums war so eine Sache. Bei Mario Hampel, dem stellvertretenden Schulleiter, war der Name Programm. Er hatte eine Vorliebe für stinkende Käsebrote, und schon deshalb mied man besser seinen Raum. Bei den meisten Schülern war er eher unbeliebt, einerseits, weil die Stundenplanorganisation meistens chaotisch war, und anderseits stand er in dem Ruf, seinen Physikunterricht selbst nicht zu verstehen. Zum Ausgleich stellte er höchste Ansprüche an die Schüler und gab nicht gerne gute Noten. Ein Phänomen, das unter Lehrern allerdings verbreitet ist. Er war klein und dick mit schütterem Haar, und Eileen fand immer, irgendjemand sollte ihm mal sagen, dass es einfach nur urkomisch aussieht, wenn man versucht, sich das schüttere Haar über die Glatze zu kämmen.

Ben hatte als Schulsprecher schon öfter das Vergnügen mit ihm gehabt. Der stellvertretende Schulleiter schaffte es oft nicht, den Schülern rechtzeitig mitzuteilen, wenn Unterricht ausfiel, und so standen sie dann morgens um 8 Uhr umsonst auf der Matte. Ein weiterer Klassiker war, dass man ein paar Stunden auf den Unterricht am Nachmittag wartete, der dann doch ausfiel. Das regte die Schülerschaft natürlich auf, man hatte schon genug mit dem Abitur zu tun, und einige jobbten nebenbei. Das sinnlose Herumsitzen und auf Unterricht warten, der dann nicht stattfand, brauchte echt niemand. Doch so oft Ben auch die Beschwerden mit der Bitte um Besserung vortrug, es änderte nichts.

„Meinst du, es bringt etwas, zu fragen?" Max sah skeptisch aus. Er hatte eigene Erfahrungen mit der Schulleitung gemacht. Für seine privaten Probleme hatten sie wenig Verständnis. Nicht, dass sie unfreundlich zu ihm waren, gar nicht, aber er erhielt keinerlei Unterstützung und erfuhr wenig Rücksichtnahme. Meist kam er gar nicht dazu, zu berichten, warum er wieder nicht in die Schule kommen konnte, und er fragte sich, ob sie seine blauen Flecke mit Absicht übersahen. Immer machten die Verantwortlichen deutlich, dass die Schule nicht für sein Privatleben zuständig war, sondern für seine Schulausbildung. Als könnte man das voneinander trennen. Er wünschte sich jemanden, der sich um ihn kümmerte, ihm half und für ihn da war. Max fühlte sich verloren und allein. Eileen riss ihn aus seinen Gedanken: „Na los, vielleicht haben wir ja Glück, und es stinkt heute mal nicht nach miefigen Käsebroten." Sie lächelte ihn aufmunternd an.

Ben klopfte an und sie betraten nach einem genervten „Jaaa" zusammen den Raum. Überall lagen Akten und Papiere herum, so dass das Zimmer deutlich kleiner wirkte, als es eigentlich war. Mario Hampel saß wie immer über seinen Rechner gebeugt und bearbeitete den Stundenplan. Er sah blass und müde aus.

Sie begrüßten ihn höflich und trugen ihr Anliegen vor. Mario Hampel schüttelte etwas verwirrt den Kopf, als würde er versuchen, den Stundenplan aus seinem Kopf zu bekommen. Sie mussten die Frage nach der Herkunft der Frühstückspäckchen noch einmal wiederholen, bevor der Stellvertreter die unbefriedigende, bereits bekannte Antwort gab: Der Spender wollte anonym bleiben. So langsam reichte es Ben. Als Schulsprecher fühlte er sich für seine Mitschüler verantwortlich. Er baute sich vor dem kleinen Mann auf und fand deutliche Worte zur Auskunftspflicht der Schulleitung. Und da er schon eine Weile im Geschäft war, kannte er ein paar Zauberwörter. „Schulkonferenz" war so ein Wort, und er drohte damit, dass er als Mitglied der Schulkonferenz öffentlich Auskunft verlangen würde. Überhaupt war die Schulkonferenz schon wieder mal mehr als überfällig. Er schielte zu Eileen, ob sie seinen eindrucksvollen Auftritt auch richtig würdigte. Sie strahlte ihn an, und er glaubte, so etwas wie Stolz in ihrem Blick zu lesen. Das tat ihm gut, er hatte immer das Gefühl, ihr etwas beweisen zu müssen. Vielleicht weil sie so schlau war – ach, das war schon verflixt kompliziert mit ihm und Eileen.

Hampel verhielt sich genauso, wie Ben es erwartet hatte: Er rief seine Chefin zu Hilfe. „Anette, kannst du bitte mal kommen?" Das war ein bekannter Trick. Die Schulleiterin war ja immer viel zu beschäftigt, um mit einfachen Schülern zu reden. Also ging man zum Stellvertreter, drängte ihn in die Ecke und schwupps, hatte man den Termin mit der Schulleiterin. Ben verkniff sich ein Grinsen.

Anette Kersting war seit 15 Jahren Schulleiterin. Sie und ihr Stellvertreter gaben ein lustiges Pärchen ab. Sie war im Gegensatz zu ihm lang und dürr mit blonden, strähnigen Haaren. Die Schulleiterin hatte ein freundliches und gewinnendes Auftreten. Trotz ihrer Offenheit war sie aber eine sehr unsichere Person, und es war kein Geheimnis, warum sie ausgerechnet Mario Hampel zu ihrem Stellvertreter gewählt hatte. In der Schule wurde getuschelt, dass er der einzige Bewerber war, der ihr intellektuell unterlegen und damit keine Gefahr darstellte.

„Was gibt es?", fragte sie, die Stirn missbilligend gerunzelt.

„Die Schüler haben da ein paar Fragen", antwortete Mario Hampel. „Schieß los, Ben!"

„Wir möchten gern einige Dinge wissen", fing Ben an. „Seit Anfang des Schuljahres gibt es diese Frühstückspäckchen, und wir würden gerne erfahren, wo die eigentlich herkommen. Außerdem findet jeden Freitag ein so genannter ‚kognitiver Test' statt. Wir Schüler möchten gerne erfahren, warum wir den machen müssen und auch, was dabei herausgekommen ist. Zum Beispiel, ob wir uns im Laufe des Schuljahres verbessert haben."

„Deine Fragen kann ich sehr gut nachvollziehen, Ben, und es tut mir leid, dass ich dir keine Antwort darauf geben kann." Die Schulleiterin versuchte, gewinnend zu lächeln. „Das Frühstück stammt gewissermaßen von einem ‚edlen Spender', der ortsansässig ist und deshalb anonym bleiben möchte."

„Mir leuchtet nicht ein, was das mit den Tests zu tun hat", schaltete sich Eileen in das Gespräch ein. „Die müssen doch irgendeinen Zweck verfolgen. Will der anonyme Spender, dass wir die machen? Wer wertet sie aus? Was wird mit den Ergebnissen gemacht? Wie können wir uns sicher sein, dass das nicht mal gegen uns verwendet wird?" Eileen hatte sich schon viele Gedanken dazu gemacht.

„Na, Eileen, ich bekomme immer drei Arbeiten von jeder Klausur vorgelegt, und deine ist als beste Arbeit fast immer dabei, du musst dir darüber keine Gedanken machen", entgegnete Frau Kersting etwas spitz.

„Es geht hier nicht darum, dass Eileen die Jahrgangsbeste ist. Wir wollen einfach nur Aufklärung. Ich weiß gar nicht, was daran so schlimm ist?" Ben stand Eileen sofort bei.

„Ich finde es gut, dass du deine Aufgabe als Schulsprecher ernst nimmst. Aber manchmal denke ich, du übertreibst es etwas, Ben. Du solltest der Schulleitung vertrauen, wir wissen schon, was wir machen. Und wenn wir darüber nichts sagen wollen, dann hat das seine Gründe."

Die drei sahen sich an: Was lief denn hier für ein Film? Warum sagte sie nicht einfach, was Sache war? So wurde das Ganze ja immer verdächtiger!

„Frau Kersting, ich kann ihre Haltung nicht verstehen. Wenn sie uns darüber nicht freiwillig Auskunft geben wollen, dann werde ich das Thema in der nächsten Schulkonferenz ansprechen." Ben wurde langsam sauer.

„Jetzt werde ich euch mal etwas sagen! Wenn ihr glaubt, eine Schule zu leiten ist einfach, dann täuscht ihr euch gewaltig. Ständig bekommen wir neue Vorgaben von der Behörde und auch ständig neue Sparziele. Was glaubt ihr eigentlich, wo die ganzen schönen Geräte herkommen, die in unseren naturwissenschaftlichen Fachräumen stehen? Glaubt ihr, der Staat stellt die dort für euch hin?" Sie lachte bitter. „Das sind alles Gerätschaften, für die ich eine Wahnsinnsanstrengung unternommen habe, um sie zu bekommen. Drittmittel akquirieren nennt man so etwas. Ich bin angewiesen auf ortsansässige Firmen, die uns hin und wieder sponsern. Sonst könnte ich den Laden hier schon lange dicht machen. Dann wären wir ein ganz normales Gymnasium ohne

Fachräume und Laborunterricht. Wäre euch das vielleicht lieber? Und ihr kommt und stehlt meine Zeit mit dummen Nachfragen, die niemanden etwas bringen. So schlimm kann es ja nicht sein, morgens ein Frühstück zu bekommen!" Die Schulleiterin war sichtlich erregt, so hatte Ben sie noch nie erlebt. Sonst tat sie immer nur scheißfreundlich, offene Konfrontationen waren ihr zuwider. Sie war mehr der Typ, der hinterrücks agierte, eine Eigenschaft, die sie mit vielen feigen Menschen teilte.

„Ich würde sagen, das Gespräch ist für heute beendet." Der Stellvertreter wollte jetzt ebenfalls noch einmal Fahne zeigen und beförderte die drei zur Tür hinaus.

Draußen sahen sie sich verdattert an. Das mit dem Frühstück und den Tests wurde ja immer geheimnisvoller!

„Ich bin schon mal gespannt, was deine Mutter heute Abend für Ergebnisse von der Milch nach Hause bringt." Max brachte es auf den Punkt. „Und bitte seid mir nicht böse, dass ich nichts gesagt habe. Ich dachte, es ist besser, wenn ich den Ball bei der Schulleitung flach halte. Ich bin darauf angewiesen, dass sie ab und zu ein Auge zudrücken, wenn ich wieder mal bei den Ämtern oder sonst wo unterwegs bin, anstatt in der Schule zu sein."

„Kein Problem, Max, das ist sowieso meine Aufgabe als Schulsprecher", antwortete Ben.

Sie unterhielten sich noch eine Weile über das sonderbare Gespräch und trennten sich dann. Eileen und Ben wollten noch Eis essen gehen. Max würde erst Jerome im Krankenhaus besuchen, dann musste er nach Hause und ein paar Sachen holen. Abends würden sie sich zum Essen bei Eileen treffen.

Grace stand am Fenster ihres Labors, sie sah auf die Armbanduhr, schon 16 Uhr, so langsam war es Zeit zusammenzupacken. Sie freute sich auf zu Hause und auf die Kinder, das gemütliche Zusammensitzen bei einer Tasse Tee. Ein paar Proben mussten noch umgefüllt und in den Kühlschrank gestellt werden. Vielleicht konnte sie die Praktikantin, Frau Schnabelstedt, bitten, das heute für sie zu übernehmen. Die junge Frau arbeitete schon ein paar Monate in ihrer Abteilung. Der Abteilungsleiter, Maurice von Austenberg, hatte ihr das Praktikum vermittelt, obwohl sie als Biologin fachfremd war. Aber sie machte sich ausgezeichnet, fand Grace, eine richtige Arbeitsbiene. Sie war morgens immer früh da und ging abends spät. Dazu erledigte sie alle Aufgaben sehr zuverlässig. Grace mochte die stille, unscheinbare Frau.

Ihre Assistentin kam herein und brachte ihr die Analyseergebnisse der Milch. Sie bedankte sich und bat sie, Frau Schnabelstedt mit der Nachbereitung der Proben zu beauftragen.

Dann ging sie mit den Papieren in ihr Büro. Stirnrunzelnd schaute sie auf die Ergebnisse in ihren Händen. Je länger sie las, desto tiefer wurde die Falte zwischen ihren Augen. Nach einer Weile setzte sie sich an ihren Computer und rief die Datenbank auf. Ihre Heimkehr würde sich verzögern.

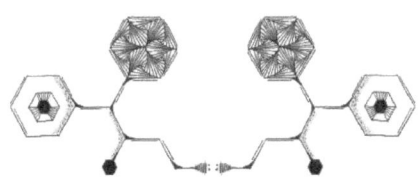

Alles lief nach Plan, natürlich. Genauso wie seine Kleidung einem strengen Plan folgte. Wie am Schnürchen könnte man auch sagen. Die ersten Ergebnisse waren da, und es sah mehr als vielversprechend aus! Noch besser, als er sich ausgemalt hatte. Der Langzeitversuch, das war es gewesen. Daran mangelte es bei den anderen Experimenten, und an der natürlichen Umgebung, am realen Leben sozusagen. Damit konnten die anderen nicht mithalten. Und welche Möglichkeiten sich plötzlich auftaten, dieser neue Markt! Wenn er nur daran dachte, bekam er zittrige Knie. Vor seinem geistigen Auge eröffneten sich ungeahnte Möglichkeiten. Das war der Sprung ganz nach vorne. Die Kassen würden unermüdlich klingeln. Sein Molekül konnte was! Es war unglaublich!

Schade eigentlich, dass er nichts darüber sagen konnte, so blieb seine Genialität dort unentdeckt. Half ja nichts. Diese Frau machte ihm ein wenig Sorgen. Fragte ein bisschen zu viel, die sollte einfach nur ihre Arbeit tun! Na ja, Frauen waren ihm schon immer ein Rätsel gewesen. Da ließ man besser die Finger von. Aber das musste sie jetzt durchziehen, da ließ er nicht locker. Zielorientiert arbeiten, das war immer seine Devise gewesen. Und diese Daten, da hatte man zu tun. Der Begriff „Datenflut" bekam für ihn eine ganz neue Bedeutung. Wie schön war das doch mit den Molekülen, die waren klar und deutlich. Dafür brauchte man auch keine Statistik. Sie waren klar und deutlich zu erkennen, auch ohne Mathematik. Sie leuchteten ihm sogar in der Nacht. Und erschienen in seinen Träumen. Nur dass er jetzt nicht viel Zeit zum Träumen hatte. Wenn man zwei Jobs auf einmal erledigt, bleibt nicht viel Zeit zum Schlafen. Er fühlte sich manchmal schon etwas wirr im Kopf. Er brauchte noch mehr Mitarbeiter, das war unumgänglich.

Kapitel 7

Der Park von Beutzenburg ist wunderschön. Alle Einwohner, die es irgendwie einrichten können, kommen besonders im Frühling hierher. Wer immer den Park angelegt hatte, war offensichtlich ein Japan-Fan gewesen. Es gibt eine lange Allee mit Zierkirschen, die an einer japanischen Pagode endet. Rund herum ist eine Wiese, die man unglaublicherweise betreten darf. Die Allee war ein Blütentraum in rosa, als Eileen und Ben heute dort entlangschlenderten, sie hatten sich für ein Eis auf die Hand entschieden, um im Park spazierenzugehen.

Als sie nach dem Gespräch mit der Schulleitung aus der Schule kamen, hatten sie Kai Baumann getroffen, der gerade auf sein Rad stieg. Spontan vertrauten sie sich ihm an. Der Informatiklehrer war ihr Tutor und immer für seine Schüler da. Normalerweise mussten sie ihn nicht in Anspruch nehmen, da bei ihnen eigentlich immer alles glatt lief. Da gab es ganz andere Mitschüler, Leute wie Max, die dringend Unterstützung brauchten oder auch Jan, der das mit dem Kiffen nicht mehr im Griff hatte. Kai Baumann kümmerte sich um seine Schüler, ihr Schicksal war ihm nicht egal. Eileen und Ben drucksten etwas herum, und ihr Lehrer fragte sie rundheraus, was sie auf dem Herzen hatten. Sie erzählten ihm von ihrer Sorge um Jerome und der unerklärlichen Symptomatik. Von der Trinkwasseruntersuchung, bei der nichts gefunden wurde. Von diesen merkwürdigen Frühstückspäckchen, deren Herkunft geheim gehalten wurde und den kognitiven Tests, von denen keiner wusste, wofür die eigentlich gut sein sollten. Dann berichteten sie noch von dem merkwürdigen Gespräch mit der Schulleitung. Kai Baumann hörte ihnen in Ruhe zu, dann sagte er lange gar nichts. Schließlich räusperte er sich, ihm kam die ganze Sache ebenfalls komisch vor. Bei den Tests war er insoweit involviert, als er die Online-Tests einsammelte und dann per Mail an die Schulleiterin schickte. Auch er hätte keine aufschlussreichen Antworten auf seine Fragen bekommen. Da er von Beruf aus paranoid war, was die Sicherheit von Daten, Computer-Netzwerken und dem Internet anging, hatte ihm das gar nicht gefallen. Das Frühstück von einem „edlen Spender" konnte er sich nicht erklären, ebenso das Kollegium hatte keine weiteren Informationen bekommen. Der Lehrer sprach mit ihnen auf Augenhöhe, das gefiel den beiden gut, und weil sie gerade dabei waren, erzählten sie ihm auch den Rest. Dass sie die Milch verdächtigten und Eileens Mutter sie untersuchte. Kai Baumann sagte, dass er sich das nun aber doch nicht vorstellen könne, sie seien in dem beschaulichen Beutzenburg, und vergiftete Milch würde es hier bestimmt nicht geben. Auf alle Fälle würde er ihnen jetzt mal seine private Handynummer geben, sollten sie irgendetwas herausfinden oder seine Hilfe brauchen.

Nachdem sie eine Weile durch den Park geschlendert

waren, setzten sie sich auf den Rasen vor der Pagode. Die Wiese war mit herabgefallenen Blütenblättern übersät, und Eileen fand, dass es richtig romantisch war, mit Ben hier zu sitzen. Sie hatte ihn gern. Mit seiner fröhlichen Art war er ein guter Kontrast zu ihr. Wenn Ben da war, fühlte sie sich gleich viel fröhlicher und freier. Auf der einen Seite hätte sie schon gerne, dass er so richtig ihr Freund wurde, aber auf der anderen Seite hatte sie furchtbare Angst, dass das ihre Freundschaft kaputt machen würde. Was wäre dann? Ohne Ben fühlte sie sich immer ein bisschen verloren, er war ihre Eintrittskarte ins richtige Leben. Ohne ihn würde sie immer nur zu Hause über ihren Büchern sitzen und lernen. Sie konnte es einfach nicht ertragen, einmal nicht die Beste zu sein. Warum, wusste sie auch nicht. Ihre Mutter zwang sie mit Sicherheit nicht dazu, ganz im Gegenteil. Nein, das Lernen, gerade für die Naturwissenschaften, machte ihr Spaß.

Außerdem konnte sie sich beim besten Willen nicht vorstellen, dass Ben sich auf *diese Art* für sie interessierte. Er konnte bei den Mädchen quasi frei wählen, fast alle fanden ihn toll. War er ja auch - gutaussehend, Schulsprecher, schwarzer Gurt in Karate und seine etwas verpeilte Art, die ihn noch liebenswerter machte. Sie hatte nicht das Gefühl, mit den anderen Mädels mithalten zu können. Die konnten sich irgendwie besser zurecht machen, Marie sah beispielsweise immer sexy aus mit ihrem flotten Kurzhaarschnitt und den engen Jeans. Die hatte es richtig drauf, Jungs anzumachen, alle standen auf sie. Ihr war das einfach zu blöd. Und wenn sie an Frau Schwab dachte, die sah toll aus. Da konnte man noch so über Barbiepuppen lästern und sich darüber erhaben fühlen, aber lange blonde Haare und eine gute Figur waren einfach nicht zu toppen.

Nein, nein, Ben war ihr guter Freund, und so sollte es bleiben. Im Moment hatten sie sowieso Wichtigeres zu tun.

Die beiden besprachen noch einmal die Ereignisse in der Schule. Es wurde alles immer sonderbarer: Frau Schwab, die nicht mit der Sprache herausrückte. Die Schulleitung, die ihnen nichts sagen wollte, außer dass offensichtlich irgendwelche Drittmittel im Spiel waren? Teure Geräte, die die Schule sich sonst nicht leisten konnte? Sie hatten die Schulleiterin nicht wirklich verstanden. Bekam denn die Schule Geld dafür, dass sie das Frühstück an die Schüler im 12. Jahrgang verteilte? Und wie passten diese kognitiven Tests da rein? Es gab mehr Fragen als Antworten! So konnte das nicht weitergehen. Woher hatte die Schwab diese Frühstückspäckchen? Schließlich hatte Ben eine Idee, und gemeinsam heckten sie einen Plan aus.

Danach saßen sie noch ein bisschen zusammen und hingen ihren Gedanken nach. Ben sah Eileen an. Heute hatte sie mal keinen Zopf, sondern trug ihr Haar offen, die langen, roten Locken schimmerten in der Sonne, es sah einfach toll aus. In ihrer Gegenwart fühlte er sich vollkommen sicher - naja, manchmal auch ein bisschen unsicher, weil er nicht so recht wusste, wie sie zu ihm stand. Er traute sich nicht es anzusprechen. Was sie wohl in ihm sah? Zu gerne hätte er in ihren Kopf geschaut. In seinem Kopf war es jedenfalls nicht so ordentlich wie in ihrem, das war offensichtlich. Zuhause konnte er sich oft überhaupt nicht mehr erinnern, was sie in der Schule durchgenommen hatten oder was sie aufhatten oder was er zur nächsten Stunde mitbringen sollte oder, oder, oder ... Es war einfach weg aus seinem Gehirn, echt fies. Warum konnte sich Eileen das alles bloß merken?

Eileens Mutter hatte einmal versucht, ihm das zu erklären:

Der springende Punkt ist die Aufmerksamkeit. Menschen mit hoher Aufmerksamkeit können sich Dinge gut merken und auch leicht lernen. Menschen mit geringer Aufmerksamkeit fällt das deutlich schwerer. Aufmerksamkeit wird durch verschiedene Faktoren beeinflusst. Ein sehr wichtiger Faktor hierfür ist die Verfügbarkeit des Botenstoffes Dopamin im Gehirn. Dieser Botenstoff wird von Nervenzellen freigesetzt, um den nachgeschalteten Nervenzellen Informationen mitzuteilen. Es wird vermutet, dass bei Menschen, die Probleme mit der Aufmerksamkeit haben, das Dopamin nicht ausreichend vorhanden bzw. nur für eine zu kurze Zeit verfügbar ist.

Er wusste jetzt wenigstens, woran es lag, dass er sich

nicht so leicht Sachen merken konnte. Aber was sollte ein Mädchen wie Eileen mit einem Kerl anfangen, bei dem nicht mal das Dopamin stimmte? Dann verscheuchte er die trüben Gedanken, ihm würden schon ein paar Dinge einfallen und er lächelte still in sich hinein.

Max trat heftig in die Pedale. Er kam gerade aus dem Krankenhaus, Jeromes Zustand war stabil, aber unverändert. Max brauchte unbedingt frische Wäsche und ein paar Unterlagen für die Schule. Es gab also keine andere Möglichkeit, als nach Hause zu fahren. Wie immer fürchtete er sich davor. Er war der Blitzableiter für Piet, den Freund seiner Mutter. Es war ihm unerklärlich, was sie an ihm fand. Seine Mutter war nett, wenn auch ein bisschen einfältig, warum ließ sie sich das alles gefallen? Sein Magen krampfte und tat ziemlich weh. Bestimmt hatte er wieder eine Magenschleimhautentzündung. Und er hatte vor allem eins: Angst. Die Angst vor Piets Gewaltausbrüchen verfolgte ihn, oft wachte er nachts aus schweren Albträumen auf. Schweißgebadet und mit rasendem Herzen. Irgendwo hatte er mal den Spruch gehört „Angst essen Seele auf" und genauso fühlte er sich. So konnte es einfach nicht mehr weitergehen, ständig nahm er Reißaus, um dann doch wiederzukommen, weil er irgendetwas brauchte oder einfach Sehnsucht nach seiner Mutter hatte. Manchmal hatte er davon geträumt, Piet umzubringen. Gewalt erzeugt Gegengewalt, das hatten sie gerade in Politikwissenschaft gelernt.

Zuhause angekommen, schloss er sein Fahrrad an eine Laterne und ging die Treppen des Mehrfamilienhauses bis in den dritten Stock hoch. Er schloss die Tür auf und betrat den Flur. Leise ging er den dunklen Gang entlang und schaute ins Wohnzimmer - es war leer - niemand zu Hause. Nach all den schwierigen Jahren war auf einmal klar, was er tun musste. Er ging an den hohen Schrank im Flur, nahm einen Stuhl, damit er an das oberste Fach herankam und holte den alten Wanderrucksack seines Vaters herunter. Anschließend ging er in sein Zimmer und packte Klamotten und seine Schulsachen ein. Als der Rucksack prall gefüllt war, verschloss er ihn. Dann öffnete er das Geheimfach in seiner Kommode und holte sein Sparbuch, Bargeld und ein paar Erinnerungsfotos von seinem Vater heraus und verstaute alles in der Seitentasche. An der Tür schaute er das letzte Mal in die Wohnung - er wollte nie wieder zurückkommen. Lieber würde er unter der Brücke schlafen wie die Obdachlosen, die er dort manchmal sah. Max ging zur Wohnungstür, legte seinen Hausschlüssel gut sichtbar auf den Schuhschrank am Eingang und zog die Tür hinter sich zu. Ohne sich noch einmal umzudrehen, verließ er das Haus.

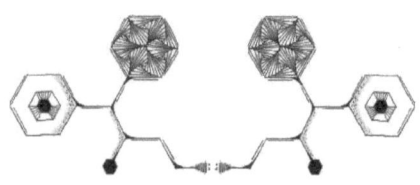

Ein grauenvoller Dienstagmorgen. Er hätte ein zartrosafarbenes Hemd anziehen müssen, aber es war keins im Schrank. Er hatte vergessen, die Hemden aus der Reinigung zu holen. Sofort war ihm der Schweiß ausgebrochen, und er musste noch einmal duschen. Fast fühlte er sich nicht in der Lage, zur Arbeit zu gehen. Danach war er am Schreibtisch im Büro eingeschlafen. Das durfte alles nie wieder passieren!

Er musste etwas nehmen, sonst schaffte er es nicht. Die Mitarbeiter sahen ihn so merkwürdig an, hatte das etwas zu bedeuten? Wussten sie Bescheid? Er musste genau aufpassen, keiner durfte ihm auf die Schliche kommen. Nur die paar Zuarbeiter durften etwas wissen, aber nicht alles natürlich. Er wurde immer argwöhnischer. Er verstärkte seine Sicherheitsvorkehrungen, stand noch früher auf. Heute hatte er eine Halluzination gehabt. Ein riesiges Molekül in fluoreszierenden Farben war in seinem Labor geschwebt. Schnell hatte er die Augen geschlossen und tief durchgeatmet. Danach war es glücklicherweise weg gewesen.

Was für eine Menge Daten, er brauchte dringend

einen Statistiker. Vielleicht der neue junge Mann aus der anderen Abteilung? Er musste rausfinden, ob er zufrieden war. Dann war nichts zu machen. Wenn nicht, könnte er ihm etwas anbieten, den schnellen Aufstieg vielleicht. Menschen waren korrupt.

Alles lief nach Plan. Es gab keinen Grund, so nervös zu sein. Weiterhin keinerlei Nachfragen. Wie einfach das war, schier unglaublich. Ging langsam etwas ins Geld, bei seinem Verdienst noch keine große Sache. Aber die Schmiergelder waren teuer.

Manchmal fühlte er sich ein wenig bedrückt. Sonst nicht seine Art. Die Erschöpfung vielleicht. Dann stellte er sich vor, wie es sein würde. Wenn er sein Molekül vorstellte. Und seine Daten. Die Überraschung in den Gesichtern. Wenn sie begriffen, was das bedeutete. Sie würden ihn bewundern, ihm auf die Schulter klopfen für seinen kühnen Plan. Ja, kühn, das war er!

Er sollte ein wenig mehr schlafen. Musste noch durchhalten bis Mitte des Jahres.

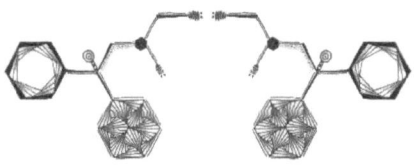

Kapitel 8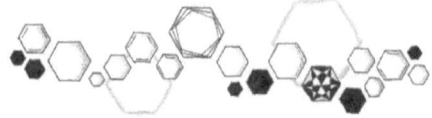

Ben kam gerade aus der Kampfsportschule, in der er seit seinem siebten Lebensjahr trainierte. Er war seinen Eltern dankbar, dass sie darauf gedrungen hatten, ihn früh in die Sportschule zu schicken. Sie wollten, dass er sich im Notfall verteidigen konnte. Tatsächlich hatte er sich immer sicher gefühlt, und das hatte wahrscheinlich dazu beigetragen, dass er nie in eine bedrohliche Situation geraten war. Auf seinen Körper konnte er sich hundertprozentig verlassen - anders als auf seinen Kopf. Er hatte vor Kurzem seinen 1. Dan gemacht und war mächtig stolz auf seinen schwarzen Gürtel.

Ben schaute auf sein Handy, das er während des Trainings ausgeschaltet hatte. Eine SMS von seinem Vater: Sie würden sich freuen, wenn er heute zum Abendessen da wäre. Mist! Natürlich musste er zuerst zu Eileen, er war gespannt wie ein Flitzebogen, welche Ergebnisse Grace mit nach Hause bringen würde. Er würde seine Eltern auf morgen vertrösten.

Während er so vor sich hin radelte, dachte er über das seit längerer Zeit angespannte Verhältnis zu seinen Eltern nach. Eigentlich hatte er sich immer gut mit ihnen verstanden, auch wenn sie nicht viel Zeit miteinander verbrachten. Es hatte angefangen, als er sich vor einigen Monaten geweigert hatte, weiter das Medikament zu nehmen, das er seit der 3. Klasse bekam. Damals waren seine Eltern mit ihm zum Arzt gegangen, weil er Lernprobleme hatte. Seine Mitschüler hatten viel schneller als er lesen, schreiben und rechnen gelernt. Er war schon immer ein Träumer gewesen, seine Gedanken schweiften oft ab, und dann kriegte er in der Schule nicht alles mit. Dazu kam ein Bewegungsdrang, den er nur schwer unterdrücken konnte. Der Arzt hatte ADHS diagnostiziert und ihm Methylphenidat verschrieben. Seine schulischen Leistungen hatten sich danach wirklich verbessert. Ben hatte das nie hinterfragt. Erst die nähere Bekanntschaft mit Eileen und ihrer Mutter hatte die Sache in ein anderes Licht gerückt. Grace sah die Einnahme von Medikamenten grundsätzlich kritisch, das hing gewiss mit ihrem Beruf zusammen. Sie war der Meinung, dass man Medikamente tatsächlich nur nehmen sollte, wenn es unbedingt nötig war. Außerdem bemängelte sie, dass es nur wenige Langzeitstudien zur Verträglichkeit von Methylphenidat gab. Deshalb hatte sie ihn ermutigt, einfach mal auszuprobieren, ob er das Methylphenidat überhaupt noch brauchte. Ben hatte das Medikament tatsächlich schon sehr viele Jahre genommen und wollte nicht mehr jeden Tag seine Tablette schlucken. Seine Eltern waren mit seiner Entscheidung nicht einverstanden gewesen. Für sie stand der Nutzen, dass sich seine Schulleistungen verbessert hatten, klar im Vordergrund. Er hatte ihnen das übelgenommen, seine Gesundheit ging doch wohl über gute Schulleistungen, oder? Aber das „Kein Medikament ohne Nebenwirkungen"-Gerede scherte seine Eltern wenig. Sie waren der Meinung, das sei eben eine Investition in die Zukunft. Ben hatte sich aber durchgesetzt und das Medikament langsam „ausgeschlichen", wie ihm das sein Arzt empfohlen hatte. Und es war auch alles gut gegangen, nur dass seine Aufmerksamkeit und seine Konzentrationsfähigkeit etwas nachgelassen hatten. Seine Gedanken schweiften wieder schneller ab. Aber seine Noten hatten sich im Großen und Ganzen nicht sonderlich verschlechtert. Die Missstimmung zwischen seinen Eltern und ihm war aber trotzdem geblieben. Er hatte die Vermutung, dass das weniger mit dem Absetzen des Medikaments, sondern vielmehr damit zusammenhing, dass er dem Ratschlag von Eileens Mutter gefolgt war und nicht ihrem. Sie schienen zu bedauern, dass er öfter bei Eileen als zu Hause war. Vielleicht nagte es auch an ihnen, dass er Eileens kleine Wohnung ihrem großen, schönen Haus vorzog, für das sie doch so schufteten.

Ben wurde jäh aus seinen Gedanken gerissen, als er Max mit einem riesigen Rucksack auf dem Rücken vor der Tür von Eileens Wohnhaus sah.

„Hey, Max, hast du deinen ganzen Hausstand mitgebracht?", scherzte er. Dann fiel sein Blick auf Max' versteinerte Miene, und ihm dämmerte, dass der Spaß vielleicht nicht angebracht war.

Max seufzte schwer. „Ja, so ungefähr. Ich bin von Zuhause ausgezogen. Ich halte es einfach nicht mehr aus, aber im Moment will ich darüber nicht reden. Ich hoffe bloß, dass Eileens Mutter mich nicht gleich rauswirft, sondern erst ein bisschen später."

„Mach dir keine Sorgen, Grace ist in Ordnung, und notfalls kannst du ein paar Nächte bei mir pennen."

Eileen hatte den Rest des Nachmittags Hausaufgaben gemacht und für die bevorstehende Bio-Klausur gelernt. Heute war sie nicht so konzentriert wie sonst. Ihre Gedanken schweiften immer wieder zu den letzten Ereignissen. Sie sah sich in ihrem kleinen Zimmer um, hier fühlte sie sich wohl. Ihr Schreibtisch stand vor einem großen Fenster, und wenn sie hinaussah, konnte sie in der Ferne den Park sehen. Sie sah oft beim Arbeiten hinaus; es beruhigte und inspirierte sie, in das Grün der Bäume zu schauen. An der Wand gegenüber stand ihr großes Bett mit den vielen Kissen und daneben ihr Kleiderschrank. Sie brauchte keinen großen Schrank, denn sie hatte nicht so viele Klamotten. Sie hasste es nämlich, einkaufen zu gehen, dieses ganze Anprobieren ging ihr auf den Keks, und besonders schlimm waren Schuhe! Sie wollte einfach nur bequeme Schuhe haben, und die waren nicht leicht zu finden. Ihre Mutter versuchte immer verzweifelt, ihr mal ein paar „flotte" Schuhe zu verpassen, aber bis jetzt hatte sie sich erfolgreich gewehrt. Eileen grinste in sich hinein. Beim letzten Schuhkauf hatte sie die Verkäuferin kirre gemacht, dass die Schuhe, die ihre Mutter aussuchte, alle nicht passen würden. Am Ende waren alle froh, als Eileen ein paar passende Turnschuhe gefunden hatte.

Das Klingeln riss Eileen aus ihren Gedanken und sie öffnete den beiden Jungen die Tür. Wortlos stellte Max den großen Rucksack in eine Ecke im Flur. Ben warf Eileen einen warnenden Blick zu, woraufhin sie beschloss, nicht nachzufragen.

„Kommt rein, Jungs. Wir können schon mal einen Tee aufsetzen, Mutter kommt bestimmt bald. Eigentlich wollte sie schon hier sein."

Eileen setzte Teewasser auf, holte die schöne, alte Teekanne aus dem Regal und füllte Teeblätter in einen Beutel. Anschließend stellte sie Teetassen auf den Tisch. Max mochte das Geschirr, es hatte ein Blumenmuster und sah für ihn nach heiler Welt aus.

Sie setzten sich alle um den runden Tisch und quatschten, bis die Haustür aufging und Grace die Wohnung betrat. Sie hörten, wie sie ihre Schuhe in eine Ecke kickte und ihren Mantel aufhängte. Als sie zur Tür hereinkam, schauten sie drei Augenpaare gespannt an. Grace war aber noch nicht in der Stimmung, darüber zu reden, sondern lenkte erst einmal vom Thema ab: „Na, Max, das ist aber ein ziemlich großer Rucksack, der da im Flur steht."

Max wurde rot und stotterte ein bisschen herum. „Ich möchte nie wieder nach Hause gehen, daher habe ich ein paar Klamotten, die Schulsachen und ein paar persönliche Sachen eingepackt. Aber du brauchst keine Angst zu haben, ich kann auch anderswo schlafen!"

„Nun mal sachte, ich habe dir ja gesagt, dass du vorerst hier schlafen kannst, und deine Sachen bekommen wir ebenfalls noch unter", sagte Grace beruhigend.

„Mama, jetzt spann uns doch nicht weiter auf die Folter, was hat die Untersuchung der Milch ergeben?" Eileen konnte es einfach nicht abwarten, ihre grünen Augen blitzten vor Aufregung.

Grace' Gesicht hatte einen merkwürdigen Ausdruck, sie sah verwundert aus und ein bisschen ratlos.

„Da ist tatsächlich etwas in der Milch; aber was da drin ist, gibt es eigentlich gar nicht. Jedenfalls finde ich es nicht unter meinen Referenzsubstanzen. Ach, und noch etwas ist merkwürdig: Diese Substanz war auch nicht in jeder Milchpackung, ungefähr die Hälfte der Proben waren völlig unauffällig."

Die drei blickten sich an. „Kannst du uns das noch einmal übersetzen?", fragte Ben.

Grace stand auf, ging in den Flur und kam mit ihrer Aktentasche zurück. Sie holte einen kleinen Stapel DIN A4-Papier aus der Tasche und breitete das Papier auf dem Tisch aus.

„Schaut her, das sind die Ergebnisse. Ich habe ein sogenanntes Hochleistungs-Flüssigkeits-Chromatografie-Verfahren, kurz HPLC verwendet. Ich will euch jetzt gar nicht mit den Einzelheiten langweilen, die einzelnen Komponenten der Milch werden voneinander getrennt, indem sie eine Säule hochwandern, und das tun sie je nach ihren Eigenschaften in unterschiedlicher Geschwindigkeit. Einige Substanzen wandern schnell nach oben und andere langsamer. Das Gerät zeichnet das Ergebnis auf, das man im Anschluss ausdrucken kann. Und zwar stellt es die einzelnen Substanzen als ‚Peaks‘ oder Spitzen nebeneinander dar. Je größer die Peaks, umso mehr ist von der Substanz mengenmäßig enthalten, diese Höhe wird auf der y-Achse abgebildet. Die x-Achse gibt den zeitlichen Verlauf der Auftrennung wieder, die ‚schnellen‘ Substanzen stehen vorne und die ‚langsamen‘ hinten. Als Referenz habe ich eine Milch aus der Cafeteria verwendet. Die Ergebnisse von drei eurer Milchpäckchen gleichen der Milch aus der Cafeteria. Seht ihr, der Verlauf und die Höhe der Peaks stimmen ungefähr überein. Aber bei vier Päckchen gibt es einen Peak, der eigentlich nicht in die Milch gehört, da ist er.“ Grace zeigte auf einen Peak, der sich mittig auf der x-Achse befand. „Ich habe lange recherchiert und meine Datenbanken durchforstet und auch noch weitere Analysen gemacht, aber ich weiß nicht, was das für ein Stoff ist.“

„Du meinst also, da ist wirklich etwas in der Milch, was dort nicht sein sollte?“, fragte Ben.

„Ja, es sieht erstmal danach aus. Allerdings kann das ein reiner Zufallsbefund sein, vielleicht war die Substanz nur heute in der Milch. Man müsste das schon noch einmal machen, um den Befund tatsächlich zu verifizieren. Wo kommen diese Päckchen denn her?“

Die Jugendlichen erzählten ihr von den ergebnislosen Gesprächen mit Frau Schwab und der Schulleitung. Alle rätselten herum, woher diese Frühstückspäckchen kamen und was das für ein Stoff in der Milch sein könnte, der nicht in allen Proben enthalten war. Irgendwie alles sehr rätselhaft! Sie diskutierten, ob sie möglicherweise zur Polizei gehen sollten. Grace war sich unsicher, da sie die Substanz nicht bestimmen konnte. Außerdem konnten sie nicht nachweisen, dass Jerome diese zu sich genommen hatte. Möglicherweise war es ja nur an diesem Tag zu einer Verunreinigung der Milch gekommen. Dann hatte Eileen eine Idee: „Es gibt eine Möglichkeit herauszufinden, ob Jerome oder auch wir anderen die Substanz zu uns genommen haben. Wir müssen eine Haaranalyse vornehmen!" Eileen hatte sich aufgerichtet und ihre Augen blitzten schon wieder. „Ich habe gerade darüber gelesen. Wenn man Drogen einnimmt, werden diese quasi beim Wachsen des Haares miteingebaut. Dadurch kann man Wochen und Monate später noch nachweisen, ob und welche Drogen ein Mensch konsumiert hat."

„Was du wieder alles weißt!" Ben war beeindruckt.

„Ja, du hast recht", bestätigte Grace. „Das könnte man durch Gaschromatographie gekoppelt mit Massenspektrometrie nachweisen. Das ist eine tolle Idee von dir!" Eileen strahlte über das Lob ihrer Mutter.

„Kannst du das in der Firma durchführen?", fragte Max hoffnungsvoll.

„Haaranalysen habe ich noch nie gemacht, aber da könnte ich mich sachkundig machen." Grace runzelte die Stirn und überlegte. „Dann bräuchte ich ein kleines Haarbündel von Jerome und am besten von euch dreien auch gleich noch. Und wenn ich schon dabei bin, dann solltet ihr mir morgen noch ein paar Milchproben bringen. Und ihr solltet definitiv keine Milch mehr trinken, bis wir wissen, ob das ein Zufallsergebnis war. Und eure Mitschüler natürlich ebenfalls nicht." Sie seufzte.

„Leute, irgendetwas kann doch da nicht stimmen. Wer sollte denn Interesse daran haben, Jugendlichen irgendwelche Stoffe in der Milch zu verabreichen?" Max schaute fragend in die Runde. Er hatte wieder mehr Farbe im Gesicht und war von seinen persönlichen Problemen ein wenig abgelenkt.

„Ich kann mir ehrlich gesagt ebenso keinen Grund vorstellen", sagte Grace. „Von Anfang an habe ich das für eine fixe Idee von euch gehalten. Ehrlich gesagt, bin ich ziemlich erschrocken, als ich die fremde Substanz in der Milch gefunden habe. Lebensmittelskandale gibt es ja immer wieder, und natürlich sterben auch Menschen, weil sie kontaminierte Lebensmittel zu sich nehmen. Vielleicht ist das ein neuer Lebensmittelskandal, den wir gerade aufdecken. Der Stoff, den ich gefunden habe, könnte ein Toxin sein, das beispielsweise von Pilzen oder Bakterien gebildet wird."

„Ja, klar", führte Eileen den Gedankengang ihrer Mutter weiter. „So wie Schimmelpilze Toxine produzieren, deren Giftigkeit häufig unterschätzt wird. Deshalb darf man keine verschimmelten Lebensmittel essen."

Ben und Max grinsten sich an.

„Du bist ein wandelndes Nawi-Lexikon, Eileen", neckte Ben sie.

„Wir müssen einfach wissen, woher diese Milch kommt!" Max brachte es auf den Punkt.

Eileen und Ben sahen sich an.

„Darüber habe ich mir heute mit Eileen auch schon Gedanken gemacht", sagte Ben. „Wir hatten dazu eine Idee. Ob es eine gute ist, wissen wir allerdings noch nicht." Er grinste.

Eileen sah in die Runde: „Dazu müssen wir aber wissen, wo Frau Schwab wohnt!"

„Na", sagte Max, „das wird doch sicher dem Baumann bekannt sein."

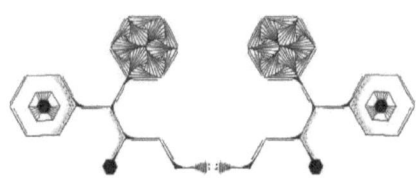

Der Vorfall hätte nicht passieren dürfen. Die Frau außer sich. Musste sie beruhigen. Sie lag da falsch. Es war nicht seine Schuld. Bestimmt nicht seine Schuld. Das konnte nicht sein. Er hatte alles richtig geplant und berechnet. Ein Vorfall wie dieser - ausgeschlossen. So ein dummer Zufall!

Die Frau fing an zu nerven. Am liebsten würde er sie loswerden, die ließ einfach nicht locker. Er wollte weitermachen, konnte jetzt nicht aussteigen. Das musste sie verstehen.

Sie hatte ihn unter Druck gesetzt. Ihn! Kaum zu glauben. Sie war doch nur eine ganz normale, mittelmäßige Frau. Die anderen hatten aber nichts gesagt, gar nichts. Hatten sie nichts mitbekommen oder waren sie einfach desinteressiert? Egal. Er musste trotzdem handeln. Das hätte nicht passieren dürfen.

Die Datenlage war gut. Nicht perfekt, aber gut. Noch ein bisschen Statistik und das war's.

Also das Experiment beenden. Aber so, dass es niemand merkte. Er hatte das dumpfe Gefühl, als würden sie ihm auf die Schliche kommen. In welches Gesicht er in der Firma auch schaute, er sah darin Argwohn. Tuschelten sie heimlich über ihn? Waren sie dahintergekommen?

Jeden Morgen brauchte er jetzt noch länger, um sich anzukleiden. Immer wieder musste er überprüfen, ob alles richtig saß. Er hatte zusätzliche Hemden schneidern lassen, damit nicht noch einmal die einzig mögliche Farbe nicht verfügbar war. Das würde er nicht ertragen.

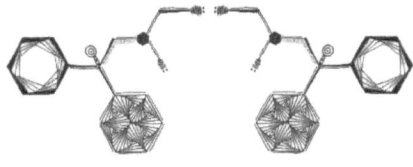

Kapitel 9

Eileen wartete in der Nähe des Mehrfamilienhauses, in dem Natascha Schwab wohnte. Das Haus lag in einer ruhigen Seitenstraße in einer guten Wohngegend von Beutzenburg. Die Lehrerin fuhr ein schnittiges, blaues BMW-Cabrio, das sie in der Nähe des Hauses geparkt hatte. Es war eine absolute Unzeit: 6 Uhr morgens! Eileen konnte kaum aus den Augen gucken! Ben hatte ihr vor kurzem eine niedliche Karte geschenkt. Darauf war eine Eule mit halb geschlossenen Augen abgebildet, darunter der Spruch: I'm not my best in the morning but you should see me at night! So fühlte sie sich heute; um 5 Uhr war sie aufgestanden, um rechtzeitig hier zu sein. Abends hatten sie sehr lange zusammengesessen, bis Ben nach Hause gefahren war. Es war nicht so einfach gewesen, Herrn Baumann dazu zu überreden, die Adresse von Frau Schwab rauszurücken. Max hatte aber Recht gehabt, er wusste, wo sie wohnte. Sie hatten ihren Lehrer auf den neuesten Stand gebracht und ihm von der unbekannten Substanz in der Milch erzählt, das hatte ihn schließlich überzeugt. Und nun stand Eileen hier und wartete darauf, dass Frau Schwab aufbrach und hoffentlich an den geheimnisvollen Ort fuhr, von dem sie die Frühstückspäckchen holte. Eileen war froh, als sie den Wagen der Lehrerin entdeckte, denn das hieß, dass sie noch zu Hause war. Sie hatte sich mit ihrem Fahrrad so postiert, dass sie nicht zu sehen war. Ihr

Handy war griffbereit in ihrer Tasche verstaut, gestern hatten sie noch die WhatsApp-Gruppe SOKO Jerome eingerichtet. Eileen zweifelte, ob ihr Plan in die Tat umsetzbar war. Gut, Beutzenburg war nicht so groß, und das Verkehrschaos morgens begünstigte ganz klar die Radfahrer, aber ein Auto mit Fahrrädern verfolgen? Ob das mal klappte? Ben war sehr zuversichtlich gewesen, die Jungs standen an strategisch günstigen Positionen, und sie würde per WhatsApp durchgeben, wo es langging. Wenn Frau Schwab aber aus der Stadt heraus ins Umland fuhr, hatten sie keine Chance. Eileen sah sich um, es war eine sehr ruhige Gegend mit vielen Einfamilien- und wenigen Mehrfamilienhäusern. Die Bäume säumten die Straße in sattem Maigrün. Eileen reckte den Hals und beobachtete die Eingangstür, aber alles blieb still.

Grace war heute Morgen mit aufgestanden und hatte den Kindern Frühstück gemacht. Kinder zu sagen war natürlich verboten, aber es waren trotzdem ihre Kinder. Ben war so oft bei ihnen, dass es sich anfühlte, als gehöre er mit zu ihrer kleinen Familie. Etwas wehmütig dachte Grace an Eileens Vater; sie hatte damals eine schlechte Wahl getroffen, und die Beziehung ging in die Brüche, als Eileen noch nicht einmal ein Jahr alt war. Seitdem hatten sie nichts mehr von ihm gehört. Sie hätte so gerne noch mehr Kinder gehabt und eine richtige Familie, aber es hatte eben nicht sein sollen. Männern gegenüber war sie seitdem eher reserviert. Sie wollte

Eileen nicht irgendwelche „Ersatzpapas" präsentieren, die sie dann möglicherweise doch wieder verließen. Da Eileen und Max heute so früh das Haus verlassen hatten, kam sie schon sehr zeitig in der Firma an. Es waren noch nicht viele Mitarbeiter da. Sie ging die langen Flure entlang bis zu ihrem Labor, an das ein kleiner Raum angegliedert war, in dem ihr Schreibtisch stand. Sie gehörte zu der großen Entwicklungsabteilung für neue Medikamente. Ständig waren sie auf der Suche nach neuen Wirkstoffen gegen Krankheiten. Die Entwicklung von Medikamenten war ein sehr langwieriger Prozess, den Grace schon immer spannend gefunden hatte. Am Anfang stand immer eine Krankheit, für die es nötig war und sich auch lohnte, ein neues Medikament zu entwickeln. Ihre Aufgabe bestand darin, sogenannte ‚Targets' zu finden, Angriffspunkte in einem Krankheitsgeschehen, an die ein Wirkstoff ansetzen könnte, z.B. Rezeptoren an Zellen. Dann erst machte man sich auf die Suche nach Substanzen bzw. kreierte neue Substanzen, die an diese Targets binden konnten und sich so positiv auf den Krankheitsverlauf auswirkten.

Grace schloss die Labortür auf und stellte fest, dass sie heute die Erste war. Prima, dachte sie, dann kann ich mir noch einmal die Milch von gestern anschauen und noch ein paar Untersuchungen vornehmen. Nachdem sie ihren Mantel abgelegt und ihren Kittel übergezogen hatte, ging sie zum Kühlschrank und öffnete ihn. Merkwürdig, die Milch war nicht da. Sie schaute anschließend noch in zwei weiteren Kühlschränken nach, aber die

Milch blieb unauffindbar. Möglicherweise hatte die Assistentin diese entsorgt, weil sie eigentlich hier nichts zu suchen hatte. Ich werde sie später fragen, dachte Grace.

Eileen erwachte aus einem Dämmerzustand, als sich die Haustür öffnete und die Lehrerin herauskam. Chic sah sie wieder aus, heute in engen Jeans und Bluse mit hochhackigen Schuhen. Sie ging zielstrebig auf ihr Auto zu, öffnete die Tür und anschließend das Verdeck. Oh je, dachte Eileen, jetzt hat sie noch bessere Sicht auf uns. Das bestärkte ihre Vorstellung, beim Verfolgen entdeckt zu werden. Gestern hatten die drei sich auf einem Stadtplan die gesamte Gegend um das Haus von Natascha Schwab angeschaut. Oft konnte man mit dem Fahrrad Abkürzungen fahren, während die Autos sich an die Straßen halten mussten. Ihre Aufgabe war es, das Auto so lange zu verfolgen, bis klar wurde, welche der beiden Einfallstraßen sie nutzen würde. Eileen machte sich bereit, und als die Lehrerin den Motor startete und losfuhr, radelte sie hinterher. Tatsächlich brauchte sie keine Sorge zu haben, entdeckt zu werden, denn das Auto war natürlich viel schneller und sie konnte nur wie verrückt hinterherstrampeln und hoffen, es an der Ampel einzuholen. Die Freunde hatten sich darauf geeinigt, per WhatsApp Sprachnachrichten an die anderen durchzugeben, wo die Schwab entlangfuhr. Eileen hing schon jetzt die Zunge aus dem Hals, doch sie konnte gerade noch sehen, wie das Auto nach links in die Hauptstraße einbog. Jetzt nur durch die Fußgängerzone sausen, dann müsste sie den BMW erwischen, wenn er an der nächsten Kreuzung stand. Sie biss die Zähne zusammen und radelte, was das Zeug hielt. Als Eileen aus der Fußgängerzone sauste, konnte sie gerade noch sehen, dass Frau Schwab nach rechts abbog und glücklicherweise in dem allmorgendlich zähfließenden Verkehr gelandet war. Das gab ihr die Möglichkeit, das Cabrio im Blick zu behalten. Sie radelte ziemlich zügig, es klappte gut, sie hatte sich in den Verkehr eingereiht, und Natascha Schwab war immer zwei, drei Autos vor ihr. Noch ein paar Minuten, dann würde sich entscheiden, wo die Lehrerin entlangfuhr. Eileen reckte den Hals; ah, sie wechselte auf die äußere Spur, das bedeutete, dass sie wahrscheinlich die Südwest-Verbindung in die Innenstadt nehmen wollte. Das wäre der Weg, den man auch in die Schule nehmen würde. Der Verkehr wurde allmählich schneller, jetzt waren schon fünf Autos zwischen ihnen. Sie nahm ihr Handy und gab ihre Position durch und ihre Vermutung, welchen Weg die Lehrerin nehmen würde.

Ben müsste übernehmen. Sie war inzwischen völlig aus der Puste. Sicher hatte Ben eine bessere Kondition. Sie fegte wie der Wind über die Straße, trotzdem konnte sie das Cabrio kaum noch sehen. Doch, da vorne - es bog gerade in die Einfallstraße ein. Ausgerechnet heute war hier kein Stau - unmöglich, das Auto weiter zu verfolgen. Wo blieb denn bloß Ben, sie konnte ihn nirgends entdecken! „Ben, wo bist du", schrie sie in ihr Telefon, sie würden sie verlieren!

Eine Stunde später war die Assistentin von Grace eingetroffen. „Guten Morgen, Katja! Ich vermisse die Milch aus dem Kühlschrank von gestern. Hast du sie vielleicht woanders hingestellt?"

„Nein, ich habe zwar gestern Abend kaum Platz für unsere Proben gefunden, habe sie aber zur Seite gestellt, so dass alles hineinpasste", antwortete Katja. „Ich bin relativ spät gegangen, da war sie noch im Kühlschrank."

Merkwürdig, dachte Grace, wo konnte die Milch bloß hingekommen sein?

Eine himmelblaue Vespa schoss aus einer Toreinfahrt heraus und reihte sich riskant in den Straßenverkehr direkt vor Eileen ein. Der Fahrer hob die Hand mit dem Victory-Zeichen, und sofort erkannte sie ihn. Ben! Da hatte der Schuft sich doch die Vespa seines Vaters ausgeliehen! Und sie hatte sich hier abgestrampelt wie eine Blöde! Eileen fuhr auf den Bürgersteig und blieb pustend stehen.

Elegant schlängelte sich Ben zwischen den Autos hindurch, bis er in der Nähe des Cabrios landete. Jetzt konnte er die Schwab ganz locker verfolgen. Vespa fahren machte echt Spaß; er nahm sonst immer das Rad, damit er mit Eileen zusammen fahren konnte. Sie hatte ganz schön verblüfft ausgesehen, die Überraschung war ihm voll gelungen.

Max wartete ein paar Straßen weiter, damit sie sich noch einmal abwechseln konnten. Die Vespa war auffälliger als ein Fahrrad, da war ein Wechsel bestimmt gut. Wo sie wohl hinfuhr? Sie drückte mächtig auf die Tube und fuhr ziemlich rasant. Niemals wäre er mit dem Fahrrad hinterhergekommen. Ben musste seine Vespa ganz schön quälen, um mitzuhalten. Noch ein paar Kilometer bis zur Innenstadt. Dort würde voraussichtlich wieder Stau angesagt sein. Nach einigen Minuten verjüngte sich die Straße, alle Autos wurden langsamer, und sie kamen in den Innenstadtbereich. Max wartete mit seinem Fahrrad am Straßenrand, getarnt hinter einem parkenden Auto. Ben ließ sich zurückfallen und Max übernahm. Max zockelte drei Autos hinter ihr mit dem Verkehr mit. Normalerweise zog er auf dem Bürgersteig an den langsameren Autos vorbei. Vorne an der großen Kreuzung änderte sich allerdings die Situation, danach kam meistens freie Fahrt. Das Cabrio war auf der rechten Spur, die zum Industriegebiet abbog. Dieses bestand nur aus einer Straße, an der rechts und links einige Unternehmen angesiedelt waren, der Name war ziemlich hochgegriffen. Und tatsächlich, jetzt ging der rechte Blinker des Cabrios an. Nun aber schnell! Ihr Tempo konnte er nicht mithalten, also würde er durch den Park abkürzen. Max segelte dahin, es war herrlich, so schnell zu fahren und an nichts anderes zu denken. Der Fahrtwind wehte ihm ins Gesicht, als er plötzlich über einen Stein fuhr und sich fast hingelegt hätte. Er musste besser aufpassen, sonst würde er noch über eine Wurzel oder einen Stein fallen. Er war so damit beschäftigt, auf den Boden zu achten, dass er fast eine Mutter

mit einem Kinderwagen über den Haufen gefahren
hätte. „'tschuldigung", rief er im Weiterfahren. Er
musste die Schwab erwischen! Gleich hatte er es geschafft, vorne endete der Park. Er schaute nach links
und rechts, konnte das Cabrio aber nicht entdecken.
Nicht einmal das bekomme ich auf die Reihe, ärgerte er
sich. Er strampelte immer noch wie ein Wilder, fuhr
jetzt an BEUTZPHARMA vorbei, der Firma von Grace.
Und da, ein Haus weiter, tauchte der blaue BMW wie aus
dem Nichts auf. Glücklicherweise stand er weit hinten in
einer Einfahrt, sonst wäre er direkt in ihn hineinge-
rauscht. Max bremste ab. Er lugte vorsichtig um die
Ecke. Die Schwab war ausgestiegen, sie stand neben einem kleinen, gutgekleideten Mann und redete eindringlich auf ihn ein. Neben dem Mann war ein Rollwagen mit
gelben Plastikcontainern. Max hätte sein letztes Geld darauf verwettet, dass sich darin die Frühstückspäckchen
befanden. Er versuchte, einen Blick auf den Mann zu erhaschen, der mit dem Rücken zu ihm stand und streckte
seinen Kopf ein kleines bisschen weiter vor. In diesem
Moment drehte sich der Mann um. Max erhaschte einen
kurzen Blick auf sein Gesicht und zog sich schnell hinter
der Mauer zurück. Sein Herz raste und er hatte das
dumme Gefühl, dass der Mann ihn gesehen hatte. Und
noch etwas anderes machte Max zu schaffen: Er kannte
ihn!

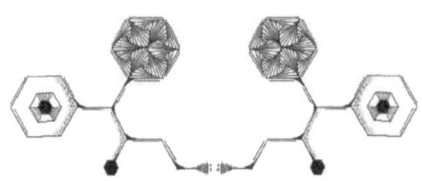

Schon wieder dieser Junge! Das konnte kein Zufall sein. Der wusste etwas. Und diese andere Frau wurde auch langsam zum Störfaktor. Sie machte Untersuchungen hinter seinem Rücken, da war er sich ganz sicher. Vielleicht steckten beide unter einer Decke? Hatten sich heimlich gegen ihn verschworen? Die würden ihn nicht aufhalten, die nicht. Dafür war seine Sache viel zu wichtig.

Die Rockerkneipe. So etwas hatte er noch nie gemacht. Diese Menschen waren so anders, protzten mit ihren rohen Kräften. Er fragte sich durch, das kostete Überwindung. Sie spotteten über ihn. Sollten sie doch. Seine Kleidung war sein Schutzschild. Aha, also die würden es machen. Kostete nur eine Kleinigkeit. Kein Problem. Richtig Angst machen, ganz genau. Und dafür sorgen, dass sie still waren. Ihm nicht im Wege standen.

Er wollte das eigentlich nicht. Aber anders würde es nicht gehen.

Kapitel 10

Vor der Schule trafen sich Eileen und Ben wieder. Es war immer noch früh, alles ruhig und keiner zu sehen. Nur die Vögel zwitscherten munter vor sich hin. Eileen war außer Atem und erschöpft, Ben ziemlich entspannt. Eileen ging in gespielter Empörung auf Ben los, was ihm einfiele, ihr nichts zu sagen und locker mit dem Motorroller vorzufahren. Sie hatten sich ein bisschen gekabbelt und am Ende lachend in den Armen gelegen. Für einen Moment hatte sich das ganz komisch angefühlt, anders als sonst. Glücklicherweise kam Max gerade angeradelt, und sie ließen sich schnell los. An seinem Gesicht konnten sie sehen, dass er keine guten Nachrichten brachte.

„Hast du sie verloren? Ich dachte, du bist gut an ihr dran. Und als es in das leere Industriegebiet ging, bin ich lieber abgebogen. Die himmelblaue Vespa ist so auffällig." Ben sah Max besorgt an.

„Nein, ich habe die Schwab nicht verloren", antwortete Max. „Aber ich bin völlig verwirrt. Wir haben ja erwartet, dass sie vor irgendeinem Haus, vielleicht vor einem Geschäft oder einer Firma halten würde. Aber sie hat das Frühstück in einer Einfahrt übernommen, von einem Mann, den ich schon mal gesehen habe. Und zwar hier in der Schule, als ich abends noch an den Rechnern gearbeitet habe. Ich habe mich damals gewundert, warum jemand so spät hier ist."

„Das ist aber merkwürdig", sagte Ben verblüfft, „was hat er in der Schule gemacht?"

„Keine Ahnung, er ist an mir vorbei Richtung Verwaltungstrakt gelaufen", erwiderte Max.

„Wo genau hat denn die Übergabe stattgefunden?", wechselte Eileen das Thema.

Max war auf einmal unbehaglich. „Tja, das war allerdings auch sehr komisch, diese Toreinfahrt lag tatsächlich nur ein Haus von der Firma deiner Mutter, BEUTZ-PHARMA, entfernt. Das kann natürlich nur ein Zufall sein."

Etwas beklommen sahen sich die drei an. Ben schielte zu Eileen. Ihre Stirn lag in Falten und ihre schönen, grünen Augen waren ganz eng geworden.

„Ja", sagte sie schließlich. „Das war bestimmt nur ein dummer Zufall. Was sollte denn die Firma meiner Mam damit zu tun haben? Zu welchem Haus gehörte die Toreinfahrt?"

„Soweit ich das gesehen habe, zu einer leeren Lagerhalle. Dort war die Teppichfabrik drin, die letztes Jahr dicht gemacht hat. Im näheren Umkreis gibt es sonst nichts." Max verzog nachdenklich das Gesicht.

„Das heißt, wir sind genauso schlau wie vorher", fasste Ben frustriert zusammen.

„Und wie geht es jetzt weiter?", fragte Eileen.

„Lasst uns erst einmal sortieren, was zu tun ist", schlug Max vor. „Ich muss z.B. heute die Haarprobe von Jerome holen und zu deiner Mutter bringen. Und das möglichst zügig."

„Außerdem müssen wir die Milch einsammeln und zu deiner Mutter bringen", ergänzte Ben.

„Und ich würde sagen, wir nehmen vorsichtshalber auch noch Proben vom Rest des Frühstücks, es könnte ja immerhin sein, dass da etwas drin ist, was nicht hineingehört", fügte Eileen hinzu.

„Jetzt kommt aber die spannende Frage." Ben sah in die Runde. „Wie schaffen wir es, unsere Mitschüler daran zu hindern, die Milch zu trinken, ohne dass wir eine Palastrevolution auslösen? Oder sollen wir alle einweihen?"

„Schwierige Frage", überlegte Eileen, „ich weiß es nicht." Sie sah die beiden anderen an, die genauso ratlos schauten wie sie sich fühlte.

Da sahen sie von Weitem Kai Baumann heranradeln. Er fuhr wie immer sehr flott auf seinem Rennrad. Als er näherkam, konnten sie sein Gesicht sehen - es war nicht so fröhlich wie sonst.

Kai Baumann radelte mit zunehmend schlechter Laune viel zu schnell zur Schule. Vor vier Jahren war er nach den 70- Stunden-Wochen als IT-Sicherheitsfachmann zusammengebrochen und hatte sich danach zum Lehrer umschulen lassen. Diese Entscheidung hatte er nie bereut, und er unterrichtete für sein Leben gerne junge Menschen.

Als dann Anfang des Schuljahres Natascha an die Schule kam, hatte es so ausgesehen, als hätte sich sein Schicksal endgültig zum Guten gewendet. Aber diese merkwürdige Geschichte mit Jerome, seinen Freunden und dem vermaledeiten Frühstück ließen bei ihm alle Alarmglocken klingeln. Auf einmal fielen ihm Dinge auf, die ihm früher nicht merkwürdig vorkamen: Natascha sprach nie darüber, warum sie eigentlich an die Schule gegangen war, obwohl ihr die Arbeit als Biochemikerin so viel Spaß gemacht hatte. Sie sagte nie, wo sie hinfuhr, wenn sie schon am frühen Morgen das Haus verließ. Sie sagte nicht, warum ausgerechnet sie das Frühstück abholte, und sie weigerte sich hartnäckig, darüber zu reden. Er hatte das für besondere Loyalität der Schule gegenüber gehalten. Doch je länger er darüber nachdachte, desto weniger hatte er das Gefühl, sie wirklich zu kennen. Er wusste nicht, was er davon halten sollte. Diese Jugendlichen hatten tatsächlich Misstrauen in sein Herz gepflanzt. Er fluchte leise vor sich hin. Er wusste nicht mehr, was und wem er glauben sollte. Diese Gedanken verdüsterten seine Seele, als er an diesem schönen Morgen in die Schule radelte.

Kai Baumann sah die drei Freunde schon von Weitem, hielt an und erkundigte sich angespannt nach dem neuesten Stand. Gestern Abend hatten sie ihm am Telefon alles erzählt. Dass Max kein Zuhause mehr hatte und Eileens Mutter eine unbekannte Substanz in einigen Milchtüten gefunden hatte. Nur zögerlich rückte Kai die Adresse seiner Freundin heraus.

Sie erzählten ihm ausführlich von der Verfolgungsjagd, und Max endete mit den Worten: „Frau Schwab hat das Frühstück von einem Mann übernommen, den ich schon öfter hier in der Schule gesehen habe, und merkwürdigerweise war der Übergabeort direkt neben BEUTZPHARMA, der Firma, bei der Eileens Mutter arbeitet."

Kai Baumann seufzte tief. „Hast du noch etwas gesehen? Wie hat sie sich verhalten?"

„Sie hat mit dem Mann diskutiert, würde ich sagen. Ich weiß es nicht genau. Als der Mann mich erblickt hat, bin ich lieber gleich verschwunden."

„Herr Baumann", Eileen sah ihn bittend an. „Wir wollen nicht, dass die Schüler die Milch trinken, aber wir wissen nicht genau, wie wir das verhindern können, ohne dass es Aufruhr in der Schule gibt. Davor habe ich Angst. Ich will meine Mutter nicht mithineinziehen, ohne genau zu wissen, ob sie nicht nur ein Artefakt oder so gefunden hat. Wir wollen ihr heute noch mal die Milch bringen, damit sie erneut eine Analyse vornehmen kann."

Kai Baumann überlegte einen Augenblick und sein Blick wurde grimmig.

„Ja, du hast recht, Eileen. Wir sollten noch abwarten, bis deine Mutter das überprüft hat. Ich werde heute dafür sorgen, dass das Frühstück nicht ausgegeben wird. Lasst uns in der Mittagspause weiterreden. Ich muss jetzt rein. Ich würde sagen, wir treffen uns in der Pause um die Ecke an der Straße bei den Sitzbänken." Mit diesen Worten verließ er sie.

Kai Baumann ging durch die Eingangshalle der Schule zur Treppe, die in den ersten Stock und zum Lehrerzimmer führte. In seinem Kopf rasten die Gedanken. Er musste dafür sorgen, dass die Schüler das Frühstück nicht bekamen, aber wie sollte er das anstellen? Natürlich könnte er zur Schulleitung gehen und um Aufklärung bitten. Das war aber erfahrungsgemäß keine gute Idee, denn er stand dort nicht gerade hoch im Kurs. Freundlich war die Schulleitung nur, wenn sie Schwierigkeiten mit den Rechnern hatte. Bei dem Gedanken musste er grinsen, gar nicht schlecht, wenn man Computerfachmann war, den brauchten die Leute immer! Der einzige Weg, jetzt schnell und unauffällig zu handeln, war, Natascha daran zu hindern, das Frühstück zu verteilen. Vielleicht konnte er sie unten auf dem Parkplatz abpassen, hier im Lehrerzimmer war schon zu viel Betrieb.

Kai Baumann ging zum Fenster und schaute hinaus. Unten lag der kleine Parkplatz, die meisten Lehrer kamen nicht mit dem Auto. Die Schule war gut mit den öffentlichen Verkehrsmitteln oder mit dem Fahrrad zu erreichen. Nataschas Auto stand noch nicht auf dem Parkplatz. Als er sie aber gerade einbiegen sah, verließ er schnell das Lehrerzimmer und rannte die Treppe hinunter. Dabei stieß er einen Schüler an, der seinen Kaffee verschüttete. Kai hörte ihn noch ungehalten hinter ihm herrufen; das würde er später in Ordnung bringen. Natascha stieg gerade aus dem Auto. Sie sah ihn an, als er zu ihr eilte. Ihr Gesicht hatte einen merkwürdigen

Ausdruck, den er nicht deuten konnte.

„Ah", sagte sie, „heute mit Empfangskomitee?" Auf ihrem Gesicht war nicht der Anflug eines Lächelns. Das verunsicherte ihn, und er wusste nicht genau, wie er es angehen sollte.

„Guten Morgen, Natascha", sagte er schließlich. „Ich muss einen Moment dringend unter vier Augen mit dir sprechen, es geht um das Frühstück für die Schüler."

„Ach, das Frühstück mal wieder." Ihre Stimme erinnerte an klirrende Eiszapfen, und sie schüttelte ungeduldig ihre langen Haare aus dem Gesicht. „Ich muss auch unter vier Augen mit dir reden, dass passt ja gut. Vielleicht kann mir mal einer verraten, was es mit dem Frühstück auf sich hat, dass es so interessant ist und ich dafür von Schülern aus dem 12. Jahrgang verfolgt werde? Mir ist heute eine blaue Vespa gefolgt, und die gehört eindeutig Ben!"

„Äh, was, tatsächlich?" Kai stotterte leicht. Was war denn jetzt los, **er** war doch wütend auf **sie**!

„Und vielleicht kannst du mir verraten, woher die Jugendlichen meine Adresse wussten? Von der Schule sicherlich nicht! Du kungelst doch immer mit den Schülern; ich könnte wetten, sie haben sie von dir!" Natascha klang ziemlich wütend.

Das lief nicht gut.

„Hör mal, ich kann dir das erklären. Die Schüler haben mich gestern angerufen. Sie sind immer noch außer sich, weil Jerome im Koma liegt. Und auch andere Schülerinnen und Schüler haben merkwürdige Symptome.

Eileens Mutter hat die Milch untersucht und in einigen Päckchen eine unbekannte Substanz gefunden. Die Schüler wollten einfach wissen, wo die Milch herkommt, deshalb sind sie dir gefolgt. Aber ich erkläre dir später alles in Ruhe, ich weiß, dass sich das ziemlich durchgeknallt anhört."

Natascha stand wie vom Donner gerührt da, sie sah ziemlich blass aus. „Ich werte das mal als Eingeständnis. Du hast den Schülern meine Adresse gegeben und bist nicht auf den Gedanken gekommen, mich vorher zu fragen! Geschweige denn, mich einzuweihen." Ihre Stimme zitterte nur leicht, sie schien ihren Ärger zu beherrschen.

„Hör mal zu, lass uns das später bereden. Jetzt ist nur wichtig, dass die Schüler das Frühstück nicht bekommen, falls tatsächlich irgendetwas nicht in Ordnung sein sollte. Ich würde die Kisten mit den Frühstückspäckchen gerne zu mir hoch in den Informatikraum nehmen." Kai sah sie eindringlich an.

„Ich habe der Schulleitung mein Wort gegeben, dass ich jeden Tag das Frühstück hole und verteile." Sie sah ihn eigensinnig an. „Ich weiß überhaupt nicht, was in dich gefahren ist. Wenn du und die Schüler irgendeinen Verdacht hegen, warum habt ihr das nicht zuerst mit mir besprochen? Ich weiß nämlich von nichts, außer dass ich das Frühstück in einer Toreinfahrt übernehme und vor der ersten Pause an die Schülerinnen und Schüler des 12. Jahrgangs verteile."

Kai Baumann wurde immer nervöser. Die Stunde fing

gleich an, und er musste hoch und die Rechner anschalten. Er hasste es, zu spät zu kommen.

„Na hör mal, du musst doch zugeben, dass das alles ziemlich verdächtig aussieht! Jeden Tag holst du Frühstück und verteilst es. Niemandem erzählst du, woher du es hast. Geschweige denn, WARUM du das tust. Warum ausgerechnet du? Erst seit du hier bist, gibt es dieses geheimnisvolle Frühstück überhaupt!" Er sah sie an und konnte förmlich sehen, wie die Erkenntnis langsam zu ihr durchdrang.

„Du denkst, ich habe etwas damit zu tun, stimmt's? Du glaubst tatsächlich, ich komme hier an diese Schule und vergifte Schüler in irgendjemandes Auftrag!" Ihre Stimme war leise und ungläubig. „Und ich Trottel habe geglaubt, du liebst mich wirklich. Wie konnte ich nur so dumm sein!"

Mit diesen Worten drehte sie sich um und ging. Er glaubte, Tränen in ihren Augen zu sehen. Sein Magen fühlte sich an, als hätte er einen Faustschlag bekommen. Und das Schlimmste war: Er wusste tatsächlich nicht, ob er ihr trauen konnte oder nicht.

Kapitel 11

Max radelte schon das zweite Mal an diesem Tag wie der Wind durch die Stadt. Er hatte nicht viel Zeit. Nur einen Freiblock, dann musste er wieder in der Schule sein. Im Gepäck hatte er Teile des Frühstücks: Viele Milchpäckchen sowie Proben von den anderen Sachen. Arme Grace, da würde sie ganz schön zu tun haben. Seine Gedanken wanderten weiter zu seiner Mutter. Sie hatte versucht, ihn zu erreichen, auf seinem Handy hatte er ihre Nummer gesehen. Bestimmt wollte sie ihn überreden, wieder zurückzukommen. Seine Mutter liebte ihn, das wusste er. Trotzdem schaffte sie es nicht, sich von diesem furchtbaren Piet zu trennen. Max konnte einfach nicht nachvollziehen, wieso sie bei diesem Mann blieb. Seine Mutter konnte darauf auch keine Antwort geben, jedenfalls keine befriedigende. Sie sagte dann: „Er meint es doch nicht so. Es ist nur, weil er keine Arbeit hat und frustriert ist. Hinterher tut es ihm leid." Immer hatte sie eine Entschuldigung parat. Er würde eine SMS schicken, dass es ihm gut ging. Wenn er ihre Stimme hörte, würde er wieder schwach. Er fühlte sich verantwortlich für seine Mutter und hatte immer das Gefühl, sie im Stich zu lassen. Das war schon komisch, seine Mutter sollte ja eigentlich für ihn verantwortlich sein. Glücklicherweise ging es seiner Mutter besser, wenn er nicht da war. Die Wutausbrüche richteten sich meistens gegen ihn. Wenn er doch nur groß und kräftig wäre, so wie Ben. Dann könnte er einfach mal zurückschlagen. Manchmal wünschte Max sich das. Aber er war Piet körperlich weit unterlegen, das wusste er aus leidvoller Erfahrung. Davon abgesehen wollte er niemandem Gewalt antun.

Als er so durch die Altstadt radelte, bemerkte er, wie sehr er Jerome eigentlich vermisste. Oft hatte er sich mit ihm über seine missliche Lage unterhalten. Über die Schuldgefühle, die ihn plagten und diese wahnsinnige Ohnmacht. Jerome fand immer die richtigen Worte und machte ihm klar, dass er nicht die Verantwortung für seine Mutter trug. Außerdem versuchte Jerome zu erreichen, dass er endlich mal zur Polizei ging, um Piet anzuzeigen. Aber Max hatte Angst, dass seine Mutter das ausbaden würde. Jerome war der Ankerplatz in seinem Leben, das fiel Max erst jetzt so richtig auf. Er war der beste Freund und ein Grund weiterzumachen, so beschissen es immer gerade sein mochte.

Max bog in die Einfahrt zum Krankenhaus. Das Kreiskrankenhaus war ein schönes, altes Gebäude mitten in einem Park. Die Fassade war mit Ornamenten verziert und das Gemäuer so dick, dass es selbst im Hochsommer nie zu warm in den Krankenzimmern wurde. Eine breite Pappelallee führte bis zum Haupteingang. Max stellte sein Fahrrad in die dafür vorgesehenen Ständer und schloss es an. Er hoffte, niemand würde das dicke Päckchen mit den Milchtüten mitnehmen, denn er wollte es nicht mit hochnehmen. Max betrat das Gebäude und wartete auf den Fahrstuhl in der Eingangshalle. Im zweiten Stock stieg er aus und ging zur Anmeldung für die Intensivstation. Die Schwester kannte ihn schon und lächelte ihm aufmunternd zu.

„Du kannst zu ihm gehen, seine Eltern sind vor einer Stunde gegangen und werden erst mittags wieder da sein."

„Wie geht es ihm denn?", fragte Max. „Irgendwelche Veränderungen?"

„Sein Zustand ist stabil, aber unverändert."

„Das ist schlecht, nicht wahr? Das kann zu Langzeitschäden führen, habe ich gelesen." Max sah die Krankenschwester bekümmert an.

„Ich bin keine Ärztin und darf dazu keine Auskunft geben, Max. Aber ich habe gehört, wie Doktor Andrew mit seinen Eltern gesprochen hat. Es besteht immer noch Hoffnung. Sie suchen intensiv nach der Ursache des Komas. Geh einfach zu ihm und rede mit Jerome. Man weiß nie, wie viel ein Patient davon wahrnimmt, auch wenn wir das nicht merken."

Max nickte und ging in Jeromes Zimmer, das einen krassen Gegensatz zu der altertümlichen Außenfassade des Gebäudes darstellte. Das Krankenhaus war vor drei Jahren modernisiert worden, und in den Intensivzimmern alles auf dem neuesten Stand der Technik. Die Wand am Kopfende wurde von weißen, glänzenden Geräten und Überwachungsmonitoren beherrscht. Jerome lag still und friedlich in einem großen, weiß bezogenen Bett. Jede Menge Schläuche führten zu seinem Körper hin oder weg. Max wusste es nicht so genau. Bestimmt wurde Jerome künstlich ernährt, und Sauerstoff brauchte er wahrscheinlich ebenso. Auf einem Monitor betrachtete Max den Herzschlag seines Freundes. Er wusste, wie so etwas aussah. Die Schule besaß ein altes EKG-Gerät. Im Bio-Leistungskurs hatte die Lehrerin ihnen daran die einzelnen Phasen des Herzschlages erläutert. Soweit er das beurteilen konnte, machte das EKG von Jerome einen völlig normalen Eindruck. Überhaupt sah Jerome nicht schlecht aus, fand Max. Er hatte den sanftmütigen Gesichtsausdruck, den er auch im wachen Zustand aufwies. Jerome war ein friedlicher und netter Typ, der niemandem etwas zuleide tat. Mit einer großen Schwäche für alles Essbare, womit sich seine Körperfülle erklären ließ. Und diese Schwäche war ihm jetzt vielleicht zum Verhängnis geworden, dachte Max. Er fing an, mit Jerome zu reden. Am Anfang fühlte sich das echt komisch an. Nach einer Weile gewöhnte er sich aber daran und erzählte Jerome alles, was so passiert war, von seiner Flucht von zu Hause und auch, dass sich seine Verliebtheit in Natascha Schwab deutlich abgekühlt hatte. Jerome hatte ihn immer damit geneckt, schon um davon abzulenken, dass er selbst aussichtslos in Marie verliebt war. Sie hätten beide gerne eine Freundin gehabt, doch bis jetzt hatte sich das noch nicht ergeben.

Er hielt die schlaffe Hand von Jerome in seinen Händen und redete sich alles von der Seele. Seine Tränen tropften auf das Bett und hinterließen große, nasse Flecken.

Als Max schließlich auf die Uhr schaute, erschrak er. Es war schon verdammt spät, er hatte die Zeit völlig aus den Augen verloren! Er musste noch zu Grace und die Proben abgeben und dann schnellstens in die Schule, um zum 3. Block wieder anwesend zu sein. Mist, er würde zu spät in den Englischunterricht kommen. Ausgerechnet bei der Schulze, wo er doch schon so oft gefehlt hatte! In Panik sprang er auf, und erst im letzten Moment fiel ihm ein, warum er eigentlich hier war. Max holte die Schere aus seiner Tasche und ging zum Kopfende des Bettes. Dann hielt er inne, was für ein ungutes Gefühl. Er fasste sich ein Herz, nahm eine seitliche Locke, von der er hoffte, dass es nicht so auffiel und schnitt sie ab. Sorgsam band er den mitgebrachten Faden um die Locke. Grace hatte ihm erklärt, dass die Haarsträhnen nicht durcheinanderkommen durften. Man konnte damit auch eine zeitliche Aussage darüber machen, vor welcher Zeit oder wie lange eine Droge eingenommen wurde. Er packte die Strähne in einen kleinen Plastikbeutel und steckte ihn ein. Jetzt aber los!

Und dann radelte er das dritte Mal an diesem Tag mit Hochgeschwindigkeit durch die Straßen. Er musste unbedingt noch die Proben und die Haare bei Grace abliefern.

Er kam 20 Minuten zu spät in den Englischunterricht. Innerlich wappnete er sich für den Rüffel, den er sicherlich kassieren würde. Er stürmte in den Klassenraum und setzte sofort zu seiner Entschuldigung an. Doch entgegen seinen Erwartungen nickte die Schulze ihm nur kurz zu und forderte ihn auf, sich zu setzen. Das war schon manchmal komisch mit den Lehrern, sie taten nicht immer das, was man von ihnen erwartete.

In der Mittagspause trafen sich Max, Eileen, Ben und Kai Baumann auf dem kleinen, von Kastanien gesäumten Platz, eine Ecke von der Schule entfernt. Sie setzten sich auf die altmodisch verschnörkelten gusseisernen Bänke. Eileen mochte diesen Ort im Frühling ganz besonders. Die roten Kastanien standen in voller Blüte und fingen schon an, den Platz zu beschatten. Es war ein schöner, sonniger Tag, und die Vögel zwitscherten um die Wette. Die ganze Luft duftete nach Frühling, aber keiner bemerkte es. In Gedanken waren alle bei den mysteriösen Vorkommnissen der letzten Tage.

„Also", begann ihr Lehrer das Gespräch. „Jetzt gebt mir doch bitte eine Zusammenfassung über den Stand der Dinge. Wir müssen das mal alles in Ruhe sortieren."

Eileen übernahm die Zusammenfassung. Jerome war am Montag, vor vier Tagen, plötzlich ins Koma gefallen. Keiner wusste warum, Anzeichen für eine Krankheit hatten die Ärzte nicht gefunden. Einige Schülerinnen und Schüler klagten über Schlaflosigkeit und Hautausschlag. Auch Jerome hatte seit einiger Zeit Hautausschlag gehabt. In einigen Milchpäckchen, nicht aber in allen, hatte Eileens Mutter eine unbekannte Substanz gefunden. Diese Milchpäckchen waren Bestandteil des Frühstücks, das die Schüler seit Anfang des Schuljahres bekamen. Jerome hatte immer die Milchpäckchen einiger Schülerinnen und Schüler mitgetrunken.

An diesem Punkt übernahm Ben die Unterhaltung.

„Das Frühstück stammt angeblich von einem anonymen Spender. Weder wir Schüler noch die Lehrer wissen, woher es kommt."

„Außer Frau Schwab", Max schielte zu Kai Baumann hinüber. „Sie hat das Frühstück jeden Morgen abgeholt und verteilt. Und sie hat es von einem Mann übernommen, den ich hier in der Schule abends schon zweimal gesehen habe. Außerdem lag der Übergabeort nur einen Steinwurf von BEUTZPHARMA entfernt, was immer das heißen mag."

„Bei der Frage, woher das Frühstück stammt, haben sich die Schulleitung und Frau Schwab sehr merkwürdig verhalten", ergänzte Ben.

„Ich kann noch einen weiteren Fakt hinzufügen", sagte Kai Baumann. „Diese kognitiven Tests, die ihr immer online macht, sammle ich und versende die Dateien über das schulinterne E-Mail-System an die Adresse der Schulleiterin. Da mich die Ergebnisse der Tests interessiert haben, habe ich sämtliche Dateien auf dem Schulserver danach durchsucht - aber nichts gefunden. Als Systemadministrator kann ich alle öffentlichen Dateien einsehen. Das kam mir merkwürdig vor. Ich habe dann bei der Schulleitung nach den Ergebnissen gefragt, aber keine Antwort bekommen."

Eine Weile hingen alle schweigend ihren Gedanken nach. Die Sonne schien warm auf ihre Haut. Ein paar

Spatzen hüpften um die Gruppe herum, in der Hoffnung, Krumen von ihren Broten zu erhaschen.

„Wir sollten jetzt mal unsere offenen Fragen sammeln", unterbrach Eileen das Schweigen. „Wer ist der unbekannte Mann, den Max bereits hier in der Schule gesehen hat? Ist möglicherweise die Firma meiner Mam irgendwie daran beteiligt? Welche Rolle spielt Frau Schwab, inwieweit ist sie involviert?"

„Sie behauptet, nichts darüber zu wissen." Kai Baumann seufzte schwer.

„Was weiß die Schulleitung?", nahm Ben den Faden auf.

„Diese unbekannte Substanz, was könnte das sein und ist die verantwortlich für Jeromes Zustand?", ergänzte Max.

„Und was hat es mit diesen kognitiven Tests auf sich?", fragte Eileen. „Wir haben im Moment mehr Fragen als Antworten. Für mich passt das alles überhaupt nicht zusammen, es ist mir ein Rätsel. Vielleicht täuschen wir uns auch gewaltig, und es ist nur ein blöder Zufall, sonst nichts."

„Dann müssen wir uns daran machen, die Fragen zu beantworten", warf Ben ein, „aber wie?"

Kai Baumann räusperte sich, sein Blick war konzentriert. „Da finde ich nur eine Möglichkeit, ohne große Aufmerksamkeit zu erregen."

Die Schüler blickten ihn gespannt an.

Er räusperte sich noch einmal und schaute sie der Reihe nach an: „Ich muss mich in den Rechner der Schulleiterin hacken. Vielleicht finden wir dort ein paar Antworten."

„Wie cool ist das denn!" Bens Augen strahlten. „Wo ich schon immer mal wissen wollte, wie das geht! Jetzt müssen Sie mit der Sprache rausrücken."

Kai Baumann konnte sich ein kleines Grinsen abringen. „Soso, kaum kommt man auf illegale Dinge zu sprechen, hat man die volle Aufmerksamkeit der Schüler."

Kapitel 12

Die drei Freunde hingen an den Lippen des Lehrers, als er ihnen erläuterte, wie man sich in einen Rechner hacken konnte.

„Also, es gibt ganz verschiedene Möglichkeiten, an Bereiche eines Servers oder eines einzelnen Rechners zu gelangen, an die man normalerweise nicht kommen kann, weil sie durch ein Passwort geschützt sind."

„Nur noch mal zu meinem Verständnis", unterbrach ihn Eileen. „Alle Schulrechner nutzen einen gemeinsamen Server, und dieser ist wiederum durch die Firewall geschützt. Das ist die Software, die dafür sorgt, ungewollte Zugriffe auf das Netzwerk zu unterbinden?"

„Genau, Eileen, offensichtlich hast du in meinem Unterricht zugehört", zwinkerte ihr Kai Baumann zu. „Obwohl ich Systemadministrator bin, habe ich zu den persönlichen Rechnern der Schulleitung keinen Zugriff. Ich kann also beispielsweise nicht sehen, welche Dateien dort liegen oder welche Strukturen sonst noch vorhanden sind. Ihr kennt das ja, wenn man einen Rechner startet, wird als Erstes eine Kombination aus Benutzerkennung und Passwort verlangt und man kann auch einzelne Bereiche des Rechners gesondert schützen. Da aber die Benutzerkennung bekannt ist, brauchen wir nur das Passwort."

„Kommen Sie denn als Systemadministrator nicht an alle Passwörter heran?", fragte Ben.

„Nein, ich kann Passwörter nicht auslesen, sondern nur zurücksetzen, das fällt aber natürlich auf. Ich möchte aber auf den Rechner der Schulleiterin zugreifen, ohne dass sie es merkt. Da ich die Dateien eurer Tests über das schulinterne E-Mail-System an ihre Adresse versende, müsste ich dort nachverfolgen können, wo diese landen. Dafür brauche ich aber ihr Passwort."

„Und wie kommen wir da ran?", fragte Eileen.

„Tja, wenn wir jetzt ein bisschen Zeit hätten, könnten wir Informationen über Frau Kersting sammeln. Normalerweise benutzen die Menschen Passwörter, die etwas mit ihnen zu tun haben. Ihr Geburtsdatum, das Geburtsdatum ihrer Kinder, den Namen des Haustieres usw."

„Ja, das macht man, weil man sich dann das Passwort besser merken kann. Es ist die Eselsbrücke für das Gehirn." Eileen hatte gleich die Erklärung parat.

„Genau, bei Frau Kersting wäre das wahrscheinlich genauso. Wir müssten verschiedene Kombinationen durchprobieren. Tatsächlich entstehen die meisten Sicherheitslücken durch Passwörter, die völlig ungeeignet sind, weil man sie nachvollziehen kann. Als ich noch als IT-Sicherheitsbeauftragter gearbeitet habe, hatte ich sehr viele solcher Fälle. Gelegentlich ist dadurch bei den Firmen großer Schaden entstanden, weil diese Passwörter gehackt worden sind. So konnten feindliche Zugriffe stattfinden. Das ist aber jetzt nicht unser Thema. Ich könnte also verschiedene Passwörter durchprobieren, um an den Rechner von Frau Kersting zu kommen.

Allerdings habe ich für jeden Rechner festgelegt, dass man nur drei Möglichkeiten der Eingabe hat. Danach erlaubt der Rechner keine weitere Eingabe mehr und wird gesperrt. Diese Möglichkeit ist also für uns nicht gut geeignet."

„Wie steht es denn mit einem Trojaner, können wir nicht ihren Rechner ‚infizieren'?", fragte Ben. „Bestimmt können Sie doch so etwas."

„Ja, auch das ist eine Möglichkeit. Man kann eine Schadsoftware oder Malware installieren, ein Trojaner ist genau so etwas. Mit dieser Software hätte man dann verschiedene Optionen. Das Ausspähen sensibler Daten wie der Passwörter wäre dann möglich. Ich würde aber ungern eine Schadsoftware nutzen. Zumal uns die Zeit davonläuft."

„Schade", sagte Ben, „ich hätte zu gerne gewusst, wie man so was programmiert!"

„Ich würde vorschlagen, dass wir auf die Hardware zurückgreifen. Eine Möglichkeit ist zum Beispiel, eine kleine Webcam zu installieren, mit Akku und WLAN-Verbindung. Die Kamera wird so positioniert, dass man Blick auf die Tastatur und den Bildschirm hat. Wir könnten dann ganz gemütlich an einem anderen Rechner sitzen und die Aktivitäten verfolgen. Dabei sähen wir dann auch, welche Passwörter auf der Tastatur getippt werden. Eine andere Möglichkeit ist ein sogenannter Keylogger."

„Was ist das denn?" Max sah ihn fragend an, denn er besuchte als einziger keinen Informatikunterricht und hatte daher große Schwierigkeiten zu folgen.

„Ein Keylogger ist eine irre Sache und eigentlich ganz einfach zu handhaben. Ihr könnt euch das wie einen kleinen Stecker vorstellen, der zwischen den Computer und die Tastatur gesteckt wird. Dieser Stecker registriert alle Eingaben, die der Benutzer des Rechners macht. Natürlich werden so alle Passwörter, PINs oder was auch immer registriert. Keylogger gibt es in ganz verschiedenen Ausführungen. Einige haben einen integrierten Speicher, auf dem alles gespeichert wird. Andere sind in der Lage, die Daten per Funk oder über ein Netzwerk zu senden.“

„Hört sich nach einer guten Sache an“, sagte Max, „ist das denn schwierig zu installieren?“

„Wenn man einen Keylogger als Software installiert, ist es aufwendiger. Als Hardware ist es aber ganz einfach. Der Keylogger wird tatsächlich nur zwischen dem Computer und dem Stecker der Tastatur angebracht. Ist in Sekunden zu machen.“

„Wahnsinn!“ Ben war schon ganz aus dem Häuschen. „Wo bekommen wir so etwas her? Wann können wir das machen?“

„Jetzt mal langsam, Ben!“ Eileen sah besorgt aus. „Ich kann mir nicht vorstellen, dass das erlaubt ist, oder, Herr Baumann?“

„Glücklicherweise habe ich so ein Ding in meinem Schreibtisch in der Schule liegen.“ Kai Baumann grinste. „Rein zu Präsentationszwecken, versteht sich. Und Eileen hat natürlich Recht, einen Keylogger ohne Einverständnis anzubringen, ist eindeutig verboten. Es fällt unter das ‚Ausspähen von Daten'." Der Lehrer war jetzt sehr ernst geworden. „Und das ist auch mehr als gerechtfertigt. Wenn man einen Keylogger verwendet, bleibt nichts mehr geheim, was auf dem entsprechenden Rechner geschieht."

„Dann können wir das also nicht machen?" Eileen sah besorgt aus.

„Eigentlich nicht, Eileen. Wenn die Lage nicht so verdammt ernst wäre und Jerome nicht im Koma läge, dann würde ich das überhaupt nicht vertreten. Und ihr dürft auf keinen Fall damit in Verbindung gebracht werden. Das nehme ich auf meine Kappe. Ich habe schon einen Plan."

„Wie sieht der Plan aus, Herr Baumann? Ich denke, wir sind im selben Team." Ben sah ihn offen und herausfordernd an.

Kai Baumann betrachte seine Schüler der Reihe nach. Er hatte einen ausgeprägten Beschützerinstinkt, er mochte die Schüler und wollte sie nicht in Gefahr bringen. Auf der anderen Seite hatten sie den Stein ins Rollen gebracht, ihr Freund lag im Krankenhaus und sie waren alle ziemlich klug und zuverlässig. Es wäre bestimmt von Vorteil, wenn sie zusammenarbeiteten. Kai Baumann seufzte und traf eine Entscheidung. „Also gut. Ein Team."

Und dann erläuterte er den dreien seinen Plan.

Zurück in der Schule, holte Kai Baumann seinen Keylogger aus dem Schreibtisch. Dass er ihn jemals wieder verwenden würde, hätte er sich nicht träumen lassen. Früher brachte er manchmal so etwas im Auftrag der Firmen an, für die er gearbeitet hatte. Aber nur ganz legal mit Einverständnis. Noch nie hatte er tatsächlich einen Rechner ausgespäht. Ein bisschen mulmig war ihm schon zumute. Allerdings machte er sich wenig Sorgen, entdeckt zu werden. Die Schulleiterin hatte absolut keine Ahnung von Computern. Sie war froh, wenn sie den Rechner halbwegs bedienen konnte. Wie die Verkabelung an der Rückseite ihres Computers aussah, da war sie mit Sicherheit überfragt.

Mit dem Keylogger in der Hosentasche lief er die Gänge entlang, um zum Büro der Schulleiterin zu gelangen. Der Unterricht fing gleich an, und alles wuselte durcheinander und hastete durch die Gänge. Die Tür war verschlossen, er klopfte an. Kurze Zeit später öffnete ihm die Schulleiterin. Sie sah genervt aus: „Ja, was gibt es?"

„Bitte entschuldigen Sie die Störung, Frau Kersting. Ich habe ein paar Updates auf dem Server installiert und müsste mal kurz an Ihren Rechner. Die Updates müssen auch bei Ihnen installiert werden, sonst geht bald gar nichts mehr."

„Oh, kommen Sie rein. Ich brauche den Rechner ganz dringend heute Nachmittag. Wie lange brauchen Sie denn dafür?"

„Nicht lange, keine Sorge. Es wird schnell gehen." Er ging an ihren Rechner und wollte sich setzen. Die Schulleiterin kam ihm aber zuvor: „Einen kleinen Moment noch bitte, ich muss erst einmal alles schließen." Sie klickte ein paarmal mit der Maus und schloss verschiedene Fenster. Kai Baumann schielte auf den Rechner, konnte aber so schnell nichts sehen. Als die Leiterin wieder aufgestanden war, setzte er sich und fing an, verschiedene Programme auf Updates zu prüfen. Die ganze Sache war natürlich nur ein Vorwand. Hoffentlich würde sie bald irgendwo anders hingehen oder in ihrer Sitzecke ein paar Akten durchblättern. Leider schien das heute nicht der Fall zu sein. Sie stand hinter ihm und schaute zu, was für sie eher untypisch war. Sonst wollte sie mit den Rechnern nie etwas zu tun haben. Er wurde langsam nervös und lud ein Update für ihre Schulverwaltungssoftware herunter. Glücklicherweise dauerte so etwas immer seine Zeit. Er sah auf die Uhr. Nicht mehr lange und er musste in den Computerraum, in dem die Schüler die wöchentlichen kognitiven Tests online machten. Es klopfte an der Tür. Die Schulleiterin ging hinüber, um zu öffnen. „Ben! Ich kann mich nicht erinnern, dass wir einen Termin vereinbart hatten?"

Jetzt aber flott, dachte Kai Baumann. Er nahm den Keylogger aus der Tasche. Der Computer hatte ein kleines Gehäuse, das direkt neben dem Bildschirm stand. Er beugte sich darüber und löste an der Rückseite den Stecker der Tastatur. Dann verband er den Keylogger damit und steckte diesen anschließend in den Computer. Fertig. Schnell setzte er sich wieder hin, keine Sekunde zu früh. Anette Kersting hatte Ben ziemlich schnell abgewiesen und war auf dem Rückweg. Er installierte das neue Update zu Ende.

„Jetzt müssen Sie bitte den Computer neu starten, bevor Sie weiterarbeiten, damit die Installation abgeschlossen wird." Mit diesen Worten verabschiedete er sich zügig und verschwand.

Kai Baumann ging in den kleinen Computerraum, in dem der Server der Schule stand und den er immer benutzte, wenn er an dem Netzwerk zu tun hatte. Er fuhr seinen Rechner hoch, startete ein Programm und fing an zu grinsen. Na bitte, die Funkverbindung zum Keylogger funktionierte doch prächtig. Über den Bildschirm rollten jetzt viele Zeichen. Anette Kersting hatte soeben ihren Rechner neu gestartet und ihr Passwort eingegeben.

Kapitel 13

Kai Baumann ließ seinen Rechner laufen und ging zum Informatikraum. Davor hatte sich schon eine Traube von Schülerinnen und Schülern gebildet. Seit das „Frühstücksprojekt" für den 12. Jahrgang lief, trafen sie sich am Freitagnachmittag nach dem Unterricht vor dem Fachraum, um den kognitiven Online-Test zu machen.

Der Lehrer schloss den Raum auf und startete die Rechner. Der jeweilige Test, wurde ihm jedes Mal per Mail durch die Schulleiterin zugestellt. Am Ende schickte er die ausgefüllten und mit Namen versehenen Tests wiederum per Mail an die Schulleiterin. Die Jugendlichen strömten in den Raum, lachend und quatschend und in Gedanken schon beim bevorstehenden Wochenende. Eileen und Ben waren heute auch darunter. Als sie in den Raum traten, sahen sie ihren Lehrer forschend an und er nickte leicht, um ihnen zu bedeuten, dass alles nach Plan gelaufen war. Die Schüler bearbeiteten den Test, und es wurde langsam ruhig im Raum. Die Aufgaben waren so anspruchsvoll, dass man sich konzentrieren musste. Eileen rauschte wie immer in Rekordzeit durch den Test und machte dann einer anderen Schülerin Platz. Draußen wartete sie auf Ben, der kurze Zeit später kam. Sie wollten einen kleinen Spaziergang durch den Park machen und sich dann noch einmal mit ihrem Lehrer treffen. Sie waren ungeduldig zu hören, was er herausgefunden hatte.

Nachdem Kai Baumann alles abgeschlossen hatte, ging er in Gedanken versunken zurück zu seinem Raum. Auf dem Gang begegnete er Natascha. Obwohl er nicht besonders gut im Lesen von Gesichtern war, konnte er erkennen, dass es ihr nicht so gut ging. Im ersten Moment dachte er, sie würde ihn ignorieren und vorbeigehen, aber dann hielt sie doch an.

„Hi", begann er das Gespräch, „wie war dein Tag?" Mist, das war nicht die passende Eröffnung. Sein Herz schlug schneller, irgendwie fühlte er sich von der Situation völlig überfordert.

„Naja, natürlich nicht so toll. Was glaubst du denn?" Immerhin brachte sie ein schiefes Grinsen zustande. „Ich verstehe schon, dass das total komisch aussieht mit dem Frühstück und überhaupt. Aber ich kann dir alles erklären. Lass uns doch einfach irgendwo einen Kaffee trinken gehen. Dann erzähle ich es dir."

„Ja, das sollten wir auf jeden Fall machen. Aber wir müssen das leider verschieben. Ich habe noch zu tun und kann hier im Moment nicht weg." Er fühlte sich gar nicht wohl bei dieser Antwort. Viel lieber hätte er sich jetzt irgendwo mit ihr hingesetzt. Vielleicht konnte er ja doch noch etwas retten.

Natascha kniff die Lippen zusammen. „Ach, tatsächlich?"

„Ähm, na ja, ich habe einfach noch ein bisschen am Netzwerk zu tun, weil ...; da haut gerade nicht alles so hin." Kai Baumann stotterte. Eine Frau zu belügen, von der er geglaubt hatte, sie zu lieben, ging eigentlich gar nicht. Auf der anderen Seite wollte er sie aber auch nicht in sein Vorhaben einweihen. Weil er ihr misstraute. Das wurde ihm schlagartig bewusst.

Natascha sah ihn scharf und eindringlich an. „So, so, Arbeit am Netzwerk. So schnell ist dir wohl nichts Besseres eingefallen. Dann weiß ich ja jetzt, woran ich bin." Mit diesen Worten drehte sie sich um und ging weiter.

Kai Baumann blieb tief bekümmert zurück. Er stand vor dem Trümmerhaufen einer Beziehung, von der er sich viel erhofft hatte. Wieder mal hatte er es so richtig verbockt, es war ganz klar seine Schuld. Naja, vielleicht nicht nur seine. Wenn sie ihn eingeweiht und mit offenen Karten gespielt hätte, wäre er vertrauensvoller gewesen. Diese Heimlichkeiten waren einfach nichts für ihn. Wenn, ja wenn ... Er fühlte sich ziemlich mies. Was, wenn sie tatsächlich in diese Geschichte verwickelt war? Und noch viel schlimmer: Was, wenn sie nichts damit zu tun hatte und er sie falsch verdächtigt hatte? Er würde nicht eher ruhen, bis er das alles aufgeklärt hatte.

Kai Baumann war erst ein paar Minuten zurück in seinem Zimmer, als es klopfte, und die drei Freunde in seinen Raum schlüpften. Er konnte an ihren Gesichtern sehen, dass sie gespannt auf Neuigkeiten waren. Gemeinsam setzten sie sich vor seinen Rechner, und er zeigte ihnen die Daten, die der Keylogger versendete, sobald jemand die Tastatur benutzte. Das Passwort, um den Rechner der Schulleiterin zu starten, hatten sie bereits. Gerade liefen wieder viele Zeichen über den Bildschirm, Kai Baumann schaute gespannt. Den Jugendlichen sagten die Zeichen nicht viel, aber der Lehrer schien mehr damit anfangen zu können. „Gerade hat sie wieder ein Passwort verwendet, und zwar für eine verschlüsselte Website, eine sogenannte HTTPS-Verbindung. Das steht für **H**yper**t**ext **T**ransfer **P**rotocol **S**ecure, auf Deutsch könnte man das ungefähr mit *sicheres Hypertext-Übertragungsprotokoll* übersetzen. Ich könnte wetten, dass sie die Daten der Tests dorthin verschiebt. Das ist eine sichere Übertragungsmöglichkeit. Aber genau weiß ich es natürlich nicht."

„Also müssen wir an den Rechner von Frau Kersting und nachschauen." Ben hatte schon wieder leuchtende Augen.

Er hat ein Faible für verbotene Sachen, bemerkte Kai Baumann amüsiert.

„Nicht wir, sondern ich werde nachschauen. Auch wenn wir im selben Team sind, kann ich euch unmöglich an den Rechner der Schulleitung lassen. Wenn wir erwischt werden, fliegt ihr von der Schule, und das wäre ein Jahr vor dem Abi keine gute Idee."

Eileen bekam einen Schreck. Verbotene Dinge tat sie eigentlich nicht, dafür war sie ein viel zu ordentlicher Mensch. Auf der anderen Seite wollte sie aber wissen, was hier vor sich ging.

„Ich denke, es ist das Beste, wir teilen uns auf", sagte sie diplomatisch. „Wir gehen nach Hause und warten auf die Ergebnisse meiner Mutter. Herr Baumann schaut, ob er etwas herausfindet, und abends telefonieren wir und machen eine Lagebesprechung."

„Das ist ein guter Vorschlag, Eileen!" Kai Baumann war erleichtert, dass er nicht weiter diskutieren musste.

Sie verabredeten sich für 20 Uhr zum Telefonieren, dann verabschiedeten sich die drei Freunde und wünschten ihrem Lehrer und Verbündeten viel Glück.

Kai Baumann setzte sich an den Schreibtisch und fing an, Klausuren zu korrigieren. Eine Aufgabe, die er verabscheute. Dabei hielt er den Rechner im Auge. Den Daten nach zu urteilen, war die Schulleiterin immer noch beschäftigt. Nach einer Weile merkte er, wie stickig es in dem kleinen Raum war, in dem viele Geräte standen, die Wärme produzierten. Er stand auf, öffnete das Fenster und schaute hinaus. Wie gerne würde er jetzt mit Natascha irgendwo draußen sitzen und einen Kaffee trinken. Er wollte seine Mission möglichst schnell beenden und sich Klarheit verschaffen. Hoffentlich wusste er bald, welche Rolle seine Freundin spielte. Als er an seinen Arbeitsplatz zurückkehrte, war die Übertragung der Daten geendet. Endlich! Hoffentlich verließ die Schulleiterin nun das Haus, damit er an ihren Rechner gehen konnte. Von seinem Fenster aus konnte er große Teile des Parkplatzes einsehen, es stand nur noch ein einziges Auto dort. Ah, da kam die Schulleiterin, mit eiligen Schritten hielt sie auf ihr Auto zu. Kai Baumann beobachtete, wie sie die Einfahrt hinabfuhr. Er wartete noch 10 Minuten und machte sich dann auf den Weg zu ihrem Büro - mit einem mulmigen Gefühl. Wenn ihn jemand erwischte, würde er in Erklärungsnot kommen. Die Tür schloss er mit seinem Generalschlüssel auf. Gut, dass er den Schlüssel für alle Räume hatte, damit er zu jeder Zeit an die Rechner kam. Er setzte sich an den Computer, schaltete ihn ein und nahm den Zettel aus der Hosentasche, auf dem er sich alle Daten aufgeschrieben hatte, die er jetzt brauchen würde.

Kai Baumann loggte sich mit dem Passwort der Schulleiterin ein: SOPHIE22041984. Na klar, Name und Geburtsdatum schätzte er. War nur die Frage, wer Sophie war. Dem Alter nach könnte es eine Tochter sein, aber soweit er informiert war, hatte Anette Kersting keine Kinder. Als Erstes nahm er sich die einzelnen Ordner vor, ob ihm irgendetwas verdächtig vorkam: ‚Schulleitersitzungen‘, ‚Schulkonferenz‘, ‚Finanzausschuss‘, ‚Stundenplan‘ und immer so weiter. Ganz normale Verwaltung. Nirgends fand sich ein Hinweis auf das Frühstück oder die Tests. Dann nahm er sich den Ordner ‚private Dateien‘ vor. Hier musste er schon etwas genauer hinschauen, glücklicherweise war der Ordner nicht groß. Er fand Briefe an Versicherungen, Einladungen, Notizzettel. Oh, und hier eine Abmahnung an eine Kollegin, die ihren Dienst nicht ordentlich verrichtete und die Konferenzen schwänzte. Es sah aber nach einem Entwurf aus, der Brief war sicher nicht rausgegangen. Kai klickte sich durch die Dateien und konnte überhaupt nichts Verdächtiges entdecken. Die Schulleiterin hatte einen ordentlichen, aufgeräumten Computer, da gab es nichts zu meckern. Er wünschte, bei ihm wäre auch alles so geordnet. Ein Blick auf die Uhr verriet ihm, dass er schon fast eine Stunde hier saß, er musste langsam vorwärtskommen. Als Letztes hatte er sich die HTTPS-Verbindung aufgehoben. Er nahm wieder seinen Zettel zur Hand, auf dem er die Daten notiert hatte. Kai öffnete den Browser und gab die entsprechende Adresse ein. Wie erwartet, wurde er jetzt aufgefordert, ein Passwort zur Identifizierung einzugeben. Ein merkwürdiges Passwort: chiral_CNE 10-5682. Das sagte ihm gar nichts. Aber es war der richtige Schlüssel. Kai hatte es geschafft. Gebannt und wie elektrisiert starrte er auf den Bildschirm. Er hatte gewissermaßen einen Tunnel geöffnet, eine Verbindung zu einem anderen Netzwerk, das irgendwo da draußen war.

Kapitel 14

Kai Baumann versuchte, daraus schlau zu werden, was er auf dem Bildschirm sah. Schließlich hatte er nicht viel Zeit. Er wusste nicht, ob vielleicht irgendwann doch mal jemand vorbeikam oder es vielleicht einen Wachschutz gab. Es fing an dunkel zu werden, und er verzichtete lieber darauf, Licht anzumachen. Die Ordner hatten schon sprechende Namen, er war sich sicher, auf der richtigen Spur zu sein. „Schülerakten", na mal sehen, was sich dahinter verbarg. Er öffnete den Ordner und fand dort viele Dateien, die durchnummeriert waren, von 1 bis 60. Er öffnete eine und erstarrte. Er scrollte den Bildschirm herunter und konnte kaum glauben, was er da sah: Er hatte die vollständige Schülerakte von Marie Blankenburg vor sich. Er öffnete noch ein paar Dateien, bis er Gewissheit hatte. Irgendjemand hatte sich die Mühe gemacht und alle Schülerakten der elften Jahrgangsstufe eingescannt. Normalerweise gab es für jeden Schüler einen Aktenordner, in dem Kopien aller Zeugnisse, mögliche Ordnungsmaßnahmen oder Briefwechsel mit den Eltern, aber auch Hinweise auf Krankheiten oder ähnliches gesammelt wurden. Wozu in Teufels Namen hatte das jemand gemacht? Was konnte man denn damit anfangen? In seinem Kopf formte sich ein Bild von Natascha, die am Kopierer stand und Akten einscannte.

Schnell wandte er sich wieder dem Bildschirm zu. Mal sehen, was er noch so fand. Er öffnete einen Ordner mit dem Namen „Statistik". Wieder viele Dateien, die meisten waren Excel-Dokumente. Er öffnete ein paar und versuchte, sich darauf einen Reim zu machen. Dort waren Daten und Zahlen vermerkt. Kai konzentrierte sich, was konnte das bedeuten? Es erschloss sich ihm nicht sofort, er musste die Dateien kopieren, dann konnte er hinterher in Ruhe alles studieren. Seine drei Verbündeten waren bestimmt gut im Knobeln. Also weitersuchen, ah hier, endlich ein Hinweis auf das Frühstück. Das mussten Bestelllisten sein: Tetrapacks mit Milch, Äpfel, Sandwiches, Müsliriegel. Kam ihm bekannt vor. In einem weiteren Ordner fand er die Dateien der kognitiven Tests, die er jeden Freitagmorgen zugeschickt bekommen hatte.

Kai Baumann war so auf den Bildschirm konzentriert, dass er das Auto fast nicht gehört hätte. Es war bereits die Auffahrt hochgefahren und bog auf den Parkplatz ein, als er das Motorengeräusch wahrnahm. Erschrocken fuhr er hoch und eilte ans Fenster. Er konnte aber nur die Silhouette erkennen, die Scheinwerfer waren ausgeschaltet. Mist! Er sollte hier schleunigst verschwinden. Kai Baumann huschte zurück an den Rechner und holte seinen Speicherstick aus der Tasche, wenigstens noch schnell eine Datei kopieren. Doch schon hörte er eilige Schritte auf das Haus zukommen. Wahnsinn, in so einer angespannten Situation nahm man die Geräusche viel lauter wahr als sonst. Er hatte keine Zeit mehr, auch nur irgendetwas zu speichern, er musste hier auf der Stelle weg! Schnell schloss er die Internetverbindung zu dem anderen Rechner und drückte dann einfach auf den Ausschalter. Keine Zeit mehr, den Rechner runterzufahren. Seine Gedanken liefen auf Hochtouren, wer konnte es sein? Wo wollte diese Person hin? Dann hörte er Schritte, diesmal im Flur und erkannte den Gang. Das war die Schulleiterin, die auf hohen Absätzen daherstöckelte. Er sah sich im Raum um, Schreibtisch, Sitzecke mit Stühlen und eine Schrankwand. Hier gab es keinerlei Versteckmöglichkeiten für ihn. Dann huschte sein Blick zu der Verbindungstür zum Büro ihres Stellvertreters. Schnell öffnete er die Tür, schlüpfte hindurch und schloss sie wieder. Keine Sekunde zu früh, denn die Tür des Nachbarbüros wurde bereits geöffnet und Licht angeschaltet. Er konnte das Licht durch den Spalt unter der Tür sehen. Never ever würde er erklären können, was er hier machte. Wenn sie ihn erwischte, war es aus. Warum war sie zurückgekommen? Es war unerklärlich. Kai schaute durch das Schlüsselloch in das hell erleuchtete Nachbarzimmer. Die Schulleiterin hatte ihre Jacke anbehalten, sie wollte wohl nicht lange bleiben. Er sah sie durchs Zimmer auf den Rechner zugehen. Sie fasste auf das Gehäuse des Rechners, er konnte ihr Gesicht nicht sehen, und drehte sich wie suchend um. Na klar, das Gehäuse war noch warm. Die Leiterin musste wissen, dass dort vor Kurzem noch jemand gesessen hatte. Falls sie 1 und 1 zusammenzählen konnte. Und das konnte sie wohl, denn sie lief suchend durchs Zimmer und schaute in ihren Kleiderschrank. Lustig, als würde er da hineinpassen. Jetzt kam sie geradewegs auf die Tür zu, hinter der er stand. Gleich würde sie ihn entdecken. Die Tür wurde aufgerissen und das Licht angeschaltet. Nach einer kurzen Weile wurde es wieder ausgeschaltet und die Tür geschlossen. Puh, der älteste Trick der Welt war gelungen! Er hatte einfach hinter der Tür gestanden, ganz eng an die Wand gedrückt, und sie hatte ihn nicht entdeckt.

Kai Baumann stand stocksteif an die Wand gepresst, lauschte auf die Geräusche im Dunklen. Er hatte mal gehört, dass blinde Menschen sich nach dem Gehör orientieren. Im Moment konnte er das gut nachvollziehen. Er hörte ihre Schritte, das Öffnen der Tür, dann verließ sie den Raum, und die Tür fiel ins Schloss. Anschließend entfernten sich die Schritte, leider nicht in Richtung der Ausgangstür. Er war also noch für eine Weile gefangen. Wo sie wohl hinwollte? Solange die Leiterin in der Schule blieb, musste er hier ausharren. Kai ging in die Hocke und hatte Zeit darüber nachzusinnen, warum sie zurückgekommen war. Sie musste einen Verdacht gehabt haben, das war die einzige Erklärung. Sie hatte offensichtlich kontrolliert, ob jemand an ihrem Rechner war. Denn sie war nicht zum Arbeiten hier. Entweder sie kontrollierte grundsätzlich abends noch einmal oder die Verbindung, die er aufgebaut hatte, war mit einer Alarmsoftware versehen. Irgendwie war er hier im falschen Film gelandet, in einem Spionage-Film oder so ähnlich. Das konnte alles gar nicht sein. Und wie passte Natascha dort hinein? Hatte sie nicht nur das Frühstück geholt und ausgeteilt, sondern auch die Schülerakten digitalisiert? Steckte sie mit der Schulleiterin unter einer Decke? Und dann blieb immer noch die grundlegende Frage: Wozu das Ganze? Was wurde hier überhaupt bezweckt? Seine Gedankengänge wurden unterbrochen, als er wieder Schritte näherkommen hörte. Vor der Tür verlangsamten sie sich, wurden zögerlicher. Aber dann war wohl eine Entscheidung gefallen, die Schritte entfernten sich in Richtung Ausgang. Kurze Zeit später wurde der Motor des Autos gestartet, und es rollte vom Parkplatz.

Kai Baumann wartete noch einen kleinen Moment. Dann verließ er den Raum. Er traute sich nicht, irgendwo Licht anzumachen. Endlich konnte die Taschenlampen-App des Handys einmal sinnvoll eingesetzt werden. Er ging schnell zu seinem Raum und packte seine Sachen zusammen. Dann hetzte er die Treppe zum Ausgang runter. Sein Herz schlug schneller; wer weiß, was ihn noch so alles erwartete? Er schloss die große Eingangstür auf, schielte um die Ecke und verließ die Schule. Nichts wie weg hier. Ach Mist, sein Fahrrad. Die Schulleiterin musste es gesehen haben. Ob sie wusste, dass es sein Fahrrad war, konnte er nicht sagen.

Grace sah auf ihre Uhr, verdammt spät heute. Die Sache mit den Kindern hatte sie völlig aus dem Takt gebracht. Die zusätzlichen Analysen kosteten sie viel Zeit. Sie wollte nicht ihre Assistentin oder die Praktikantin damit beauftragen, weil es ja private Untersuchungen waren. Sie saß an ihrem Schreibtisch und schaute aus dem Fenster, es fing doch tatsächlich schon an zu dämmern. Grace hatte noch eine Tasse Tee getrunken und ihre Unterlagen sortiert. Morgen würde sie wiederkommen müssen, und das an einem Samstag. Darauf hatte sie überhaupt keine Lust, aber Grace konnte die Kinder ja irgendwie verstehen. Sie wollten wissen, was Sache war, und es war tatsächlich alles sehr merkwürdig. Keiner spielte mit offenen Karten. Sie hörte, wie die Tür zu ihrem Labor aufgeschlossen wurde. Huch, um diese Zeit noch? Grace stand auf und schaute durch die offene Verbindungstür in ihr Labor.

„Hallo, Frau Schnabelstedt, sind Sie denn immer noch zugange?"

Die Praktikantin zuckte erschreckt zusammen, sie war auf dem Weg zu den Kühlschränken gewesen und hatte sie nicht kommen sehen.

„Oh, Frau Thomsen, jetzt haben Sie mich aber erschreckt! Ja, ich habe noch ein bisschen zu tun. Sie sind ja auch noch so spät hier."

„Das stimmt. Heute bin ich wirklich spät dran. Aber im Gegensatz zu Ihnen werde ich gut bezahlt." Grace lächelte die Praktikantin freundlich an. „Was haben Sie so spät denn noch zu tun?"

„Ach, ich habe noch ein paar Kleinigkeiten zu erledigen. Bin aber gleich fertig. Mir ist die Pufferlösung ausgegangen und da dachte ich, ich könnte hier mal schauen, ob noch etwas da ist." Eine leichte Röte breitete sich im Gesicht der Praktikantin aus.

„Kein Problem, meine Assistentin hat vorhin neuen

Puffer angesetzt. Gern können Sie sich etwas abfüllen. Was ich nicht okay finde, ist, dass Sie immer noch hier sind. Und das an einem Freitagabend! Für wen machen Sie denn noch so spät etwas?" Grace sah sie forschend an. Frau Schnabelstedt wurde das Gespräch zunehmend unangenehm, das merkte sie deutlich.

„Äh, ich habe noch ein paar Kleinigkeiten von Herrn von Austenberg bekommen. Das ist aber nicht schlimm, wirklich. Mir macht die Arbeit Spaß!", beeilte sich die Praktikantin zu versichern.

„Es geht mich ja nichts an, aber als Praktikantin sollten Sie wirklich nicht 12 Stunden am Tag arbeiten. Ich habe Sie doch heute schon am frühen Morgen gesehen!" Die junge Frau tat Grace leid. „Haben Sie denn Aussichten, hier übernommen zu werden?"

„Ich hoffe schon, denn ich würde sehr gerne hier arbeiten. Als Biologin sind die Berufsaussichten nicht so toll."

„Ich werde die Daumen drücken, dass Herr von Austenberg Sie am Ende des Praktikums übernimmt. Aber jetzt sollten Sie wirklich zusehen, nach Hause zu kommen." Grace nahm sich vor, bei nächster Gelegenheit ein gutes Wort für die junge Frau einzulegen.

„Ja, Sie haben recht. Vielen Dank, Frau Thomsen, und noch einen schönen Abend." Mit diesen Worten drehte sie sich auf dem Absatz um und verschwand.

Komisch, dachte Grace, jetzt hat sie die Pufferlösung doch nicht mitgenommen.

Kapitel 15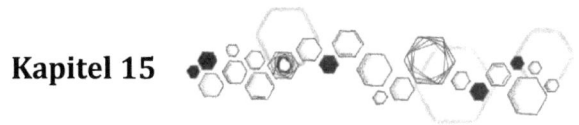

Nach und nach trafen alle bei den Thomsens ein. Eileen und Ben waren nach der Schule zu ihr gefahren und hatten schon gemeinsam Hausaufgaben gemacht. Max war noch einmal ins Krankenhaus gewesen und hatte sich dort mit den Eltern von Jerome getroffen. Jeromes Zustand war weiterhin unverändert, aber immerhin stabil.

Als Grace endlich eintraf, war es schon dunkel. Sie war sehr müde und froh, dass die Kinder schon gekocht hatten. Es gab Nudeln, und der Tisch war bereits gedeckt. Die drei hibbelten herum. Sie warteten ungeduldig auf eine Nachricht von Kai Baumann. Während des Essens berichteten die Freunde Grace alles, was in der Schule geschehen war. Aus Graces Sicht ging das Hacken von Computern zu weit, sie würde mal ein ernstes Wort mit dem Lehrer reden müssen - zumal ... „Sagt mal, möchte mich heute niemand fragen, was die Analyse der Milch ergeben hat?" Die drei sahen sich an – über der Aufregung mit dem Keylogger hatten sie das völlig vergessen.

„Doch, na klar, Mam", beeilte sich Eileen, „was ist herausgekommen?"

„Glücklicherweise gar nichts!" Grace sah erleichtert aus. „Alle Milchpäckchen und ebenso die anderen Frühstücksproben sind völlig in Ordnung!"

„Und was hat Jeromes Haarprobe ergeben?" Max sah

sie gespannt an.

„So weit bin ich leider noch nicht. Morgen werde ich noch einmal in die Firma fahren und das zu Ende bringen. Ich hoffe sehr, dass ich auch da nichts finde. Dann können wir vielleicht alle etwas zur Ruhe kommen." Gerade, als sie das ausgesprochen hatte, klingelte Bens Handy.

„Herr Baumann!" Ben presste schnell das Handy ans Ohr und lauschte. Nach einer Weile sagte er: „Ich denke schon, ich frag mal." Dann wandte er sich an Eileens Mutter. „Grace, Herr Baumann fragt, ob er vorbeikommen kann? Er hat etwas zu berichten und möchte sich außerdem gerne mit dir unterhalten."

Grace seufzte, nickte aber zustimmend. Ben gab die Adresse durch und legte auf. Sofort bestürmten ihn die anderen mit Fragen.

„Hey, ich weiß auch nichts weiter. Baumann klang aber sehr aufgeregt, er wird uns alles erzählen, wenn er hier ist."

15 Minuten später saß Kai Baumann bei ihnen am Tisch. Er aß mit großem Appetit und berichtete ausführlich, welche Dateien er entdeckt hatte, als er über die Internetverbindung auf dem anderen Rechner gelandet war. Und dass die Schulleiterin ihn fast erwischt hätte.

„Wie waren denn die Passwörter?", fragte Ben neugierig. „Waren das persönliche Passwörter, wie Sie erwartet hatten?"

„Ja, das eine schon. Ein Mädchenname und ein paar

Ziffern, wahrscheinlich das Geburtsdatum, würde ich tippen. Das andere war aber merkwürdig." Er zog seinen Zettel aus der Hosentasche und buchstabierte. „chiral_CNE 10-5682, das sagt mir nichts. Also ein durchaus sinnvolles Passwort."

Grace wurde ein bisschen blass um die Nase. „Können Sie mir das bitte noch einmal auf ihrem Zettel zeigen?"

„Na klar", Kai Baumann reichte ihr den Zettel über den Tisch.

Grace schaute darauf und sah dann betroffen in die Runde. „Ich weiß, was ‚CNE 10-5682' bedeutet. Solche Bezeichnungen bekommen bei uns die Substanzen, die potentielle Medikamente werden sollen."

„Wie bitte?" Kai Baumann sah sie entsetzt an. „Dann ist also möglicherweise Ihre Firma darin verwickelt?"

Sie schüttelte vehement den Kopf. „Das kann nicht sein, das glaube ich einfach nicht. Außerdem benutzen wahrscheinlich ebenso andere Firmen solche Kürzel. Mir sagt das Kürzel auch weiter nichts. Ich wüsste nicht, auf welche Substanz sich das bezieht. Jedenfalls auf keine, die wir gerade in der Testphase haben. Ich könnte aber in unserer Datenbank nachschauen." Grace sah wirklich bestürzt aus. In ihrem Kopf formierte sich bereits eine ungeheuerliche Wahrheit, aber sie konnte diese Gedanken einfach nicht zulassen.

Schließlich sprach Eileen es aus. „Mam, das sieht doch aus wie eine Medikamentenstudie, oder? Die eingescannten Schülerakten mit Ziffern versehen, als wären wir Probanden. Statistische Daten usw. So etwas würde doch nie genehmigt werden, oder?"

„Niemand würde einer Studie mit gesunden Jugendlichen zustimmen, und das ist vielleicht genau der Grund, warum es heimlich gemacht wurde." Betroffenes Schweigen folgte auf Graces Worte.

Als Erster räusperte sich Kai Baumann. „Ich muss das für mich alles erst einmal sortieren. Und habe überhaupt keine Ahnung von der Materie. Was sind Medikamentenstudien?"

„Medikamentenstudien sind gesetzlich vorgesehen, um neue Wirkstoffe, die ein Medikament werden sollen, an Menschen zu testen. In der Phase I wird der neue Wirkstoff das erste Mal an Menschen getestet, und zwar an gesunden Probanden. Vorher ist dieser Wirkstoff bereits an Zellkulturen und im Tierversuch auf seine Wirksamkeit, aber auch seine Giftigkeit hin untersucht worden."

„Wenn es eine Phase I gibt, gibt es sicherlich noch weitere Phasen?" Kai Baumann war sehr interessiert an diesem Thema.

„Dann kommt die Phase II, der neue Wirkstoff wird an einer kleinen Anzahl kranker Patienten getestet. Hier wird Dosierung, Verträglichkeit und Wirksamkeit überprüft. Natürlich bekommen einige Teilnehmer der Studie nur ein Placebo. Am Ende wird dann verglichen, ob der Wirkstoff erfolgreicher war als das Placebo."

„Woran erkennt man denn die Wirksamkeit oder den Erfolg?", fragte Ben nach.

„Dafür werden bestimmte Kriterien festgelegt, im

Fachjargon ‚Endpunkte'. Wenn zum Beispiel ein entzündlicher Prozess untersucht wird, wäre ein denkbarer Endpunkt, dass die Entzündung zurückgeht. Das Placebo hingegen dürfte dieses Ergebnis nicht zeigen."

„Und dann kommt wahrscheinlich noch Phase III?", erkundigte sich Kai Baumann.

„Genau, und in dieser Phase wird das Medikament an sehr vielen, bis zu tausenden von kranken Patienten meistens in verschiedenen Ländern getestet. Erst wenn diese Phase ebenfalls erfolgreich verlaufen ist, kann eine Zulassung beantragt werden."

„Hört sich teuer an", warf Eileen nüchtern ein.

„Allerdings, es kostet Millionen, bis ein Medikament zugelassen wird, und es dauert in der Regel mehr als 10 Jahre. Ganz zu schweigen von den vielen Wirkstoffen, die schon in der vorklinischen Phase scheitern."

Eine Weile saßen alle schweigend am Tisch. Dann räusperte sich Eileens Mutter.

„Also, Medikamentenstudien sind nicht ganz ungefährlich. Normalerweise wird sehr sorgfältig überprüft, ob es wirklich sinnvoll ist, einen Wirkstoff an Menschen zu testen. Außerdem muss ein Ethikrat zustimmen. Ich kann mir einfach nicht vorstellen, dass BEUTZPHARMA in so etwas verwickelt sein soll und das ohne Erlaubnis macht. Ich müsste mir die Dateien anschauen, die Herr Baumann heute gesehen hat, dann könnte ich erkennen, ob es tatsächlich so etwas wie eine Studie ist."

„Ja, tut mir leid. Ich wollte die Dateien herunterladen und auf meinem Stick speichern, habe es aber einfach nicht mehr geschafft."

„Dann müssen wir noch einmal in die Schule zurück und die Dateien sichern." Ben bekam schon wieder glänzende Augen.

„Oh nein, Ben, das eine Mal hat mir wirklich gereicht. Das mache ich nicht noch einmal. Und bei mir schrillen alle Alarmglocken. Ich weiß nicht, warum die Schulleiterin zurückgekommen ist. Wir können uns theoretisch von jedem Rechner über die Internetseite mit dem Passwort einloggen."

„Worauf warten wir dann noch?", fragte Ben. „Los geht's!"

„Das können wir nicht von einem Rechner machen, den man nachverfolgen kann. Möglicherweise ist die Verbindung, die ich aufgebaut habe, mit einer Alarmsoftware verbunden. Wir können morgen in das Internetcafé in der Stadt gehen. Dort sind immer viele Menschen, dann kann man das nicht auf uns zurückführen."

„Heißt das, diesmal nehmen Sie uns mit?", fragte Max.

„Ja, ich denke, das können wir machen. Am besten am frühen Abend, dann sind dort nicht mehr so viele Leute." Kai Baumann antwortete zögernd.

„Das ist noch total lange hin!" Ben platzte fast vor Ungeduld.

„Ich finde es eine gute Idee, wenn das auf morgen Abend verschoben wird." Grace schaltete sich wieder ein. „Ich werde morgen die Haaranalyse von Jerome beenden. Dann sind wir vielleicht schon einen Schritt weiter."

Sie verabredeten sich für den nächsten Tag, dann verabschiedete sich Kai Baumann. Ben musste nach Hause zu seinen Eltern. Grace war todmüde und ging zu Bett. Eileen und Max blieben zurück und zogen von der Küche in Eileens Zimmer um.

Max konnte noch keine Ruhe finden: „Meinst du wirklich, dass mit uns eine Medikamentenstudie gemacht wurde? Ist Jerome deshalb ins Koma gefallen?"

„Ich weiß es nicht, Max", überlegte Eileen. „Aber einiges spricht dafür. Beispielsweise, dass es Milch mit und ohne diese unbekannte Substanz gab. Das ist ja in den Studien auch so, nicht alle Testpersonen bekommen die zu testende Substanz, damit man einen Vergleich hat. Und das einige von uns so merkwürdige Symptome, wie Hautausschlag und Schlaflosigkeit haben, ist ebenfalls komisch."

„Kann es denn passieren, dass Medikamentenstudien schiefgehen und die Menschen zu Schaden kommen?"

„Ja, ich denke schon. Anfang des Jahres habe ich sowas in den Nachrichten gehört. Irgendwo in Frankreich ist was Furchtbares passiert." Eileen setzte sich an ihren Schreibtisch, startete ihren Rechner und fing an zu googeln. „Ah, hier ist es schon, schau mal."

Max setzte sich zu ihr und las mit. „Krass, tödlicher Medikamententest. Fünf Menschen sind im Januar in Rennes schwer erkrankt, einer ist gestorben. Oh je, der ist gleich nach der Verabreichung einer hohen Dosis ins Koma gefallen." Max wurde es ganz eng ums Herz. Er musste an Jerome denken.

Eileen hatte inzwischen schon weitergelesen: „Schau mal hier, die Studie wurde von einer Firma vorgenommen, die nur *im Auftrag* für die zuständige Pharmafirma gearbeitet hat. Und hier steht weiter, dass die Verantwortlichen mit allen Mitteln versucht haben, die Hintergründe zu vertuschen. Na, das ist ja toll. Es gibt einen Toten, und die Verantwortlichen wollen es unter den Tisch kehren."

„Meinst du, bei uns war das auch so? Vielleicht hat BEUTZPHARMA eine Studie in Auftrag gegeben?"

„Ich weiß nicht." Eileen hatte schon weiter gegoogelt und war nicht so ganz bei der Sache.

„Hier ist noch etwas. 2006 gab es schon mal ein Desaster. Diesmal in London. Nachdem sie ein Medikament bekommen hatten, bekamen alle sechs Probanden schwere Nebenwirkungen. Beispielsweise schwollen Kopf und Nacken an, brrr. Sie waren tagelang in Lebensgefahr. Ein Mann lag sogar drei Monate im Koma, aber letztendlich haben alle überlebt."

Das ist gut, dachte Max bei sich, drei Monate im Koma und trotzdem wieder aufgewacht.

„Hier steht, dass gerade der 1. Test am Menschen der kritische Punkt bei Medikamentenstudien ist." Eileen las ihm weiter vor. „Man könne nur schwer voraussagen, was ein Wirkstoff im Körper anrichtet. In London haben bei den Probanden in wenigen Stunden alle lebenswichtigen Organe versagt, obwohl der Wirkstoff vorher bei Tieren getestet worden war."

„Ehrlich, Eileen, ich kann mir nicht vorstellen, dass

jemand mit Jugendlichen heimlich eine Medikamentenstudie durchführt, das ist doch absurd!"

„Allerdings, Max. Ich finde das unvorstellbar. Aber schau mal hier, ein Artikel aus der ‚Frankfurter Allgemeinen Zeitung': ‚Die Trickserei mit den Pillen'. Der ist auch interessant."

Sie fing an, den Artikel durchzuschauen und hielt Max auf dem Laufenden. „Die Pharmafirmen vergeben offensichtlich die Medikamentenstudien gerne an Dritte, sogenannte ‚Contract Research Organizations', CRO genannt. Solche Organisationen führen inzwischen weltweit Studien mit fast zwei Millionen Patienten durch."

„Lass mich raten", sagte Max, „die Studien werden in Länder ausgelagert, wo nicht so genau hingeschaut wird."

„Du hast es erfasst. Zum Beispiel nach Indien, und dort sind die Auftragsstudien ins Gerede gekommen. Jahrelang sollen Daten gefälscht worden sein." Eileen hatte inzwischen weitergelesen. „80 Medikamente sind vom Bundesinstitut für Arzneimittel inzwischen verboten worden, nachdem das aufgedeckt wurde."

„Na, toll." Max verzog das Gesicht. „Wir sind aber nicht in Indien. Kann denn hier auch so etwas passieren?"

Kapitel 16

Grace grüßte den Pförtner, checkte mit ihrer Sicherheitskarte ein und drückte auf den Fahrstuhlknopf. Wie alle Pharmafirmen hatte auch BEUTZPHARMA ein strenges Sicherheitssystem. Ohne Karte lief hier nichts. Besucher wurden registriert, bekamen einen Besucherausweis und mussten ihren Personalausweis abgeben. Wenn sie das Gebäude verließen, bekamen sie ihn wieder.

Die Pharmabranche hatte große Angst vor Industriespionage. Nicht zu Unrecht, denn es ging oft um Milliardensummen.

Grace stieg in den Fahrstuhl und fuhr in den 3. Stock. Ihr Kopf war voller Gedanken, sie hatte heute einiges vor. Als Erstes musste sie die Haaranalyse beenden. Das hatte sie noch nie gemacht und sich deshalb von einem alten Studienkollegen beraten lassen. Der arbeitete in einer Firma, die dergleichen routinemäßig durchführte. Sie hatte sich an seine Anweisungen gehalten. Erst hatte sie die vier Haarsträhnen von Eileen, Ben, Max und Jerome jeweils in 1 cm lange Stücke geschnitten. Die einzelnen Stücke wurden dann getrennt analysiert. So konnte man nachweisen, wie lange eine Droge oder ein Medikament genommen wurde. Denn man geht davon aus, dass das Haar ca. 1 cm pro Monat wächst. Als nächsten Schritt hatte sie die Haarabschnitte mit einer Säure behandelt, die fremde Substanzen herauslöste. Heute würde Grace die eigentliche Analyse fahren. Die Analysegeräte hatten sie in der Firma. Ihr Freund hatte ihr per Mail einige Ergebnisbeispiele geschickt. Allerdings nur für die gängigsten Drogen, wie Kokain, Cannabis und Ecstasy.

Endlich hielt Grace die Ergebnisse in den Händen. Sie hatte alles auf ihrem Schreibtisch ausgebreitet. Auf einmal hörte sie ein Geräusch aus ihrem Labor und schreckte auf. Wer war denn heute hier zugange? Gab es noch mehr Menschen, die am Samstag arbeiteten? Sie stand auf und ging in den Nachbarraum. Sieh mal einer an, der Abteilungsleiter Maurice von Austenberg höchstpersönlich. Er inspizierte offensichtlich die Reste ihrer Arbeit, die sie gerade durchgeführt hatte. Glücklicherweise hatte sie die Haarreste schon weggeräumt.

Er sah sie scharf an: „Guten Tag, Frau Thomsen, was machen Sie hier?"

„Ich habe gestern meine Arbeit nicht geschafft, deshalb bin ich heute auch gekommen." Grace fühlte sich unwohl und ertappt. Schließlich hatte sie private Dinge mit den teuren Geräten der Firma durchgeführt. Sie hatte nicht damit gerechnet, dass heute jemand arbeitete.

Austenberg sah sie lauernd an: „Ach ja? Wir hatten doch erst am Donnerstag ein Gespräch über den Stand Ihres Projektes. Es war doch gar nicht mehr viel zu tun. Hat was nicht funktioniert?"

Grace schluckte: „Doch, doch, war nur noch eine Kleinigkeit. Montag haben Sie den Bericht auf dem Tisch."

„Na, dann ist es ja gut. Ich bin nur verwundert, denn samstags habe ich Sie hier noch nie gesehen. Bestimmt werden Sie zu Hause gebraucht. Haben Sie nicht eine Tochter hier im Gymnasium?"

Grace war verdutzt, noch nie hatte ihr Abteilungsleiter sie auf persönliche Dinge angesprochen. Sie war davon ausgegangen, dass er absolut nichts über ihr Privatleben wusste.

„Ja, aber meine Tochter ist in der 12. Klasse, da werde ich nicht mehr so gebraucht wie früher." Sie versuchte ein Lächeln, um die verkrampfte Situation etwas zu entspannen.

Maurice von Austenberg lächelte nicht zurück, er verabschiedete sich kurz und verschwand.

Grace hatte ein ungutes Gefühl, als sie sich an ihren Schreibtisch setzte. Sie wollte keinen Ärger mit dem Abteilungsleiter, das war nie gut. Grace vertiefte sich in die Haaranalysen. Das Ergebnis gefiel ihr gar nicht, sie würde ihren alten Studienkollegen noch einmal dazu befragen müssen. Dann machte sie sich daran, nach einer möglichen Substanz mit dem Namen CNE 10-5682 zu suchen. Da sie in der Entwicklungsabteilung arbeitete, hatte sie Zugang zu allen Datenbanken und Aufzeichnungen, in denen neue Substanzen verzeichnet waren. Aber nirgends war auch nur ein Hinweis darauf zu finden. Grace fühlte sich erleichtert, etwas anderes hatte sie nicht erwartet.

So langsam war es wirklich Zeit, nach Hause zu gehen. Grace machte sauber und packte alles zusammen. Die Laborabfälle aller Art mussten in einen gesonderten Raum gebracht werden. Die Entsorgung von Abfällen in einer Pharmafirma ist kompliziert, es gab extra Angestellte, die sich darum kümmerten. Als Grace die Tür zum Abfallraum aufschloss, quollen ihr Abfallsäcke entgegen. Die Kanister mit den flüssigen Abfällen waren ebenfalls randvoll. Der Entsorger musste wohl ausgefallen sein, dachte Grace. Eigentlich wurde der Raum Freitagabend komplett geleert. Sie kippte die Lösungsmittelreste in einen Kanister, in dem kaum noch Platz war. Ihr Blick fiel auf einen angerissenen kleinen Müllsack. Das sollte nicht passieren und war auch merkwürdig, denn die Säcke waren sehr stabil. Besser, sie steckte das Ganze in einen neuen Sack. Als Grace den kaputten Sack hochhob, fiel etwas heraus. Eine zerbrochene Glasampulle. Verwundert öffnete sie den Sack. Darin befanden sich noch weitere aufgebrochene Ampullen. Sehr merkwürdig, so etwas wurde in ihrer Abteilung überhaupt nicht verwendet. Gut, dass sie noch ihre Handschuhe anhatte. Auf den Ampullen stand etwas. Neugierig geworden, sah Grace genauer hin. Da die Ampullen zerbrochen waren, musste sie mehrere Teile nehmen und aneinanderhalten, um die Aufschrift zu entziffern. Grace schaute fassungslos auf die Teile in ihrer Hand: CNE 10-5682.

Eileen und Max machten sich nach dem Frühstück auf den Weg zu Ben. Er hatte seinen Eltern versprochen, heute ein wenig mehr Zeit zu Hause zu verbringen. Die beiden radelten durch die Altstadt in Richtung des Villenbezirks von Beutzenburg. Das war ein schöner Vorort mit großen Häusern, die von noch größeren Gärten umgeben waren. Wer es sich leisten konnte, kaufte hier ein Haus. Nachdem die beiden 30 Minuten zügig in die Pedale getreten hatten, erreichten sie ihr Ziel. Ben wohnte in einer großen weißen Villa. Blühende Rhododendren säumten den Weg bis zur Eingangstür. Ben öffnete ihnen die Tür. Eileens Herz machte einen kleinen Hüpfer. Ben hatte ein lässiges Hemd mit einer cremefarbenen Stoffhose an und sah unverschämt gut und ziemlich ausgeschlafen aus. Er führte seine Freunde durchs Haus auf die Terrasse. Max war zum ersten Mal bei Ben und staunte nicht schlecht über die teuer eingerichtete Villa und den großen Garten. Bens Mutter brachte ihnen Saft und Kekse auf die Terrasse. Sie freute sich sehr, Eileen zu sehen.

Als die Mutter wieder im Haus verschwand, sah Max Ben fragend an.

„Sag mal, Ben, warum seid ihr eigentlich immer bei Eileen? Hier ist es doch wunderschön, und deine Mutter scheint voll nett zu sein."

„Ist sie auch, aber leider haben wir trotzdem oft Stress. Meine Eltern sind sehr erfolgreich und erwarten ebenso von mir sehr gute Leistungen. Wie du aber weißt, bin ich nicht so ein Überflieger wie Eileen." Ben schielte zu Eileen hinüber, die ihr Gesicht zu einem Schmollmund verzog.

„Als ich aufgehört habe, das Medikament zu nehmen,

waren meine Eltern sauer. In der Zeit war ich dann immer öfter bei Eileen, und dabei ist es irgendwie geblieben." Das war natürlich nur die halbe Wahrheit. Tatsächlich wollte er gerne mit Eileen zusammen sein, und sie blieb nicht so gerne bei ihm. Sie fühlte sich wohl in ihrem Zimmer zu Hause und ließ ihre Mutter nicht so gerne alleine.

„Wozu hast du das genommen?", fragte Max neugierig.

„In der Grundschule war ich der totale Träumer, und wenn ich nicht geträumt habe, hatte ich das dringende Bedürfnis nach Bewegung. Alle anderen konnten früher als ich lesen und schreiben. Nachdem der Arzt mir das Methylphenidat verschrieben hatte, wurde es deutlich besser. Aber auch Gesunde nehmen es."

„Wie bitte, wozu das denn?"

„Na, sie hoffen, dass sie damit bessere Leistungen erbringen", antwortete Ben.

„Ja, genau, davon habe ich gehört! Quasi ‚Doping fürs Gehirn'. So wie sich Sportler dopen, um bessere Leistungen zu erzielen, machen das auch Menschen, um ihre kognitiven Leistungen zu steigern." Eileen mischte sich in das Gespräch ein, sie hatte ein enormes Wissen. Schon von klein auf hatte sie sich für alles, das mit Naturwissenschaften zusammenhing, interessiert. Inzwischen las sie Fachartikel, die ihre Mutter mit nach Hause brachte.

„Ich habe auch sehr lange Methylphenidat genommen, damit meine Schulleistungen besser werden. Ist das Doping???" Ben sah ein bisschen verdutzt aus. Als Sportler reagierte er auf den Begriff „Doping" etwas sensibel. Das war ehrenrührig.

„Nein, das war doch etwas anderes. Du hast das Medikament als Kind verschrieben bekommen, weil bei dir ADHS diagnostiziert worden ist. Soweit ich weiß, steht ADHS für Aufmerksamkeits-Defizit- Hyperaktivitäts-Störung. Du konntest dich als Kind halt nicht so gut konzentrieren, weil du zu wenig von dem Botenstoff Dopamin hattest." Eileen war bemüht, das heikle Thema rasch zu beenden.

„Und - hat das Medikament geholfen?" Max fand das alles spannend.

„Ja, irgendwie schon. Meine Schulleistungen sind tatsächlich besser geworden."

„Nimmst du das immer noch?"

„Nein", antwortete Ben. „Eileens Mutter hat mich überzeugt, es mal ohne zu versuchen. Ich habe langsam aufgehört, das Medikament zu nehmen, und es ist alles gut gegangen. Ich frage mich seitdem, ob ich es länger genommen habe als tatsächlich nötig."

„Hat denn das Medikament irgendwelche Nebenwirkungen? Vielleicht könnte ich es ja ebenfalls nehmen. Ich bin ebenfalls manchmal unkonzentriert, weil ich mit den Gedanken woanders bin."

„Mam sagt immer, es gibt kein Medikament ohne Nebenwirkungen. Als wir das damals mit Ben diskutiert haben, haben wir uns sehr ausführlich damit ausein-andergesetzt. Es gibt leider bislang noch nicht viele Langzeitstudien über die Einnahme von Methylphenidat bei Kindern oder Jugendlichen, den Wirkstoff des bekannten Medikaments „Ritalin". Vor einiger Zeit kam eine besorgniserregende Studie heraus, die sich unter anderem mit der Einnahme von Methylphenidat bei gesunden Jugendlichen und jungen Erwachsenen beschäftigt hat. Das hat dann den Ausschlag gegeben. Ben hat das Medikament abgesetzt, und wie wir gesehen haben, kommt er sehr gut ohne aus."

„Was sagt denn diese Studie?", fragte Max interessiert nach.

„Dass die Einnahme von Methylphenidat bei gesunden Jugendlichen und jungen Erwachsenen zu Veränderungen im vorderen Bereich des Gehirns führen kann, in dem auch unser Arbeitsgedächtnis liegt. Dieser Teil des Gehirns muss gewissermaßen erst ‚reifen' und ist teilweise sogar erst mit 30 Jahren voll entwickelt. Die Einnahme von Methylphenidat hat wahrscheinlich Auswirkungen auf diese Entwicklung. In der Studie sprechen sie davon, dass es zu bleibenden Verhaltensänderungen führen kann und mehr noch, dass langfristig Flexibilität und Lernfähigkeit des Gehirns gehemmt werden könnten. So wird zwar kurzfristig die Aufmerksamkeit erhöht, langfristig überwiegen allerdings die negativen Folgen. Die Wissenschaftler haben ausdrücklich davor gewarnt, dass gesunde Kinder und Jugendliche Methylphenidat über einen längeren Zeitraum einnehmen."

„Schade", sagte Max bedauernd. „Ist doch irgendwie eine coole Vorstellung. Man nimmt eine Pille und

– schwupps – kann man besser lernen!"

„Naja, tatsächlich ist das ein Trend, der als 'Neuro-Enhancement' bezeichnet wird. Gesunde Menschen nehmen Medikamente, die eigentlich für Kranke da sind, damit sie ihre Leistungen steigern. Soll vor allem bei Studenten und bei Wissenschaftlern sehr beliebt sein." Eileen interessierte sich besonders für neurobiologische Themen.

„Das ist ja voll krass! Davon hab ich noch nie was gehört!", Max staunte. „Die Pharmafirmen verdienen doppelt, an gesunden und an kranken Menschen. Da kann ja dann gar nichts mehr schiefgehen."

„Ja genau, deshalb wird Mam immer sauer, wenn wir über diese Themen sprechen. Sie sagt, sie entwickelt doch Medikamente gegen Krankheiten und nicht für gesunde Menschen. In Amerika ist das wohl der ganz große Renner: ‚Off-Label-Use' nennt sich das."

„Was verbirgt sich dahinter?", fragte Max. Er hatte sich noch nie mit irgendjemanden über solche Themen unterhalten und fand das höchst spannend. Bei ihm zu Hause wurde überhaupt nicht viel geredet, und in der Schule ließen sie die wirklich interessanten Themen leider immer aus.

„Also", fing Eileen an. Als Tochter einer Pharmakologin war sie den anderen ein paar Schritte voraus. „Arzneimittel müssen zugelassen werden, und zwar für ganz bestimmte Erkrankungen. Wird dieses Arzneimittel für eine andere Krankheit als vorgesehen eingesetzt, dann bezeichnet man das als ‚Off-Label-Use'. Manchmal ist es wohl sinnvoll, weil die Medikamente außerdem bei Krankheiten helfen, für die sie nicht zugelassen sind. Aber es werden zunehmend Medikamente von gesunden Menschen genommen. Die Neuro-Enhancer beispielsweise oder Psychopharmaka, damit man glücklicher ist."

Für einen Moment saßen die drei schweigend da und hingen ihren eigenen Gedanken nach.

Max unterbrach das Schweigen.

„Das hört sich für mich jetzt gar nicht so schlimm an. Ich wäre auch gerne glücklicher und besser im Lernen! Wenn es nicht so bedenkliche Nebenwirkungen hätte, würde ich das machen!"

„Na ja, du musst aber auch bedenken, dass Medikamente teuer sind. Gesunden Menschen dürfen Medikamente nicht verschrieben werden." Da hatte Eileen einen empfindlichen Nerv bei Max getroffen.

„Mmh, das wäre natürlich nicht so praktisch für mich", grinste Max schief.

„Und ich kann dir aus jahrelanger Erfahrung sagen, dass es nicht so witzig ist, permanent Pillen zu schlucken. Vor allem, wenn man es mal vergisst. Ich war dann noch hibbeliger als sonst. Und seit ich es nicht mehr nehme, fühle ich mich besser als vorher", schob Ben hinterher.

Ihre Unterhaltung wurde von Bens Mutter unterbrochen, die ihnen ein paar belegte Brötchen und einen neuen Krug mit Apfelschorle brachte.

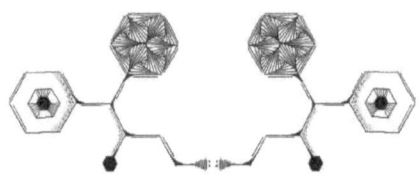

Er war aufgeflogen, eine andere Erklärung gab es nicht. Jemand hatte auf seinen Rechner zugegriffen. Außerhalb der vereinbarten Zeiten. Da war etwas faul. Oberfaul. Er würde dem auf den Grund gehen müssen.

Und jetzt auch das noch! Jemand hatte damit begonnen, die Daten herunterzuladen. Seine Daten! Zum Glück hatte er eine Sicherungssoftware installiert und war rechtzeitig informiert worden. Er musste bloß nachverfolgen, von welchem Rechner der Angriff ausgeführt wurde. Das dauerte ein bisschen. Die Daten konnten jetzt nur noch im Schneckentempo heruntergeladen werden. Dafür sorgte die Software. Gleich hatte er sie, nur noch einen kleinen Moment. Und dann sollten die was erleben! Er hatte Schläger. Sein mobiles Einsatzkommando. Keiner würde ihn aufhalten. Daten klauen, soweit kam es noch! Da! Jetzt hatte er sie, damit hatten sie nicht gerechnet. Er wusste, wo sie waren.

Kapitel 17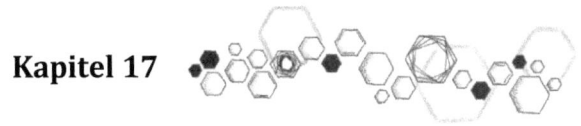

Am frühen Abend machten sich Eileen und Ben auf den Weg in das Internetcafé ‚Solar‘, wo sie sich mit ihrem Lehrer verabredet hatten. Max wollte sich im Krankenhaus mit Jeromes Eltern treffen.

Eileen war froh, endlich mal wieder mit Ben allein zu sein. Sie radelten fröhlich durch die Straßen und alberten herum. Als Erstes fuhren sie zu Eileen nach Hause, um dort die Räder sicher unterzustellen. Das Café lag nicht in der besten Gegend von Beutzenburg, und Ben hatte ein sehr teures Rad. Ständig musste man aufpassen, dass es einem nicht geklaut wurde. Nachdem sie die Fahrräder abgestellt hatten, nahmen sie den Bus. Sie trafen Kai Baumann direkt vor der Tür. Er sah ernst und angespannt aus. „Na, ihr beiden, hattet ihr einen schönen Tag?“

Eileen fragte höflich: „Hatten Sie auch einen schönen Samstag?“

„Na ja, ich hatte schon bessere, aber das tut jetzt nichts zur Sache. Am besten wir bringen das möglichst schnell hinter uns. Ich habe deiner Mutter versprochen, dass wir nur die Daten sichern und Ich euch dann wohlbehalten nach Hause bringe. Dort können wir in Ruhe die Daten sichten.“

Sie betraten das Café. Der Lehrer sah sich um und wählte einen Platz ziemlich weit hinten, direkt neben der hinteren Tür, die in einen kleinen Garten führte. Es waren keine weiteren Gäste im Raum, so dass sie sich ungestört unterhalten konnten. Kai Baumann holte seinen Zettel aus der Tasche. „Puh, das Passwort ist noch dasselbe. Da haben wir Glück gehabt. Mir war nicht klar, ob ich gestern vielleicht aufgeflogen bin. Dann hätten sie sicher das Passwort geändert."

Eileen und Ben waren mega gespannt. Sie rückten ihrem Lehrer richtig auf die Pelle, um genug sehen zu können.

„Oh bitte, Herr Baumann, ich würde so gerne einen Blick in meine eingescannte Schülerakte werfen", bettelte Ben.

Kai Baumann seufzte und öffnete den Ordner mit den Dateien der Schülerakten.

„Seht mal", Eileen sah aufmerksam auf den Bildschirm, „die Dateien sind alle im letzten Jahr am Anfang des Schuljahres angelegt worden."

„Ja, stimmt. Da ging das auch mit dem Frühstück los", bestätigte Ben.

Kai Baumann suchte Bens Datei heraus und zeigte sie ihm.

„Hmm, viel steht da ja nicht drin. Vorwiegend die Zeugnisse. Ach, und da ist der Vermerk, dass ich ADHS habe und Methylphenidat nehme. Sind denn bei allen Schülern Krankheiten und sowas vermerkt?"

„Ja, dafür sind die Schülerakten auch da. Damit man als Lehrer nachschauen kann, ob ein Schüler zum Beispiel eine gravierende Krankheit hat. Für Klassenfahrten ist das besonders wichtig."

„Wenn man wirklich Medikamententests durchführen wollte, dann ist es sicher sinnvoll, diese Infos über die Probanden zu haben. Damit man die Ergebnisse besser einschätzen kann. Oder um Probanden auszuschließen." Eileen überlegte laut.

Kai Baumann steckte einen Speicherstick in den Rechner und fing an, die einzelnen Ordner herunterzuladen und auf dem Stick zu speichern. Währenddessen durchforstete Ben die Ordner. „Schaut mal den Ordner an: ‚Vorversuche'."

Er öffnete eine Textdatei mit dem Namen ‚Abschlussbericht'. Die drei überflogen den Text.

Eileen war die schnellste im Lesen: „Ich kann nicht glauben, was hier steht". Sie wurde ganz aufgeregt. „CNE 10-5682 ist bei Mäusen bis zu einer Dosis von 0,1 mg unschädlich. Da hatte Mam bestimmt Recht, das Passwort ist die Abkürzung für eine Substanz, die ein Medikament werden könnte."

„Und das hat man offensichtlich erst an Mäusen getestet, um es im Anschluss an uns Schülern auszuprobieren", bemerkte Ben düster.

„Das ist erst einmal eine Vermutung. Wir müssen alle Daten sichern und dann in Ruhe sichten." Kai Baumann versuchte, die Schüler zu beruhigen. Dann sah er besorgt auf den Bildschirm. „Irgendwie komisch, am Anfang ging es sehr schnell, aber jetzt dauert das Herunterladen ewig. Wir werden hier noch eine Weile sitzen müssen, befürchte ich."

Um sich die Zeit zu vertreiben, klickten sie sich durch

die Dateien. Viele Dinge sagten ihnen nichts. Es gab Seiten mit Strukturformeln und Berechnungen und ellenlange statistische Auswertungen. Kai Baumann wurde langsam unruhig. Immer wieder überprüfte er den Stand des Downloads. Eileen und Ben konnten förmlich spüren, wie nervös er war.

„Herr Baumann, stimmt irgendetwas nicht?", fragte Eileen schließlich zaghaft.

„Ich verstehe nicht, warum das Herunterladen so lange dauert. Es wird immer langsamer."

„Das Gefühl habe ich auch", bestätigte Ben. „Am Anfang ging es viel schneller. Woran könnte das denn liegen?"

„Tja, da gibt es verschiedene Möglichkeiten. Eventuell kann die Internetverbindung einfach langsamer werden, weil das Netz überlastet ist. Aber es gibt außerdem eine sehr unschöne Möglichkeit, nämlich dass die Verbindung mit einer Alarmsoftware gesichert ist."

„Heißt was?" Ben sah inzwischen nicht mehr ganz so glücklich aus.

„Eine Alarmsoftware ist dazu da, Rechner und Daten zu schützen. Beginnt jemand, Daten herunterzuladen, der dazu nicht autorisiert ist, wird ein Alarm ausgelöst. Das könnte dazu führen, dass sich der Download extrem verlangsamt."

„Kann das für uns gefährlich werden?", fragte Eileen erschrocken.

„Wenn ich das so genau wüsste", Kai Baumann wirkte zum ersten Mal verunsichert. „Was ich hier gemacht habe, ist definitiv nicht legal, und deshalb halte ich es für besser, wenn wir möglichst schnell verschwinden."

„Aber es kann doch niemand wissen, dass wir hier sind, oder?" Ben sah seinen Lehrer forschend an.

„Wenn es jemand wirklich darauf anlegt und die Mittel dazu hat, dann schon. Jeder Rechner hat eine IP-Adresse, über die er zweifelsfrei identifiziert und ebenso geortet werden kann."

Die beiden schluckten und sahen sich an. Eileen fühlte sich mit einem Mal sehr unwohl.

Kai Baumann schaute wieder auf den Stand des Downloads.

„Das gefällt mir gar nicht, ich kann ja zuschauen, wie es langsamer wird. Wir sollten besser gehen."

„Einen kleinen Moment noch, wir haben nichts von dem Statistik-Ordner kopiert. Den müssen wir unbedingt Grace zeigen." Ben wollte noch nicht so schnell aufgeben.

Zögernd gab Kai Baumann nach. Sie warteten noch ein paar Minuten, bis der Lehrer schließlich aufstand.

„Leute, lasst uns verschwinden. Der Datentransfer geht seit einiger Zeit nur noch im Zeitlupentempo. Ich verwette mein Monatsgehalt darauf, dass wir aufgeflogen sind!"

Kaum hatte er die Worte ausgesprochen, flog die Tür auf, und drei finstere Gestalten in Lederklamotten kamen herein und schauten sich suchend um. Ihr Blick fiel ziemlich schnell auf ihren Platz, denn sie waren die einzigen Gäste.

Max saß derweil mit Jeromes Eltern in einer Pizzeria. Sie hatten lange gemeinsam an Jeromes Bett gesessen. Die Ärzte hatten ihnen versichert, dass sein Zustand nicht aussichtslos war. Alle Vitalfunktionen waren intakt. Heute hatten sie sogar ab und an das Gefühl gehabt, er würde aufwachen, denn er lag nicht so bewegungslos wie die letzten Tage da.

Jeromes Eltern waren froh, Max bei sich zu haben. Edith, Jeromes Mutter, erzählte Max von ihrem Sohn.

„Jerome war so ein liebes Kind, von Anfang an. Wir hatten immer viel Spaß, bevor er in die Schule kam. Ich habe nicht gearbeitet und wir verbrachten den ganzen Tag zusammen. In den Kindergarten wollte er nicht gehen, also habe ich ihn zu Hause gelassen."

Jeromes Vater schmunzelte. „Oh ja, und ich war total abgemeldet. Immer wenn ich abends nach Hause kam, war das ganze Wohnzimmer belegt mit Ritterburgen, Pirateninseln und riesigen Höhlenbauten."

„Und er hat schon immer so gerne gegessen. Ich musste ständig kochen und backen. Am liebsten mochte er Sahnetorte. Leider ist er schnell ein kleines Moppelchen geworden, und ich musste darauf achten, was er aß." Edith schwelgte in Erinnerungen.

„Die schöne Zeit war leider vorbei, als Jerome in die Schule kam. Er hat ja bis heute überhaupt keinen Ehrgeiz und sich mit dem Lernen immer schwergetan." Jeromes Vater erzählte die Geschichte weiter.

„Oh ja, statt zu spielen, mussten wir nachmittags Schularbeiten machen. Ich war diejenige, die ihm alles beigebracht hat: Lesen, Schreiben und Rechnen. Manchmal war das wirklich ein Krampf. Welches Kind lernt schon gerne?" Ediths Blick schweifte in die Ferne.

„Also, Eileen würde ich sagen, die lernt gerne." Max konnte jetzt auch endlich etwas zu der Unterhaltung beitragen. „Und Ben hat mir gerade heute erzählt, dass er Methylphenidat bekommen hat, weil er in der Schule nicht recht mitkam."

„Ach ja, das haben sie uns für Jerome ebenfalls empfohlen. Ich wollte aber nicht, dass mein Kind mit irgendwelchen Pillen groß wird. Wir haben uns dagegen entschieden, das kam für uns überhaupt nicht in Frage." Edith hatte ganz feste Vorstellungen davon, was für ihren Sohn gut war und was nicht.

„Aber der Preis war sehr hoch", gab Jeromes Vater zu bedenken. „Ich weiß noch, wie entnervt ihr teilweise wart, wenn ich abends nach Hause gekommen bin. Ihr musstet viele Stunden damit verbringen, das aufzuholen, was Jerome in der Schule nicht gelernt hatte."

Edith seufzte. „Ja, ich weiß. Ich habe mir manchmal gewünscht, dass Jerome überhaupt nicht zur Schule geht, damit wir mehr Zeit mit Spielen verbringen können. Nicht immer nur mit Lernen. Aber am Ende ist alles gutgegangen. Er hat sogar die Gymnasialempfehlung bekommen. Und seit er dich als Freund hat, ist sowieso alles gut. Du bist ihm eine große Hilfe, Max. Es ist wunderbar, dass du so oft bei uns bist und ihr die Schularbeiten gemeinsam macht. Und auch für die Klausuren zusammen lernt." Sie wandte sich mit einem freundlichen Lächeln Max zu.

Max errötete bis über beide Ohren. Lob bekam er nicht oft zu hören.

„Ich kann die Worte meiner Frau nur unterstreichen, Max. Seit du da bist, fällt Jerome die Schule viel leichter." Jeromes Vater runzelte die Stirn. „Wo wohnst du denn jetzt eigentlich? Wir waren so sehr mit unserem eigenen Kummer beschäftigt, dass wir uns gar keine Gedanken gemacht haben."

„Ich wohne zurzeit bei Eileen." Max zögerte einen Moment und entschloss sich dann für die Wahrheit. „Ich bin zu Hause ausgezogen und gehe nicht mehr dahin zurück, das ist endgültig. Wie es weitergehen soll, weiß ich nicht."

Jeromes Eltern sahen sich betroffen an, dann ergriff Edith das Wort.

„Das tut mir sehr leid, Max, wirklich. Aber ehrlich gesagt, im Moment habe ich dafür keinen Kopf. Ich bin in Gedanken immer bei Jerome und kann mich auf gar nichts anderes konzentrieren. Wenn Jerome wieder gesund ist, und ich weiß, dass er gesund wird, dann werden wir uns um dein Problem kümmern. Nicht wahr, Thomas?" Sie reckte herausfordernd ihr Kinn in die Höhe und sah ihren Mann an.

Thomas nickte zustimmend und tätschelte die Hand seiner Frau.

„Natürlich, Liebes, Jerome wird wieder gesund und dann kümmern wir uns um Max."

Kapitel 18

„Raus hier!" Kai Baumann war aufgesprungen, hatte den Stick herausgerissen und das Netzkabel des Computers gezogen. Er schubste Eileen und Ben zur Hintertür, riss sie auf, und die drei rannten in den Garten. Hinter sich hörten sie Getöse. Die fiesen Typen hatten es tatsächlich auf sie abgesehen und grölten ihnen hinterher. Eileen fühlte sich wie in Watte gepackt, was passierte hier? Das konnte doch alles gar nicht wahr sein!

Der Garten war von einer halbhohen Hecke umgeben. Dahinter lag ein Gewirr von mehreren kleinen Gässchen, die Hinterausgänge der Häuser, in denen die Mülltonnen standen. Zu dieser Tageszeit war kein Mensch hier. Eileen war froh über ihre Turnschuhe, sie sprangen über die Hecke und rannten eine Gasse entlang. Die Typen waren ihnen bald dicht auf den Fersen. Kai Baumann und Ben hatten Eileen in die Mitte genommen. Der Lehrer fing an, die seitlich stehenden Mülltonnen im Laufen umzuschmeißen, Ben tat es ihm gleich. Die Tonnen landeten mit lautem Krachen in der Mitte der Gasse, der Müll ergoss sich auf den Weg. Hinter sich hörten sie lautes Fluchen. Ihre Verfolger mussten im Slalom um die Tonnen laufen. Die drei rasten durch die Gassen, um ihren Vorsprung auszubauen.

„Kennt ihr euch hier aus?", keuchte Kai Baumann im Laufen.

„Keine Ahnung, wo wir sind", antwortete Ben. Er hatte die beste Kondition von ihnen und lief noch ganz locker.

„Ich auch nicht", japste Eileen.

„Na toll, wir müssen unbedingt eine belebte Straße finden."

„Was sind das für Leute, Herr Baumann, und warum verfolgen die uns?" In Eileen machte sich so langsam Panik breit. Ben nahm ihre Hand.

„Ich weiß nicht. Aber ich bin mir sicher, sie verfolgen uns, weil wir angefangen haben, Daten herunterzuladen."

Die Typen waren ihnen immer dicht auf den Fersen, sie konnten ihr Schnaufen hören. Die Gejagten hatten absolut keine Ahnung, wo sie waren. Eileen war schon ziemlich aus der Puste. Als sie nach links in eine Gasse rannten, stolperte das Mädchen über eine Mülltonne, die Ben vorher umgeworfen hatte. Offensichtlich waren sie im Kreis gelaufen. Eileen schrie vor Schmerz auf. Da war schon einer der Verfolger zur Stelle und griff nach ihrem Bein. Er war groß, hatte schwarzes, langes, zotteliges Haar, buschige Augenbrauen und trug eine Lederjacke mit langen Fransen an den Ärmeln.

„Ich hab sie!", grölte er.

Eileen konnte seinen schlechten Atem riechen. Aber er hatte nicht mit Ben gerechnet. Der machte eine elegante halbe Drehung und haute seine Fußkante mit einem gekonnten Schlag gegen den Oberarm des Angreifers. Der jaulte vor Schmerzen auf und fiel nach hinten gegen seine Mitstreiter. Ben riss Eileen hoch, und schon jagten sie weiter.

„Gut gekontert, Ben, du machst Karate, oder?", fragte Kai Baumann.

„Schwarzgurt", antwortete Ben trocken.

„Gut zu wissen, ich befürchte, wir halten das Gerenne nicht mehr lange durch", keuchte Kai Baumann. Schweiß rann ihm über das Gesicht.

„Ich kann nicht mehr", japste Eileen. Sie war inzwischen schweißgebadet, das Shirt klebte an ihrer Haut. Sie war es nicht gewohnt, dermaßen schnell zu laufen. Aber so lange nur Ben bei ihr war, ertrug sie alles. Die kleine Truppe rannte nach rechts um eine steile Kurve. Der Lehrer schaute sich um, die Verfolger waren im Moment außer Sichtweite. Durch Bens Tritt hatten sie etwas Zeit gewonnen. Links lag eine Toreinfahrt. Er hatte keine Ahnung, wo diese hinführte. Mit einem Blick auf die erschöpfte Eileen raunte er den beiden zu: „Hier rein, vielleicht können wir uns einen Moment verstecken."

Sie rannten durch die Toreinfahrt und landeten in einem Hinterhof. Hier gab es kein Entrinnen, so viel war klar. Hohe, kahle Wände säumten einen kleinen Innenhof.

„Hier geht es nicht weiter, wir stellen uns jetzt dicht an die Wand. Dann sind wir von der Gasse aus nicht zu sehen. Vielleicht haben wir Glück, und sie laufen geradeaus." Kai Baumann war ernsthaft in Sorge. Es war alles seine Schuld, er hätte seine Schüler nicht mitnehmen dürfen. Offensichtlich hatte er die Gefahr unterschätzt.

Um sich selbst machte er sich keine Sorgen, aber um seine Schüler, vor allem um die zarte Eileen. Sie stand fest an die Wand gepresst und atmete schwer. Ben hatte einen Arm um sie gelegt und flüsterte beruhigend auf sie ein. Allen dreien schlug das Herz bis zum Hals. Jeden Moment konnten die Verfolger um die Ecke biegen. Die Rechnung von Kai Baumann schien aufzugehen, keiner der Verfolger zeigte sich.

„Wir sind im Kreis gelaufen", sagte Ben.

„Ja", bestätigte Kai Baumann. „Wenn wir die Gasse bis zum Ende hochlaufen, sind wir wieder beim Café. Wir warten jetzt noch eine Weile und wenn wir dann nichts hören, versuchen wir wieder dahin zu kommen. Wer von euch hat ein Handy dabei? Meins liegt sicher zu Hause."

„Mein Handy ist in meinem Rucksack und der steht noch im Café." Ben sah zerknirscht aus.

Eileen holte ihr Handy aus der Hosentasche. „Aber ich hab meins dabei. Ich rufe jetzt die Polizei an, okay?"

„Genau", bestätigte der Lehrer, „sicher ist sicher."

Eileens Hände zitterten, als sie die Notrufnummer wählte. Sie versuchte, so ruhig wie möglich zu sprechen, traute sich aber nicht, laut zu reden. Irgendetwas stimmte nicht, Eileen verlor ihren ängstlichen Ausdruck und wurde langsam sauer. Sie wiederholte, dass sie in Gefahr seien und verfolgt wurden. Schließlich legte sie genervt auf.

„Der Beamte hat zu mir gesagt, es kann eine Weile dauern. Heute seien sie unterbesetzt und alle Streifenwagen gerade im Einsatz! Aber sobald ein Wagen frei wird, schickt er die Kollegen zum Internetcafé, wir wissen ja nicht so genau, wo wir gerade sind."

„Das gibt's doch nicht." Ben sah verblüfft aus.

Kai Baumann sah grimmig drein: „Wenn ich bei Rot mit dem Fahrrad über eine Ampel fahre, sind sie komischerweise immer sofort zur Stelle!"

Sie warteten schweigend noch ein paar Minuten. Kein Martinshorn war zu hören.

„Okay, wir versuchen jetzt, bis ins Café zu kommen", sagte er schließlich. In diesem Moment hörten sie ein Rascheln. Eileen gefror das Blut in den Adern. Dann hörten sie leise Stimmen und schleichende Schritte, die langsam näherkamen. Eileen rückte ganz eng an Ben heran. Ihr Freund hatte auf einmal einen ganz fremden Gesichtsausdruck. Sein freundliches Lächeln war erloschen und er sah ernst und hochkonzentriert aus. Bens ganzer Körper stand unter Spannung, Eileen konnte sie förmlich spüren. Kai Baumann legte einen Finger an die Lippen, sie standen immer noch mit dem Rücken zur Wand neben der Toreinfahrt. Die leisen Stimmen waren verstummt, die Schritte kamen näher und dann tauchten ihre drei Verfolger aus dem Schatten auf. Eileen versuchte sofort, sich das Aussehen einzuprägen. Den einen großen, mit der scheußlichen Fransenlederjacke hatte sie schon von Nahem gesehen. Der zweite war ziemlich massig, mit einem Bierbauch, der über der Lederhose hing. Der dritte sah durchtrainiert und drahtig aus, sein Kopf war kahlgeschoren. Die Männer trugen Motorrad-

Klamotten und kamen jetzt langsam nach allen Seiten blickend in den Innenhof. Noch hatten die Verfolger sie nicht entdeckt. Es wurde langsam dunkel, und in dem Hinterhof wurde es sowieso nie richtig hell. Aber dann blieb der Drahtige stehen, schaute sich um und erblickte die drei reglosen Gestalten an der Hauswand.

„Hier sind sie!", brüllte er. Die Verfolger rasten direkt auf sie zu.

„So, jetzt reicht's!" Kai Baumann sah sehr grimmig und entschlossen aus. Er richtete sich zu seiner vollen Größe auf, und hatte plötzlich einen Baseballschläger in der Hand. Das ging so schnell, dass Eileen und Ben nur vermuten konnten, dass er die Waffe aus seinem unförmigen Rucksack gezogen hatte. Er stellte sich vor seine Schützlinge und schnitt den Verfolgern den Weg ab.

„Haut sofort ab", zischte er ihnen zu, „geht zum Café und wartet dort auf die Polizei."

Eileen zitterte am ganzen Körper und klammerte sich an Bens Hand, aber der schüttelte sie ab.

„Lauf weg, Eileen, ich helfe Baumann. Geh und hol Hilfe!"

Kai Baumann hatte den Schläger fest mit beiden Händen gepackt und sah immer wütender aus. Die drei Männer ballten die Fäuste und traten von einem Fuß auf den anderen, auf einmal unschlüssig. Dann sprang der große Dicke vor und versuchte, Kai Baumann anzurempeln. Dieser parierte erstaunlich schnell und leichtfüßig und ließ seinen Schläger mit voller Wucht auf den Rücken des Angreifers niedersausen. Es gab ein furchtbares Geräusch, das Eileen durch Mark und Bein ging. Sie drehte sich um und rannte weg, so schnell sie konnte. Hinter sich hörte sie laute Kampfgeräusche, aber niemand folgte ihr.

Schnell hatte sie die Rückseite des Cafés erreicht und sprang über die Hecke. Eileen wollte die Hintertür aufreißen und stellte fest, dass sie verschlossen war. Wie eine Wahnsinnige hämmerte sie gegen die Tür und schrie. Nach einer Ewigkeit öffnete endlich jemand.

„Um diese Uhrzeit ist hinten geschlossen, warum nimmst du nicht den Vordereingang?", fragte der junge Mann, der vorhin hinter dem Tresen gestanden hatte. Er beäugte Eileen skeptisch.

„Dich kenne ich doch, ihr seid vorhin raus und habt nicht bezahlt, und die drei Typen waren hinter euch her. Gab's Ärger?"

„Wir sind verfolgt worden, und jetzt kämpfen alle miteinander und die Polizei kommt nicht."

Eileen war den Tränen nahe. Sie hatte furchtbare Angst um Ben und das blöde Gefühl, ihn im Stich gelassen zu haben. Da hörten beide das Martinshorn.

„Na, das passt ja!" Der junge Mann schien erleichtert, dass er nicht auch noch Hilfe leisten musste. Eileen ranntc hinaus auf die Straße. Ein Streifenwagen hielt mit quietschenden Reifen direkt vor der Tür, und zwei Beamte stiegen aus.

„Beeilen Sie sich", rief Eileen ihnen verzweifelt zu. „Mein Freund und mein Lehrer werden gerade verprügelt! Kommen Sie schnell!"

Eileen rannte los, und die Beamten folgten ihr zur Hintertür hinaus über die Hecke in Richtung des Hinterhofs.

Kapitel 19

Eileen rannte so schnell, wie sie noch konnte. Ihr tat alles weh und sie hatte Seitenstechen. Die älteren Beamten hatten trotzdem Schwierigkeiten, ihr zu folgen. Schon von Weitem sah sie Kai Baumann und Ben. Der Lehrer stand gebückt da und hatte die Hände auf den Knien. Ben sah aus dieser Entfernung ganz normal aus. Die drei Schläger waren nicht zu sehen. Eileen fiel ein Stein vom Herzen. Sie hastete auf Ben zu und flog ihm um den Hals.

„Alles gut, Mädchen", sagte er lachend und nahm sie in die Arme. Eileen fing vor lauter Erleichterung an zu weinen. Kai Baumann richtete sich auf, er hatte eine blutige Nase, grinste aber über das ganze Gesicht.

„Gut gemacht, Kumpel", sagte er zu Ben und hielt ihm die Hand für ein High Five hin. Sprachlos sah Eileen von einem zum anderen. In diesem Augenblick kamen auch die Polizisten an.

„Wo sind denn die gefährlichen Schläger?", fragte der größere der beiden Beamten.

„Die haben wir kräftig vermöbelt." Ben grinste immer breiter. „Leider sind sie dann geflüchtet, und wir konnten sie nicht festhalten."

„Sind Sie verletzt?", fragte der zweite Beamte. „Sollen wir einen Krankenwagen rufen?"

„Meine Nase hat mächtig was abbekommen." Kai Baumann betastete vorsichtig sein blutiges Riechorgan.

„Ich muss wohl in die Notaufnahme. Aber mir geht es gut, ich kann alleine fahren. Können Sie vielleicht die Typen verfolgen? Sie sind gerade erst abgehauen. Es waren drei Typen in Motorradklamotten. So viele von der Sorte laufen ja hier in Beutzenburg nicht herum."

„Alles klar, können Sie uns bitte eine möglichst genaue Beschreibung geben?" Der große Beamte zückte sein Funkgerät und sah sie wartend an.

Der Beamte gab einen Funkspruch an alle Einheiten durch: Drei flüchtige Männer in Lederkleidung. Einer groß und dick, der zweite mit Fransen an der Lederjacke und dunklen Haaren und der dritte ein kleiner, drahtiger Glatzkopf. Alle etwas ramponiert von dem Kampf.

Der kleinere Beamte machte ihnen einen Vorschlag.

„Aus meiner Sicht ist es das Beste, wenn wir rasch Ihre Personalien aufnehmen und uns dann ebenfalls auf die Suche nach den Tätern machen. Wir haben nicht sehr viele Wagen im Einsatz und vielleicht können wir sie noch aufgreifen. Morgen Vormittag kommen Sie bitte aufs Revier in der Martin-Straße, dann nehmen wir alles zu Protokoll. Außerdem sollten Sie sich die Verbrecherkartei ansehen, vielleicht sind das ja alte Bekannte."

„Sie fahren besser umgehend ins Krankenhaus und lassen sich die Verletzung versorgen und attestieren", ergänzte der große Beamte. Kai Baumann hatte inzwischen ein Taschentuch herausgeholt und versuchte, die Blutung zu stoppen. Sein blutverschmiertes Gesicht sah furchtbar aus, und auch sein Pullover war voller Blutflecken.

Die Beamten machten sich schleunigst auf den Weg zu ihrem Dienstfahrzeug.

Die drei folgten ihnen langsam. Kai Baumann war vorhin mit dem Auto zum Café gekommen.

„Ich bringe euch jetzt nach Hause und fahre anschließend ins Krankenhaus. Ich möchte sichergehen, dass ihr heil zu Hause ankommt."

Eileen war froh über das Angebot, sie hatte für heute genug Aufregung gehabt. Sie gingen bis zum Hintereingang des Cafés, klopften, bis sie eingelassen wurden und bezahlten anschließend an der Kasse ihre Rechnung. Ben war froh, dass sein Rucksack mit seinem Portemonnaie und dem Handy noch da war.

Im Auto nahmen Eileen und Ben auf dem Rücksitz Platz. Ben hätte gerne wieder ihre Hand genommen, aber jetzt, wo die Gefahr vorbei war, traute er sich das nicht mehr.

„Ich muss schon sagen, Ben, du bist wirklich ein verdammt guter Kämpfer. Ich bin froh, dass ich nicht mit den bösen Jungs alleine war. Sonst wäre ich jetzt übel zugerichtet."

„Ehrensache", sagte Ben. „Darauf habe ich mich mein ganzes Leben lang vorbereitet. All die vielen Trainingskämpfe und Nachmittage, die ich in der Kampfsportschule verbracht habe. Damit ich mich eines Tages verteidigen kann, wenn es nötig ist. Und dieser Tag war heute." Bens Augen leuchteten stolz und selbstbewusst.

Eileen sah ihn voller Bewunderung an. Heute war Ben ihr Held.

„Jetzt erzählt doch mal, wie es euch ergangen ist!",
sagte sie ungeduldig.

Kai Baumann und Ben sahen sich kurz im Rückspiegel an, dann erzählte Ben.

„Also, du bist losgelaufen, um die Polizei zu holen und der kleine Hagere wollte hinter dir her."

Eileen erschauderte bei dem Gedanken.

„Also habe ich ihn aufgehalten und mit ihm gekämpft. Er wollte boxen, aber ich habe ihn gar nicht soweit rankommen lassen und ihn mit ein paar gezielten Tritten außer Gefecht gesetzt. Die beiden anderen haben sich auf Herrn Baumann gestürzt und wollten ihm den Baseballschläger entreißen. Das hat er sich nicht bieten lassen." Ben grinste zu Kai Baumann nach vorne.

„Ja, aber zwei gegen einen war trotzdem nicht so toll. Ich war froh, als Ben mir zu Hilfe gekommen ist. Und dann haben sie recht schnell aufgegeben und sind weggelaufen." Kai Baumann und Ben waren stillschweigend übereingekommen, Eileen nicht jedes Detail des kurzen, aber heftigen Kampfes zu erzählen.

„Am Anfang haben uns die Männer gedroht", fiel Ben plötzlich wieder ein. „Haben Sie verstanden, was die zu uns gesagt haben?"

„Irgendetwas in der Art wie ‚Das ist eine Warnung, mischt euch nicht in Dinge ein, die euch nichts angehen'. Was immer das heißt."

„Bestimmt wissen die, dass wir Nachforschungen angestellt haben", sagte Eileen bedrückt.

„Diese fiesen Typen haben in jemandes Auftrag gehandelt. Das sind bestimmt nicht die Drahtzieher der Geschichte. Die spannende Frage ist: Wer ist der Auftraggeber?" Mit diesen Worten hielt Kai Baumann vor Eileens Haustür an.

Als Eileen und Ben die Wohnungstür öffneten, schlug ihnen ein wunderbarer Duft entgegen. Mit einem Mal bemerkten sie, wie hungrig sie waren. Grace hatte eine Lasagne zubereitet, um sich abzulenken.

Beim Abendessen rekapitulierten sie die Ereignisse des Tages. Eileen und Ben erzählten ausführlich über ihr Abenteuer mit den drei Schlägern. Grace wurde immer besorgter: In was waren sie da nur hineingeraten? Die beiden hätten ernsthaft verletzt werden können. Zum Glück war Ben ein so guter Kämpfer, und er hatte außerdem genügend Beschützerinstinkt. Als die beiden Jüngeren mit ihrer Schilderung fertig waren, kam Grace an die Reihe. Sie räusperte sich und begann mit den Ergebnissen der Haaranalysen.

„Ich habe heute die Haaranalysen abgeschlossen und auch noch einmal mit meinem alten Studienfreund telefoniert. Um es kurz zu machen: Eure beiden Haarproben sind glücklicherweise „sauber", das heißt ich habe keine Substanzen feststellen können, die dort nicht hineingehören."

„Puh, das hört sich doch schon mal gut an!" Ben war erleichtert.

„Ja, aber jetzt kommt der weniger gute Teil. In Max und Jeromes Haaren ist eine Substanz enthalten, die zu keiner der bekannten Drogen passt. Außerdem ist die Konzentration in Jeromes Haaren um ein Vielfaches höher als bei Max."

Eileen und Ben schwiegen einen Moment lang geschockt. Schließlich ergriff Eileen das Wort.

„Dann passt ja jetzt alles zusammen. Wahrscheinlich war eine Substanz in der Milch. Jerome hat immer viel mehr davon getrunken, weil er von den anderen noch Päckchen abbekommen hat. Aber die vergiftete Milch haben nicht alle Schülerinnen und Schüler bekommen. Der Informatik-Leistungskurs von Herrn Baumann hat wahrscheinlich keine bekommen. Dafür aber der Bio-Leistungskurs, in dem Max und Jerome sind."

Grace seufzte tief.

„So ungefähr habe ich mir das auch zusammengereimt. Und leider sind das noch nicht alle schlechten Nachrichten. Als ich den Abfall in den dafür vorgesehenen Raum gebracht habe, fand ich dort jede Menge Mülltüten. Der Entsorger war wohl ausgefallen, normalerweise wird der Raum am Freitagabend geleert. Ich habe dort eine aufgerissene Tüte gefunden mit leeren Ampullen, die die Aufschrift CNE 10-5682 trugen."

„Das gibt's doch nicht!", entfuhr es Ben. „Das ist doch das Passwort, mit dem man sich auf diesen fremden Rechner einloggen kann, wir haben es heute benutzt."

„Genau", bestätigte Grace. „Eine Testsubstanz mit diesem Namen habe ich aber nirgends in unseren Datenbanken gefunden. Wie kann es dann sein, dass ich Ampullen davon im Müll entdeckt habe?"

„Das ist wirklich sonderbar", sagte Eileen. „Aber ich denke, dass CNE 10-5682 die Substanz ist, die auch in der Milch war."

„Ja, davon gehe ich inzwischen ebenfalls aus", bestätigte Grace. „Was zum Teufel ist das für eine Substanz? Und warum sollte sie jemand an Jugendlichen testen?"

Die drei sahen sich ratlos an, als es klingelte. Grace stand auf, ging zur Tür und sah durch den Spion. Normalerweise tat sie das nie. Vor der Tür standen Kai Baumann und Max. Kai Baumann hatte einen dicken Verband über der Nase und sah sehnsüchtig die Lasagne an. Grace stellte für beide noch Teller auf den Tisch.

„Vielen Dank, Frau Thomsen, sehr aufmerksam, ich habe einen Bärenhunger. Was für ein Tag! Glücklicherweise war die Notaufnahme ganz leer, und ich bin gleich drangekommen. Die Nase ist leider gebrochen, das wird mich nicht hübscher machen." Er näselte beim Sprechen und grinste etwas schief. „Beim Rausgehen habe ich Max getroffen, so konnten wir zusammen herfahren. Ihn habe ich schon auf den neuesten Stand gebracht, aber was haben Sie herausbekommen?" Kai Baumann wandte sich an Grace. Sie erzählte kurz, was sie soeben schon Eileen und Ben berichtet hatte.

Max wurde noch blasser: „Heißt das, ich habe eine unbekannte Substanz erhalten? Für wie lange denn?"

„Nach meiner sicherlich noch verbesserungswürdigen Haaranalyse würde ich sagen, seit ca. September letzten Jahres", antwortete Grace.

„Also seit Anfang des Schuljahres, als auch das mit

dem Frühstück begonnen hat." Max sah nachdenklich vor sich hin.

„Na klar", schrie Eileen auf und schlug sich gegen die Stirn, „ich weiß jetzt, was das für eine Substanz ist!"

Kapitel 20

Die anderen starrten sie mit offenem Mund fragend an.

„Wenn es eine Medikamentenstudie ist, muss das Ergebnis doch an irgendetwas fest gemacht werden, nicht wahr, Mama?"

„Ja, man würde bestimmte Kriterien festlegen, an denen man den Erfolg messen kann."

„Das Einzige, was ich mir vorstellen kann, sind die kognitiven Tests, die wir gemacht haben. Die wurden gleichzeitig mit dem Frühstück eingeführt. Diese Substanz CNE 10-5682 muss ein kognitiver Enhancer sein! Also etwas, das die kognitive Leistungsfähigkeit steigert, und der Erfolg wird anhand der Tests beurteilt!" Eileens Augen blitzten, sie war ganz aufgeregt.

Kai Baumann, Ben und Max schauten sie etwas entgeistert an.

„Was ist das, Eileen?", fragte Kai Baumann.

„Das sind Substanzen, mit denen die kognitive Leistungsfähigkeit gesteigert werden soll, so wie Methylphenidat. Wir hatten das Thema gerade heute Vormittag, als wir bei Ben waren. Auch gesunde Menschen nehmen manchmal Medikamente, um beispielsweise ihre Leistungsfähigkeit zu erhöhen."

„Und tatsächlich ist das ein Riesenmarkt", ergänzte Grace. „Der Off-Label-Use von Medikamenten. Gerade diese kognitiven Enhancer sind sehr gefragt. Die Pharmafirmen können Milliarden damit verdienen. Ihr hattet doch eure Mitschüler nach Symptomen gefragt. Soweit ich mich erinnere, gehörte Schlaflosigkeit dazu?"

„Ja", bestätigte Max. „Ich kann nicht so gut einschlafen wie sonst und bin abends nicht mehr richtig müde. Ein paar von den anderen haben das ebenfalls berichtet."

„Das würde zu einem kognitiven Enhancer passen. Das sind nämlich beispielsweise Medikamente, die normalerweise gegen die Krankheit Narkolepsie gegeben werden. Bei dieser Krankheit haben die Menschen ein krankhaft übersteigertes Schlafbedürfnis und schlafen auch tagsüber überall ein. Methylphenidat, das beispielsweise unter dem Markennamen Ritalin verkauft wird, kann diesen Menschen gegen die Einschlafattacken verschrieben werden. Modafinil ist ein weiterer Wirkstoff, der dagegen eingesetzt wird. Dieser wird ebenso im Off-Label-Use von gesunden Menschen zur Leistungssteigerung genommen. Ich habe gerade einen Artikel darüber gelesen. In den USA hat die Pharmafirma, die Modafinil vermarktet hat, sogar aggressive Werbung für den Off-Label-Use betrieben und dafür viel Geld ausgegeben. Das hat ihnen dann aber FDA, die amerikanische Zulassungsbehörde für Medikamente, untersagt."

„Was ich nicht verstehe: Wenn es doch schon kognitive Neuro-Enhancer gibt, wieso sollte sich jemand die Mühe machen, noch weitere zu erfinden und zu testen?", fragte Ben nach.

„Das ist eine Frage des Profits", wandte Grace sich Ben zu. „Mit Medikamenten lassen sich Millionen verdienen. Allerdings nur, solange eine Pharmafirma das Patent bzw. eine Lizenz für einen Wirkstoff hat. Läuft die Zulassung aus, müssen neue Substanzen her, damit man sich auf dem Markt weiter behaupten kann."

Kai Baumann meldete sich zu Wort: „Warum in aller Welt sollte denn jemand solche Enhancer bei Jugendlichen ausprobieren?"

„Ich habe auch jahrelang Medikamente genommen, damit meine Schulleistungen besser werden ", sagte Ben. „Meine Eltern waren da richtig hinterher. Ich kann mir gut vorstellen, dass Jugendliche am Ende ihrer Schulzeit, etwa während der Abschlussprüfungen, ein echter Markt sind."

„Ja", bestätigte Max. „Der Druck, einen guten Abschluss zu machen, nimmt immer mehr zu. Für viele Studiengänge gibt es einen hohen Numerus clausus. Auch wenn man sich irgendwo bewirbt, sind gute Noten immer wichtig. Wenn ich es mir allerdings so recht überlege, haben sich meine Noten im neuen Schuljahr nicht nennenswert verbessert."

„Jugendliche wären aus meiner Sicht tatsächlich ein interessanter Markt für die Pharmabranche", bestätigte Grace. „Doch die Pillen müssen nicht halten, was sie versprechen. Selbst wenn die kognitive Leistungsfähigkeit tatsächlich erhöht wird, was eher umstritten ist, muss es nicht zwangsläufig in besseren Noten enden. Es könnte jedoch leichter fallen, für Prüfungen zu lernen."

„Das ist wirklich gruselig, Mam." Eileen sah erschüttert aus. „Medikamente für gesunde Jugendliche, nur um damit bessere Leistungen zu erzielen."

„Allerdings, Eileen. Solche Studien mit gesunden Jugendlichen würden niemals erlaubt werden. Deswegen bin ich mir ziemlich sicher, dass BEUTZPHARMA nicht beteiligt ist. Ich kann mir allerdings den Fund der zerbrochenen Ampullen nicht erklären." Grace sah nachdenklich vor sich hin.

„Das spricht doch dafür, dass Ihre Firma die Hände im Spiel hat", entgegnete Kai Baumann.

„Ich weiß. Aber es ergibt trotzdem keinen Sinn. Die Firma wäre erledigt, wenn das rauskäme. Ich werde morgen noch einmal hinfahren und mich umschauen, ob ich irgendetwas entdecke."

„Ich weiß nicht, Mam, wenn ich so an heute Nachmittag denke, ist das vielleicht zu gefährlich!" Eileen sah ihre Mutter besorgt an.

„Wir haben ganz strikte Sicherheitsvorkehrungen. Niemand kann ohne Berechtigung die Firma betreten. Dort bin ich sicher."

Kai Baumann räusperte sich. „Ich will ja nicht die Pferde scheu machen, Frau Thomsen. Aber die Person, die uns heute die Schläger auf den Hals gehetzt hat, könnte durchaus zu Ihrer Firma gehören! Wenn Sie sich die erdrückenden Beweise ansehen, ist das die einzige Erklärung."

Grace kniff die Lippen zusammen und sah Kai Baumann betroffen an.

Nach dem Essen verabschiedete sich der Lehrer. Er war unsäglich müde und seine gebrochene Nase schmerzte. Als er schon an der Tür war, fiel ihm auf einmal der Stick mit den Dateien wieder ein. Er wühlte in seiner Hosentasche und holte ihn heraus.

„Über der ganzen Aufregung haben wir komplett die Dateien vergessen, die wir heute heruntergeladen haben. Ich bin dafür jetzt allerdings zu fertig. Und noch eine Sache: Was ich da mit dem Keylogger gemacht habe, ist komplett illegal. Wenn wir morgen bei der Polizei sind und Anzeige gegen die Schläger erstatten, sollten wir das besser nicht zu Protokoll geben!"

„Geht klar", sagte Ben. „Und was ist mit den anderen Sachen? Die vergiftete Milch, Jerome und all das, sollen wir davon ebenfalls nichts erzählen?"

„Lasst uns noch einen Tag damit warten", meldete sich Grace zu Wort. „Ich möchte nicht, dass BEUTZ-PHARMA unter Generalverdacht fällt. Das gibt eine schlechte Presse, ist schlecht fürs Geschäft und damit auch für die Mitarbeiter. Lasst mich morgen noch einmal in die Firma fahren. Und wir sollten uns die Dateien gemeinsam anschauen."

Kai Baumann ging zu seinem Wagen, er war kurz versucht, bei Natascha vorbeizufahren, entschied sich dann aber dagegen. Für heute hatte er genug Prügel eingesteckt.

Ben wollte eigentlich zu seinen Eltern, aber Eileen sah ihn besorgt an.

„Bleib doch lieber hier, Ben, und fahr nicht allein nach Hause. Wir könnten noch ein bisschen im Internet recherchieren."

Er grinste schelmisch: „Hast du etwa Angst um mich?"

Eileen schaute ihn strenger als nötig an, und der besorgte Blick wich aus ihren Augen. „Bilde dir bloß nichts darauf ein!"

Grace war in ihrem Zimmer verschwunden. Die drei Freunde gingen in Eileens Zimmer und googelten nach kognitiven Neuro-Enhancern. Sie fanden die erstaunlichsten Dinge.

„Wow, schaut mal hier. Professoren in Amerika geben öffentlich zu, Modafinil gegen Jet-Lag zu nehmen. Das war doch die Substanz gegen Narkolepsie, die deine Mutter vorhin erwähnt hat."

Max klickte sich gerade durch die Seiten. „Und hier hat jemand die Wirkung von Speed, Modafinil und Koffein an Soldaten getestet, die ewig wachgehalten wurden."

„Ist ja krass", sagte Ben, „und was kam dabei raus?"

Max las schnell weiter. „Also, Modafinil hilft am besten gegen die Müdigkeit, dann kommt Speed und dann Koffein."

„Wollt ihr damit sagen, dass Soldaten Neuro-Enhancer bekommen?" Eileen war entrüstet.

Ben sah Max über die Schulter. „Sieht danach aus. Im 2. Weltkrieg haben Soldaten Amphetamine bekommen, damit sie wach bleiben. Und das britische Verteidigungsministerium hat angeblich Modafinil-Tabletten in größeren Mengen eingekauft."

„Oh je", seufzte Eileen, „das möchte ich eigentlich gar nicht alles wissen."

Ben klickte sich weiter durch die Seiten. „Neuro-Enhancer gehören zu den sogenannten ‚Lifestyle drugs', so wie potenzsteigernde Mittel. Offensichtlich nehmen viele Menschen diese Drogen: Sportler, Studenten, Professoren ..."

„Jedenfalls die Personen, die es sich leisten können. Diese Medikamente gibt es nicht auf Rezept. Hier steht, dass sie sehr teuer sind." Max war schon auf der nächsten Seite angelangt.

Eileen nahm Max die Maus aus der Hand und suchte selbst nach Informationen. Eine Weile lang las sie still, dann rief sie aufgeregt: „Schaut mal hier! Modafinil sollte auch als Medikament gegen ADHS zugelassen werden, aber das ist in Amerika von der Zulassungsbehörde abgelehnt worden. Ratet mal, warum?"

„Das wirst du uns bestimmt gleich sagen", brummte Ben.

„Weil es offensichtlich einen Fall von allergischen Hautreaktionen gab!", triumphierte Eileen. „Könnt ihr euch noch an Jerome erinnern, er hatte furchtbaren Hautausschlag."

„Ja, stimmt", sagte Max nachdenklich. „Und ein paar andere Schüler haben ebenfalls von Hautproblemen berichtet. Das könnte eine Nebenwirkung der unbekannten Substanz CNE 10-5682 sein. Ein schrecklicher Gedanke, dass Jerome, ich und auch die anderen das monatelang genommen haben." Er sah düster vor sich hin.

„Ja", bestätigte Eileen. „Das ist furchtbar. Hier stehen außerdem noch andere Nebenwirkungen. Bei Jerome war es wahrscheinlich so schlimm, weil er mächtig viel von dem Zeug zu sich genommen hat. Möglicherweise war das eine monatelange Überdosierung. Wir wissen auch nicht, was CNE 10-5682 für eine Substanz ist. Vielleicht ist sie dem Modafinil ja ähnlich."

Ben hatte inzwischen weitergelesen. „Was ich nicht verstehe: Alle Leute sind so scharf auf diese Neuro-Enhancer. Soweit ich es ersehen kann, ist die positive Wirkung umstritten. Eine kurzfristige Verbesserung des Kurzzeitgedächtnisses wird hier beschrieben. Ist es das wert, Pillen zu schlucken und mögliche Nebenwirkungen in Kauf zu nehmen?"

„Guck dir mal hier die Studie der Deutschen Allgemeinen Krankenkasse an", sagte Eileen. „Etwa drei Millionen Deutsche nehmen Medikamente, um leistungsfähiger zu sein. Ich glaube, der Begriff ‚Leistungsgesellschaft' kommt nicht von ungefähr. Unsere Gesellschaft zielt darauf ab."

„Stimmt", sagte Ben niedergeschlagen. „Schau dir meine Eltern an. Die reden ständig davon, dass ich gute Leistungen erzielen soll. Sie leben mir das auch tagtäglich vor. In ihrem Job sind sie sehr erfolgreich, und wir haben Geld ohne Ende."

„Siehst du", sagte Eileen. „Ich finde das nicht richtig, aber ich glaube, dass die meisten Menschen gerne gute

Leistungen erbringen wollen. Vielleicht glauben sie, dass das von ihnen erwartet wird."

„Aber du erbringst doch auch gute Leistungen, ohne dass du Pillen schluckst, oder?" Ben schmunzelte.

„Es hat ja niemand gesagt, dass es nicht ohne geht. Im Gegensatz zu dir bin ich nämlich fleißig und weiß, wie man lernt. Dann braucht man keine Pillen." Eileen knuffte ihn ein bisschen in die Seite.

„Hab schon verstanden. Aber jetzt bin ich so k.o., dass ich schlafen gehen muss." Ben gähnte, der Kampf und die Verfolgung waren auch für ihn anstrengend gewesen. So langsam fiel die ganze Anspannung des Tages von ihm ab.

Alle drei verschwanden im Nu im Bett. Morgen würde sicher wieder ein aufregender Tag werden.

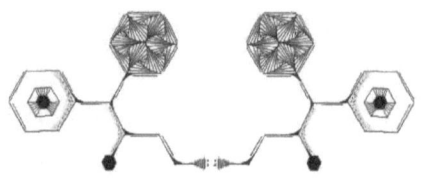

Das mit den Schlägern hatte nicht so gut funktioniert! Wenn man nicht alles selber machte! Hatten sich von einem Mann und einem Jungen in die Flucht schlagen lassen. Es war unglaublich. Und dann schon wieder diese andere Frau, diesmal hatte er sie erwischt. Sie hatte heimlich Analysen gemacht, das hatte sie nicht mehr verbergen können. Am Ende war sie ihm doch auf die Schliche gekommen, zu dumm auch. Er hatte nicht daran gedacht, dass ihre Tochter auf das Otto-Hahn-Gymnasium geht. Und dieser andere Junge, der ihn bei der Übergabe beobachtet hatte, gehörte wohl ebenfalls dazu. Bestimmt gingen die der Sache nach wegen des Schülers, der im Koma lag. Das war doch nicht seine Schuld. Er musste diese Frau im Blick behalten, sie führte irgendetwas im Schilde. Sie wollte sein kluges Experiment zerstören. Aber er würde sein Ding durchziehen, koste es, was es wolle. Die sollten sehen, was sie davon hatten. Diesmal würde er es selbst in die Hand nehmen.

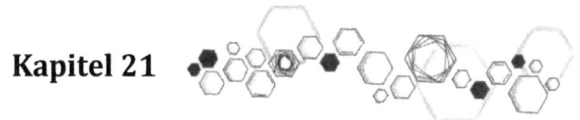

Kapitel 21

Morgens wurden Eileen und Ben von Max' Jubel-schreien geweckt. Er hatte einen Anruf von Jeromes Mutter bekommen. Jerome war dabei, aus dem Koma aufzuwachen. Er teilte seinen Freunden die frohe Bot-schaft mit und eilte auf der Stelle ohne Frühstück zum Krankenhaus, um bei seinem Freund zu sein.

Eileen und Ben frühstückten mit Grace und hielten noch eine kurze Lagebesprechung. Um 10 Uhr hatten sie sich mit Herrn Baumann auf der Polizeidienststelle ver-abredet. Danach wollten sie endlich die Daten auf dem Stick zu sichten.

Auf der Wache begrüßte sie Polizeimeister Schulz, der große Polizeibeamte, der gestern ihre Personalien aufgenommen hatte. Er nahm ihre Aussagen zu Proto-koll. Sie stellten schnell fest, dass es gar nicht so leicht war, nicht die ganze Wahrheit zu sagen.

„Wenn ich das richtig verstanden habe, sind Sie, Herr Baumann, der Informatiklehrer der beiden Schüler. Was haben Sie eigentlich an einem Samstagabend gemein-sam in dem Internetcafé gemacht, wenn ich mal fragen darf?" Schulz sah ihn prüfend an.

„Ähm, wir wollten, ähm ..." Kai Baumann fehlten die Worte.

Eileen bemerkte seine Verlegenheit und sprang ein. „Wir haben gerade ein schwieriges Thema in Informatik, und Ben und ich haben gefehlt, weil wir krank waren. Herr Baumann war so nett, uns Nachhilfe im Programmieren zu geben. In die Schule kommt man ja am Samstag nicht rein." Eileen lächelte den Polizisten engelhaft an.

Donnerwetter, dachte Ben bewundernd, die kann ja lügen, ohne rot zu werden.

Polizeimeister Schulz zog seine Augenbrauen hoch. „Nachhilfe am Samstagabend, da bin ich aber platt. Da soll noch mal einer kommen und sagen, Lehrer seien faul." Er grinste breit.

Kai Baumann lächelte: „Ja, man tut, was man kann."

„Und als die drei Täter zur Tür rein sind, woran haben Sie eigentlich erkannt, dass die es auf Sie abgesehen hatten?"

„Na ja, sie haben sich im Café umgesehen, und wir waren die einzigen Gäste. Dann sind sie auf uns losgestürmt." Ben beantwortete die Frage.

„Und Sie haben die Täter noch nie vorher gesehen?"

Die drei schüttelten die Köpfe.

„Haben Sie einen Verdacht, warum die Männer auf Sie losgegangen sind? Ich meine, wir leben in Beutzenburg, so etwas passiert hier nicht alle Tage." Der Polizist sah sie forschend an.

Die drei verneinten.

„Sie wurden von drei Schlägern viele Wege entlang gejagt und schließlich sogar tätlich angegriffen, ohne dass es für Sie einen erkennbaren Grund gab? Soll ich das so zu Protokoll nehmen?" Der Polizist sah sie misstrauisch an. Sie konnten förmlich spüren, dass er ihnen nicht so recht glaubte.

Anschließend ließ der Beamte sich noch die ausführlichen Personenbeschreibungen geben. Die Polizei hatte die Täter leider nicht aufgreifen können. Am Ende schauten sie sich ein paar Aktenmappen mit Fotos an, die drei Schläger waren nicht dabei. Alle drei verließen die Polizeiwache mit einem unguten Gefühl.

„Gleich morgen muss ich meinen Keylogger entfernen", sagte Kai Baumann sorgenvoll. „Ich konnte das am Freitagabend nicht mehr machen, weil die Direktorin aufgetaucht ist. Ich frage mich, ob sie da schon wusste, dass jemand ihren Zugang gehackt hat."

Mittags versammelten sich wieder alle bei Grace und Eileen um den Küchentisch. Max war guter Dinge, Jerome war zeitweise bei Bewusstsein gewesen, und die Ärzte waren vorsichtig optimistisch. Alle hofften, dass Jerome sich vollständig erholen würde.

Der Lehrer hatte seinen Laptop dabei, und gemeinsam fingen sie an, die Daten auf dem Stick durchzusehen. Dicht gedrängt starrten sie auf den Bildschirm.

Dann öffnete der Lehrer einen Ordner mit dem Namen CNE 10-5682.

„Sehen Sie mal, Frau Thomsen, aus den Dateien sind wir gestern nicht schlau geworden. Sagt Ihnen das vielleicht was?"

Grace klickte sich durch die Seiten, ihr Blick war sehr konzentriert. Gespannt sahen die anderen sie an.

Schließlich sagte sie zögernd: „Ich glaube, ich weiß jetzt, was es mit unserer geheimen Substanz auf sich hat."

„Was ist es denn, Mam?" Eileen hielt es nicht mehr aus.

„Ich bin bereits stutzig geworden, als ich das Passwort gehört habe: ‚chiral_CNE 10-5682'. Wisst ihr, was chirale Moleküle sind?"

„Habe ich schon mal gehört", murmelte Max. „Das hatten wir im Chemie-LK. Das sind Moleküle, die theoretisch die gleichen Atome haben, aber trotzdem nicht identisch sind. Als Beispiel wird immer die rechte und die linke Hand angegeben."

„Genau", bestätigte Grace. „Wenn man chirale Moleküle spiegelt, führt das nicht zu einer Selbstabbildung. Sie haben keine Drehspiegelachse. Das heißt, von diesen Molekülen gibt es quasi zwei Ausführungen: Ein Bild und das Spiegelbild."

„Und diese beiden sind also nicht deckungsgleich?", fragte Ben nach.

„Nein, sind sie nicht. Und mehr noch, diese beiden Ausführungen können auch unterschiedliche Eigenschaften haben. Sie können zum Beispiel anders schmecken oder riechen, obwohl sie die gleiche Summenformel haben. Traurige Berühmtheit haben diese beiden Ausführungen beim Contergan-Skandal erlangt. Das war aber vor eurer Zeit."

„Ja", sagte Kai Baumann. „An den erinnere ich mich noch. Wenn Frauen während einer sensiblen Phase der

Schwangerschaft das Schlafmittel Contergan eingenommen haben, sind viele ihrer Kinder mit fehlenden oder fehlgebildeten Gliedmaßen auf die Welt gekommen. Außerdem gab es eine hohe Anzahl Totgeburten."

„Genau. Damals wurde eine Diskussion über die beiden Formen der chiralen Substanz Thalidomid geführt. Diese Substanz lag dem Schlafmittel Contergan zugrunde. Man nahm an, dass nur die eine Form giftig ist, die andere hingegen nicht. Das Schlafmittel bestand aus der ungiftigen Form, die sich allerdings im Körper in die giftige umwandelt."

„Das ist ja krass, ein Schlafmittel kann so schwere Nebenwirkungen haben?", fragte Max schockiert.

„Ja, einige der betroffenen Frauen damals haben sogar angegeben, das Mittel nur ein einziges Mal eingenommen zu haben", ergänzte Grace.

„Aber was haben chirale Moleküle mit unserem Fall zu tun? Was hast du in den Dateien gefunden?" Eileen brachte das Gespräch auf ihre Recherchen zurück.

„Das kann ich dir sagen, CNE 10-5682 ist ein chirales Molekül. Und sein Gegenstück, die andere Hand quasi, ist bereits auf dem Markt. Und nicht nur das, dieser Wirkstoff wird auch als ‚Muntermacher' eingesetzt. Also würde er sich potentiell ebenso als Neuro-Enhancer eignen."

„Warum dann die andere Zustandsform?", fragte Ben nach.

„Weil es durchaus möglich ist, dass die andere Zustandsform eine ähnliche Wirkung erzielt. Das ist ein

Griff in die biochemische Trickkiste. Wenn die Zulassung für eine Substanz ausläuft, suchen die Pharmafirmen nach einer Alternative."

„Nur, damit ich das jetzt richtig verstehe", schaltete sich Kai Baumann ein. „Die Substanz CNE 10-5682 ist eine Zustandsform eines chiralen Moleküls, richtig?"

„Das denke ich zumindest", Grace nickte.

„Und die andere Zustandsform ist wahrscheinlich ein zugelassenes Medikament auf dem Markt, das ebenfalls als Neuro-Enhancer dienen kann?"

Grace nickte wieder.

„Dann hat der Täter also versucht, herauszubekommen, ob CNE 10-5682 auch als Neuro-Enhancer funktioniert, und das hat er an den Jugendlichen getestet?"

„Nach dem, was ich hier bis jetzt gesehen habe, würde ich das so vermuten." Grace blickte ernst in die Runde.

„Das ist einfach unglaublich!" Eileen sprach aus, was alle dachten.

Die Gruppe klickte sich noch eine weitere Stunde durch die Dateien. Sie fanden außerdem die Ergebnisse der kognitiven Tests von Max und Jerome. Jerome hatte sich seit den Sommerferien darin stetig verschlechtert. Bei Max war eine leichte Steigerung zu verzeichnen. Eileen hatte sich ebenso verbessert, obwohl sie das Mittel nicht bekommen hatte.

Max lag noch etwas auf dem Herzen. „Sag mal, Grace, ich habe jetzt monatelang dieses Zeug zu mir genommen. Was hat das für Auswirkungen? Bin ich möglicherweise abhängig? Wird es mir schlecht gehen, wenn ich es nicht mehr einnehme?"

„Das sind Fragen, die ich dir gar nicht so genau beantworten kann. Dazu fehlen mir noch zu viele Daten, zum Beispiel welche Konzentration ihr erhalten habt. Ob der Stoff schnell süchtig macht, also ein hohes Suchtpotential hat oder nicht. Dass ihr am Wochenende immer ohne den Stoff ausgekommen seid, ist ein gutes Zeichen. Ich werde mich heute in der Firma noch einmal auf die Suche nach Hinweisen machen. Und ich habe einen Entschluss gefasst: Spätestens morgen früh werde ich mich mit dem Sicherheitsdienst von BEUTZPHARMA in Verbindung setzen. Die betroffenen Schülerinnen und Schüler müssen dringend ärztlich untersucht werden. Wir können damit auf keinen Fall warten. BEUTZPHARMA muss Anzeige gegen Unbekannt stellen, wenn tatsächlich von der Firma aus agiert wurde. Das ist aus meiner Sicht die beste Lösung. Herr Baumann möchte nicht mit dem Keylogger in Verbindung gebracht werden, und auch für euch als Schüler ist das besser. Die Aufklärung innerhalb der Firma muss BEUTZPHARMA selbst leisten."

Kai Baumann nickte. „Das hört sich nach einer guten Idee an. Wir haben alles getan, was in unserer Macht stand. Aber was ist, wenn die Firma tatsächlich der Drahtzieher ist?"

Grace seufzte: „Das wäre ein Desaster. Aber ich denke, dass ich anhand der Reaktionen schnell feststellen werde, ob sie an einer Aufklärung oder einer Vertuschung interessiert sind. Habe ich die geringsten Zweifel, werde ich mich direkt an die Zulassungsbehörde für Medikamente wenden."

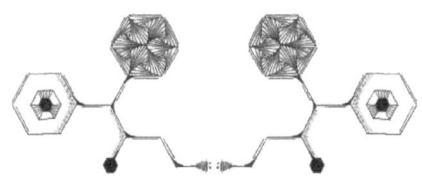

Heute lief alles schief. Beim Frühstück war ein Kaffeetropfen auf sein mintgrünes Sonntagshemd gekommen. Er musste sich komplett umziehen. Und dann schon wieder diese Frau. Noch nie war sie an einem Sonntag da gewesen. Er würde handeln müssen, er hatte gar keine andere Wahl. Sie lief hier herum und suchte etwas. Wer hatte sie ermächtigt, Nachforschungen anzustellen? Einfach ungeheuerlich war das, anmaßend. Wusste sie etwa Bescheid? Sie war eine Gefahr. Jawohl, eine Gefahr und eine Bedrohung seiner Arbeit. Jetzt war Schluss damit. Er musste ihr folgen. Folgen und auf eine günstige Gelegenheit warten. Und dann war Schluss. Endgültig.

Grace verließ das Haus mit gemischten Gefühlen und fuhr in die Firma. Sie wollte sich auf die Suche nach den Ampullen mit der Aufschrift CNE 10-5682 machen. Sie suchte an den verschiedenen Standorten, an denen die neuen Substanzen gelagert wurden, fand aber nichts. Das hatte sie auch nicht erwartet. Irgendwo mussten die Milchpäckchen mit der Substanz befüllt worden sein. Und dafür kamen eigentlich nicht so viele Räume infrage. Grace ging nicht davon aus, dass das in einem normalen Labor geschehen war, so etwas wäre sicherlich aufgefallen. Eigentlich kam nur das Untergeschoss infrage. In den anderen Stockwerken waren nur Büroräume und Labore. Der Platz war begrenzt und es gab nirgends freie Kapazitäten. Der Keller hingegen war voller Lagerräume, die nicht so oft benutzt wurden.

Grace hatte das merkwürdige Gefühl, nicht alleine zu sein; sie konnte aber niemanden entdecken. Sie zog sich ihre Strickjacke an, denn unten würde es deutlich kühler sein, und ging zum Treppenhaus, um die drei Stockwerke hinunter in den Keller zu laufen. Als sie im zweiten Stockwerk angekommen war, hörte sie über sich eine Tür leise klappen. Sie blieb stehen und horchte – nichts.

„Ist da jemand?", rief sie in die Stille hinein. Grace bekam keine Antwort. Das war seltsam, denn sie hatte das Geräusch ganz sicher gehört. Wie auch immer, sie stieg die Stufen weiter hinab. Im Erdgeschoss hörte sie wieder etwas. Als sie stehenblieb und lauschte, war es still. Grace bezwang die Unruhe, die sie befallen hatte, und ging weiter in das Untergeschoss. Dort angekommen, schaltete sie als Erstes das Licht an. Der Keller war sofort hell erleuchtet, worüber sie sehr froh war. Grace war nicht oft hier unten und tatsächlich noch nie in allen Räumen gewesen. Der Keller bestand aus einem langen Flur, von dem rechts und links Lager- sowie Kühlräume abgingen. Sie fing systematisch an einem Ende an und ging immer rechts und links in die Räume und schaute sich um. Sie fand alles Mögliche, aber nicht das, wonach sie suchte.

Als Grace aus einem Lagerraum wieder in den Flur trat, hörte sie abermals eine Tür klacken. Das Geräusch kam von hinten, es musste aus einem der Räume stammen, in denen sie bereits gewesen war. Jetzt schlug ihr das Herz bis zum Halse, sie konnte sich nicht schon wieder geirrt haben. Angst stieg in ihr hoch. Sie wollte nur noch aus diesem Keller wieder heraus und nach Hause fahren. Aber das alte Kühllager ganz hinten links, das nicht mehr benutzt wurde, da würde sie noch nachschauen. Grace lief den Gang bis nach hinten und wunderte sich. Der Thermostat war eingeschaltet, der Raum wurde gekühlt, obwohl sie ganz sicher wusste, dass er eigentlich nicht mehr benutzt wurde. Die Temperatur lag bei 5 Grad. Sie öffnete die Tür, machte das Licht an und betrat den Raum. Schnell war ihr klar, dass sie sich hier auf der richtigen Spur befand. In der hinteren Ecke stand eine Palette mit Milchtüten. Im Regal daneben fand Grace Einwegspritzen, feine Kanülen und Silikonpaste. In einem Karton lagen fein säuberlich einsortiert

Ampullen mit der Aufschrift: CNE 10-5682.

Danach hatte sie gesucht, hier wurde also die Substanz in die Milchtüten überführt. Das war denkbar einfach. Man zog mit der Spritze die Flüssigkeit auf, setzte die feine Kanüle auf die Spitze und spritzte direkt in das Milchpäckchen. Das feine Loch wurde mit Silikon verschlossen und fertig.

In diesem Augenblick hörte Grace, wie ein Schlüssel im Schloss gedreht wurde. Sie war gefangen.

Kapitel 22

Eileen, Ben und Max hingen zu Hause herum, hörten Musik und sprachen noch einmal über den Fall. Wer hatte diese Substanz entwickelt und die verbotene Studie durchgeführt? Ben war der Meinung, dass es die Firma sein könnte. Eileen vertrat die Auffassung ihrer Mutter und glaubte das nicht. Plötzlich haute Max sich gegen die Stirn.

„Mensch, Leute! Der Mann, der kleine Mann, den ich bei der Übergabe des Frühstücks und in der Schule beobachtet habe. Bestimmt hat der was damit zu tun! Über die ganze Aufregung mit Jerome und unseren Nachforschungen haben wir den ganz vergessen." Max war völlig aus dem Häuschen.

„Wie sah er denn aus?", fragte Eileen.

„Ein bisschen komisch. Ziemlich klein, mit öligen schwarzen Haaren und einem stechenden Blick. Aber wie aus dem Ei gepellt, in feinem Anzug mit Lackschuhen."

„Brrr", Ben guckte angeekelt.

„Mmh", überlegte Eileen. „Keiner der Kollegen von Mama, die ich kennengelernt habe, sieht so aus. Ich weiß nicht, wer das sein könnte. Aber vielleicht gehört er zu den leitenden Angestellten bei BEUTZPHARMA. Dann würde Max ihn vielleicht identifizieren können."

„Wie denn?" Max kratzte sich verblüfft am Kopf.

„Auf der Website von BEUTZPHARMA sind Fotos von

allen leitenden Angestellten. Habe ich mir mit Mama angesehen, bevor sie dort neu angefangen hat."

„Nichts wie los!" Ben war schon aufgeregt zu Eileens Rechner gestürzt. Das Passwort kannte er seit Langem. Sofort öffnete er die Website. Max setzte sich vor den Rechner und suchte nach den Bildern der leitenden Angestellten. Nach einer Weile hatte er die Firmenstruktur gefunden und schaute sich die Bilder der Reihe nach an.

Plötzlich rief er aus: „Der da, der ist es hundert pro, Maurice von Austenberg; Leiter der Entwicklungsabteilung steht hier."

„Das ist ausgerechnet Mamas Chef, gibt's doch nicht. Aber Entwicklungsabteilung, das passt ja." In Eileens Gesicht breitete sich Entsetzen aus.

„Du solltest deine Mutter anrufen, Eileen, und ihr Bescheid sagen. Hat Grace uns nicht gestern erzählt, dass er so seltsam reagiert hat, als sie sich begegnet sind?" Ben sah besorgt aus.

„Ja, ich erinnere mich. Er hat Mam überrascht, als sie die Analysen gemacht hat. Ich war sowieso dagegen, dass sie heute noch einmal dort hinfährt." Eileen hatte schon ihr Handy in der Hand und wählte die Nummer ihrer Mutter. Sie horchte ins Telefon und sagte dann: „Hallo Mam, bitte ruf mich sofort an, wenn du diese Nachricht abhörst."

„Sie geht nicht ran?", fragte Max.

„Nein, leider nicht. Sie lässt das Handy immer in ihrem Büro, und wenn sie woanders ist, hört sie das Klingeln nicht."

Grace lief sofort zur Tür und rüttelte am Knauf, aber sie war tatsächlich verschlossen. Von innen gab es keine Möglichkeit, die Tür zu öffnen, wenn von außen abgeschlossen war. Sie hämmerte mit den Fäusten gegen das Metall und rief laut um Hilfe. Aber wer immer von außen abgeschlossen hatte, hörte sie nicht mehr. Oder wollte sie nicht hören. Panik breitete sich in ihr aus. Grace dachte an die Schläger, die gestern ihre Tochter verfolgt hatten. Und sie hatte keinen Ben dabei, der sie retten würde. Von draußen war kein Mucks zu hören. Zu blöd, dass sie ihr Handy in der Tasche im Büro gelassen hatte, doch wahrscheinlich war hier sowieso kein Empfang. Irgendwann würden die Kinder sie vermissen und sich auf die Suche nach ihr machen, da war sie sich sicher. Eileen war nicht weniger besorgt um ihre Mutter, als sie um ihre Tochter. Grace lief im Raum auf und ab und inspizierte alle Gegenstände. Nach einer Weile wurde ihr immer kälter. Sie machte Kniebeugen, um sich warm zu halten, und dann entdeckte sie den Raureif auf den Regalen. Die Luft beim Ausatmen kondensierte und machte weiße Wölkchen. Ihr kam ein schrecklicher Verdacht. Sie lief zum Thermometer und erschrak, -5 Grad. Derjenige, der die Tür abgeschlossen hatte, hatte auch den Temperaturregler draußen heruntergedreht. Aus der Kühlschranktemperatur war Eisschranktemperatur geworden.

Sie wusste, dass man das nur eine begrenzte Zeit überleben konnte.

Eileen lief in ihrem Zimmer auf und ab. Seit zwei

Stunden versuchte sie vergeblich, ihre Mutter zu erreichen. Am Anfang war sie nur nervös gewesen, doch langsam bekam sie richtig Angst. Ihre Mutter war alleine in die Firma gefahren. Inzwischen wussten sie, dass ausgerechnet Grace Vorgesetzter etwas damit zu tun hatte, ja vielleicht sogar der Hauptverantwortliche war. Herr von Austenberg, der gestern gesehen haben konnte, dass ihre Mutter heimlich Nachforschungen anstellte. Schließlich fasste sie einen Entschluss.

„Wir müssen sofort in die Firma fahren. Ich weiß, dass etwas passiert ist. Mam hätte sich sonst gemeldet, da bin ich sicher."

Ben sah, dass seine Freundin völlig außer sich war.

„Na klar, Eileen, das machen wir. Ich weiß nur nicht, wie wir an dem Wachmann unten vorbeikommen sollen."

„Er wird mich reinlassen, darauf kannst du dich verlassen!" Eileens Augen blitzten kampfbereit. Jetzt, wo sie endlich handeln konnte, ging es ihr gleich besser.

Eileen, Ben und Max radelten wie der Wind zu BEUTZPHARMA. Heute hatten sie einen neuen Geschwindigkeitsrekord aufgestellt und all das gemacht, was man nie tun soll: Über rote Ampeln gefahren, den Bürgersteig benutzt, durch den Park gerast und an Toreinfahrten und Querstraßen vorbeigezischt, ohne richtig zu schauen. Eileen ließ ihr Fahrrad achtlos vor dem Gebäude stehen und stürzte atemlos ins Foyer. Der Wachmann sah sie kommen und ging ihr entgegen.

„Guten Tag, ich bin Eileen, die Tochter von Grace

Thomsen. Meine Mutter ist vor vielen Stunden in die Firma gefahren. Ich habe seitdem nichts mehr von ihr gehört. Sie wollte schon längst wieder zuhause sein, ich mache mir große Sorgen. Irgendetwas muss passiert sein."

„Hallo Eileen, ich kenne dich doch. Bist ja schon öfter mit deiner Mutter hier gewesen. Bleib mal ganz ruhig. Hier ist deine Mutter so sicher wie nur irgendwas. Bestimmt hat sie über ihrer Arbeit die Zeit vergessen." Der Wachmann war ein bedächtiger, schon etwas älterer Herr mit weißen Haaren und einem runden Gesicht.

Eileen war erleichtert, dass heute der nette Wachmann, Herr Franck, Dienst hatte.

„Sie ist also hier eingetroffen und noch nicht wieder gegangen?"

Martin Franck nickte: „Würde ich sagen. Viele Leute sind heute nicht hier gewesen. Ich schau mal nach." Er ging in den Wachraum und schaute auf einem Monitor nach. Die Identitätskarten der Mitarbeiter wurden beim Betreten und Verlassen des Gebäudes registriert.

„Ja, hier, sie ist um 15 Uhr rein und hat das Gebäude nicht verlassen. Also, alles in Ordnung."

„Könnten Sie bitte mal nachschauen, ob Herr von Austenberg heute auch da ist?", bat Eileen.

„Ja, der ist heute Morgen gekommen. Hat aber gegen 16.30 Uhr das Haus verlassen. Ach, wie ich sehe, hast du Verstärkung mitgebracht." Martin Franck lächelte gutmütig.

Inzwischen hatten sich Ben und Max zu Eileen gesellt,

nachdem sie die Räder angeschlossen hatten. Die drei tauschten besorgte Blicke aus.

„Herr Franck, ich muss unbedingt nach meiner Mutter sehen. Bitte lassen Sie mich hochgehen." Eileen sah den Wachmann flehentlich an.

„Kindchen, du weißt doch, dass ich das nicht darf. Du kannst nur zusammen mit deiner Mutter rein. Ich ruf jetzt gleich oben an. Damit du dir keine Sorgen mehr machen musst."

Der Wachmann griff zum Hörer und schaute in der Telefonliste nach der richtigen Nummer. Er versuchte es mit verschiedenen Anschlüssen, aber offensichtlich nahm niemand ab. Er brummte vor sich hin und kratzte sich am Hinterkopf. „Merkwürdig, sie geht nirgends ran. Also, dann mache ich dir einen Vorschlag. Wir gehen jetzt gemeinsam nach oben und schauen nach deiner Mutter. Aber die Jungs müssen unten bleiben."

„Vielen Dank!" Eileen war inzwischen den Tränen nahe. Was, wenn Austenberg ihr etwas angetan hatte? Die Phantasie ging mit ihr durch, und auf dem Weg in den 3. Stock malte sie sich die schrecklichsten Szenarien aus. Eileen hatte auf dieser Welt nur ihre Mutter – und vielleicht noch Ben. Bei diesem Gedanken erreichten sie Graces Büro. Der Wachmann schloss die Tür auf und schaute sich um. Von Grace keine Spur, nur ihre Tasche und ihre Jacke hingen da. Sie gingen in das angrenzende Labor, dort war alles still. Kein Gerät war eingeschaltet, und es waren auch keine Spuren irgendeiner Labortätigkeit zu sehen.

„Merkwürdig", murmelte Martin Franck vor sich hin. Sie suchten den ganzen Flur ab und riefen ihren Namen. Nichts.

„Herr Franck, irgendetwas hier in der Firma ist nicht in Ordnung. Wir waren einer Sache auf der Spur, und jetzt ist meine Mutter verschwunden. Wir müssen etwas unternehmen!" Eileen sprach aufgeregt auf den Wachmann ein und hatte ihn am Arm gepackt.

„Meine Mutter hat erzählt, dass sie sich an den Sicherheitsdienst wenden wollte. Vielleicht hat sie jemand zum Schweigen bringen wollen!" Bei diesen Worten fing Eileen an zu weinen.

„Eileen, jetzt bleib doch mal ganz ruhig. Ich verstehe gar nicht, wovon du redest. Sicher gibt es eine Erklärung, warum sie nicht hier ist. Wir gehen sie jetzt suchen." Martin Franck tat sein Bestes, um das Mädchen zu beruhigen. Aber er hatte keinen Erfolg, Eileen blieb hartnäckig. Von Grace war immer noch nichts zu hören und zu sehen. So fuhren sie schließlich wieder ins Erdgeschoss, und der Wachmann informierte mit schwerem Herzen den Sicherheitsdienst der Firma. Er erzählte schon am Telefon von Eileens Verdacht.

Grace war jetzt wirklich kalt. Richtig kalt. Sie war froh, dass sie sich wenigstens eine Strickjacke übergezogen hatte. Aber das war inzwischen auch kein Vorteil mehr. Sie versuchte, sich nach wie vor zu bewegen, aber es fiel ihr immer schwerer. Ihre Zähne klapperten vor Kälte. Was, wenn man sie hier unten nicht finden würde oder zu spät? Was würde aus Eileen werden? Ihr Vater hatte sich nie um sie gekümmert, andere Verwandte gab es hier nicht. Sie konnte ihre Tochter doch nicht alleine lassen! Grace versuchte, die Zähne zusammenzubeißen und weiterzulaufen. Sie würde hier nicht sterben! Diesen Mistkerl würde sie zur Verantwortung ziehen. Etwas anderes kam überhaupt nicht in Frage. Wenn sie nur nicht so schrecklich müde wäre. Am liebsten würde sie sich jetzt hier hinsetzen und einfach ein bisschen ruhen, an die Wand gelehnt. Nein, das ging auf gar keinen Fall, sie durfte jetzt nicht einschlafen. Sie musste sich weiter bewegen, das war wichtig. Aber sie war furchtbar schlapp und müde. Die Kälte zog ihr die ganze Kraft aus den Gliedern. Da fiel ihr Blick auf den Karton mit den Ampullen der Substanz, die wahrscheinlich für den ganzen Kummer gesorgt hatte. Sie nahm eine Ampulle heraus, öffnete sie und tropfte sich die Flüssigkeit auf die Zunge. Vielleicht war das ja wirklich ein Wachmacher und hinderte sie am Einschlafen.

Kapitel 23

Es dauerte nicht lange, bis zwei Männer vom internen Sicherheitsdienst schnellen Schrittes durch die Tür marschierten. Eileen kam es trotzdem wie eine halbe Ewigkeit vor. Die beiden wurden kurz vom Wachmann informiert. Auch sie versuchten, Eileen und die beiden Jungs zu beruhigen.

„Dafür wird es sicher eine Erklärung geben. Wir werden jetzt gemeinsam nach deiner Mutter suchen. Wenn sie das Haus nicht verlassen hat, muss sie ja irgendwo sein." Der Ältere von den beiden legte beruhigend seine Hand auf Eileens Arm. Er war mittelgroß, kräftig gebaut, hatte graues Haar und trug einen gutsitzenden, schwarzen Anzug.

„Das Haus ist zu groß, um in jedem Raum nachzuschauen. Das würde zu lange dauern. Wir sollten unsere Suche eingrenzen. Am besten schauen wir die Sicherheitsvideos durch, wo Frau Thomsen zuletzt aufgezeichnet wurde." Der Vorschlag kam von dem zweiten, jüngeren Mann, der sehr athletisch und irgendwie militärisch aussah.

„Gute Idee", sagte der Ältere.

Gemeinsam gingen sie in einen Raum voller Technik und der Jüngere rief die Videos der letzten Stunde auf. Nirgends war Grace zu sehen. Die beiden Männer vom Sicherheitsdienst wechselten beunruhigte Blicke.

„Okay", sagte der Ältere. „Fangen wir ganz von vorne

an. Wann ist Frau Thomsen heute erschienen, Herr Franck?"

„So gegen 15 Uhr", antwortete dieser.

Der Jüngere suchte die entsprechenden Stellen heraus und sie sahen auf dem Monitor, wie Grace die Eingangshalle betrat und dem Wachmann freundlich zunickte. Dann sahen sie Grace, wie sie im 3. Stockwerk verschiedene Räume betrat. Die Kameras dort hatten diese Aktivitäten aufgezeichnet. Das letzte Bild zeigte Grace, wie sie ins Treppenhaus ging. Als der Sicherheitsbeamte gerade in eine andere Einstellung wechseln wollte, rief Max: „Halt! Da hinten ist noch jemand zu sehen!" Tatsächlich, am Ende des Ganges war ein Mensch zu sehen, der sich eng an die Wand gedrückt hatte. Sie ließen den Film weiter ablaufen. Der Mensch kam näher und ging ebenfalls ins Treppenhaus. Man sah, dass er die Tür vorsichtig öffnete.

„Das ist er", rief Max aufgeregt, „das ist der Mann, den ich so oft gesehen habe, Herr von Austenberg."

Wieder tauschten die beiden Männer bedeutsame Blicke aus.

„Da hast du's", sagte der Ältere, „die ganze Zeit sage ich dir schon, dass da was nicht stimmt."

„Lass uns jetzt erstmal Frau Thomsen suchen", antwortete der andere. Er durchsuchte die Videoaufzeichnungen der daruntergelegenen Stockwerke, aber sie war nicht zu sehen. „Dann kann sie nur in den Keller gegangen sein", sagte er und suchte die entsprechende Stelle heraus. Und tatsächlich, alle sahen, wie Grace den

Flur betrat und in einen Raum ging. Kurze Zeit später erschien auch Austenberg und schlüpfte in einen anderen Raum.

„Ich denke, wir haben genug gesehen", der junge Mann war jetzt aufgesprungen. „Wir gehen sofort alle in den Keller und durchsuchen jeden Winkel."

Die ganze Mannschaft stürmte hinunter. Unter angekommen teilten sie sich auf. Eileen, Ben und der ältere Sicherheitsbeauftragte nahmen sich den linken Teil des Kellers vor. Max und der Jüngere den rechten Teil. Sie öffneten systematisch jeden Raum und durchsuchten ihn.

Eileens Herz schlug bis zum Halse, hoffentlich fanden sie ihre Mutter unverletzt. Sie hatten schon jede Menge Räume geöffnet, aber jedes Mal war sie enttäuscht worden. Überhaupt keine Spur zu finden. Als sie an dem alten Kühllager ankamen, stutzte der Sicherheitsbeauftragte.

„Merkwürdig, das Lager wird nicht benutzt, trotzdem ist die Kühlung maximal aufgedreht."

Schnell schloss er den Raum auf.

In Eileen breitete sich wieder Panik aus, sie stürzte in den eisigen Raum und ihrer Mutter direkt in die Arme.

„Mama", rief sie, „Wie bist du denn da reingekommen? Bist du verletzt?"

„Nur ein bisschen kalt. Ich bin ja so froh, dass ich dich wiederhabe. Ich wusste, dass du mich suchen würdest."

Grace hielt Eileen ganz fest in den Armen. Sie zitterte

am ganzen Körper und war im wahren Sinne des Wortes blau gefroren. Ihre Worte waren kaum zu verstehen, weil ihre Zähne vor Kälte aufeinanderschlugen. Die Haare waren mit Raureif bedeckt.

„Oh, Mama", schluchzte Eileen. „Du bist eiskalt. Du musst sofort raus hier. Ich hab mir solche Sorgen gemacht."

„Ähem", räusperte sich der Sicherheitsbeauftragte, „das wollte ich auch gerade vorschlagen."

Alle verließen den Raum. Grace war sehr geschwächt. Ihre Tochter und Ben nahmen sie zwischen sich und versuchten, sie etwas zu wärmen. Ben hatte seinen Pullover ausgezogen und Grace darin eingewickelt.

Der Sicherheitsbeauftragte informierte über ein Funkgerät seinen Kollegen und rief anschließend die Polizei. Dann gingen sie nach oben in sein Büro. Unterwegs holte er noch eine Decke aus dem Krankenraum.

Im Büro setzten sich alle hin, der zweite Suchtrupp war inzwischen ebenfalls eingetroffen. Grace zitterte noch immer am ganzen Körper.

Der Sicherheitsbeauftragte stellte sich vor.

„Mein Name ist Gutenberg, ich gehöre zum internen Sicherheitsdienst, und das ist mein Kollege, Herr Krause. Ich werde jetzt als Erstes einen Krankenwagen rufen, Sie sind stark unterkühlt. Die Polizei ist schon verständigt, denn so wie sich mir die Lage im Moment darstellt, haben Sie gerade einen Mordversuch überlebt."

„Kommt überhaupt nicht in Frage mit dem Krankenwagen", sagte Grace kategorisch. Jetzt, wo sie langsam wieder wärmer wurde, machte sie einen recht aufgekratzten Eindruck.

„Ich bitte Sie, Frau Thomsen, Sie sollten wirklich besser im Krankenhaus untersucht werden." Der Sicherheitsbeauftragte sah sie ernst an.

„Ich gehe nicht freiwillig ins Krankenhaus und bin froh, dass ich wieder bei meiner Tochter bin. Mir geht es gut – ich kann das einschätzen. Ich muss nur wieder warm werden. Wir müssen unbedingt handeln, bevor noch weitere Menschen zu Schaden kommen. Ich kann mir überhaupt nicht erklären, wer mich dort eingesperrt und das Thermostat heruntergedreht hat."

Die anderen sahen sich an, richtig, Grace wusste es ja noch gar nicht.

Schließlich sagte Max: „Der Mann, den ich zweimal in der Schule gesehen habe und bei der Übergabe des Frühstücks an Frau Schwab, das war Herr von Austenberg."

„Wie bitte? Mein Abteilungsleiter?" Grace sah die anderen geschockt an.

„Tja, es sieht alles danach aus. Jedenfalls ist auf den Überwachungsvideos zu sehen, wie er ebenfalls in den Keller geht." Krause nickte.

Gutenberg sah sehr ernst aus. „Bis nichts bewiesen ist, gilt natürlich die Unschuldsvermutung. Aber Fakt ist, dass wir ihn schon seit einer ganzen Weile im Visier haben. Herr von Austenberg hat sich in letzter Zeit sehr auffällig verhalten, er war zu ungewöhnlichen Zeiten an ungewöhnlichen Orten in der Firma unterwegs. Wir haben mehrere Hinweise darauf, dass etwas nicht stimmte. Auch seine psychische Verfassung war besorgniserregend, wir haben einige Beschwerden von Mitarbeitern erhalten. Am besten, Sie erzählen uns jetzt alles, was Sie wissen."

Die Gruppe erzählte den Sicherheitsleuten alles, was passiert war. Von Jerome, dem Frühstück, das Natascha Schwab jeden Morgen verteilte, den vergifteten Milchpäckchen, dem Nachweis einer Substanz in den Haarproben, den Ampullen mit der Aufschrift CNE 10-5682 bis hin zu den Daten, die sie gesichert hatten.

„Meine Herren", sagte Gutenberg, „und meine Damen natürlich auch. Das nenne ich mal eine gute Arbeit." Er wandte sich an die jungen Leute. „Also, falls ihr noch einen Job nach dem Abi braucht, bei mir könnt ihr sofort anfangen!" Er zwinkerte ihnen zu.

Die Jungen und Eileen tauschten amüsierte Blicke aus.

„Reife Leistung", ergänzte Krause, „aber wie sind Sie an die Daten auf dem Rechner gekommen?"

Die Gruppe tauschte nervöse Blicke aus. Dann rückte Grace mit der Sprache raus.

„Also, wir hatten noch Hilfe, ein Lehrer aus der Schule hat uns unterstützt."

Gutenberg räusperte sich.

„Wir würden uns gerne mit dieser Person in Verbindung setzen, weil wir die Daten als Beweismaterial auswerten möchten. Die Polizei wird sicher gleich hier sein und ihrerseits die Kriminalpolizei verständigen. Hier geht es ja um Körperverletzung, eine nicht genehmigte Studie und versuchten Mord, das können wir natürlich nicht firmenintern klären. Trotzdem werden wir versuchen, Ihren Lehrer aus der Sache herauszuhalten, soweit es geht. Ich informiere die Firmenleitung und leite dann alles Weitere in die Wege."

„Ich werde jetzt sofort mit dem Taxi nach Hause fahren und nicht auf die Polizei warten. Ich brauche dringend eine Tasse Tee und möchte mich etwas hinlegen. Die Polizei kann zu uns nach Hause kommen, wenn sie unsere Aussagen heute noch brauchen. Mit diesen Worten stand Grace – noch etwas wacklig – von ihrem Stuhl auf.

Es wurde ein sehr langer Abend. Zuhause angekommen, wollten sie als Erstes Kai Baumann über die jüngsten Ereignisse informieren. Der wusste schon Bescheid und war auf dem Weg zu BEUTZPHARMA, der Sicherheitsdienst hatte ihn um Mithilfe gebeten. Dann erschien die Kriminalpolizei. Aus Rücksicht auf Graces angeschlagenen Gesundheitszustand nahmen sie alle Aussagen zu Hause auf.

Als sich der Trubel endlich gelegt hatte, saßen wieder alle um den Küchentisch, tranken Schlaftee und knabberten noch ein paar Chips. Auch Kai Baumann hatte sich inzwischen zu ihnen gesellt, nachdem er bei BEUTZPHARMA nicht mehr gebraucht wurde. Er berichtete, dass der Sicherheitsdienst viele Puzzleteile zusammengefügt hätte. Austenberg sei noch am Abend unter dringendem Tatverdacht von der Polizei verhaftet worden. Die Suche nach den Mittätern ging aber noch weiter. Er musste auf jeden Fall Unterstützer gehabt haben.

„Es wird doch nicht Frau Schwab sein, oder?", fragte Max unsicher.

Kai Baumann seufzte so tief und traurig, dass die anderen ihn betreten anschauten.

„Ich weiß es nicht, ehrlich. Aber tatsächlich ist sie eine der Hauptverdächtigen. Irgendjemand in der Schule muss ja Bescheid gewusst haben, und sie hat nachweislich immer das Frühstück abgeholt."

Schnell wechselte Eileen das Thema: „Sag mal, Mama, wie kommt es eigentlich, dass du so lange Zeit in dieser Kälte warst und gar nicht erschöpft bist?"

„Ach, weißt du, erschöpft bin ich schon. Aber ich habe dort unten gewissermaßen einen Medikamentenselbsttest gemacht. Ich wusste, dass ich nicht einschlafen durfte und deshalb habe ich CNE 10-5682 eingenommen. Und ja, irgendwie hat es geholfen." Grace grinste verschmitzt.

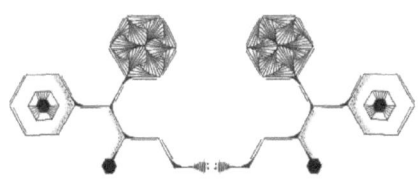

*Wer klingelte so spät abends an seiner Tür? Er be-
kam doch nie Besuch. Wer sollte schon kommen? Die
Polizei, merkwürdig. Verhaftet wegen des Mordan-
schlags auf Grace Thomsen. Das Spiel war also aus.
Dabei verstand keiner, was er Geniales getan hatte.
Seine Ergebnisse zeigten ganz klar, dass er Recht gehabt hatte: Er hatte die kognitiven Fähigkeiten der
Schüler verbessert! Sein Molekül hatte gewirkt! Was
auch sonst. Moleküle enttäuschten ihn nie.*

Kapitel 24

Es war genau eine Woche vergangen, seit Jerome ins Koma gefallen war. Auch dieser Montag versprach, ein schöner Tag zu werden. Weiße Schleierwolken zogen über den blauen Himmel und der Duft von Flieder lag überall in der Luft.

Als Kai Baumann morgens in die Schule kam, traf er am Fahrradständer auf Natascha, die offensichtlich auf ihn gewartet hatte. Sie weinte leise, und er konnte nicht anders, als sie in die Arme zu nehmen.

„Hey, was ist denn los?"

Natascha schluchzte laut in seinen Armen.

„Dieses verdammte Frühstück, das bringt mich um den Verstand. Ich hatte von Anfang an so ein flaues Gefühl, dass das keine gute Idee ist."

Aha, dachte er, jetzt kommt das Geständnis, und er wappnete sich innerlich.

„Stell dir vor, heute Morgen gehe ich doch zur Schulleiterin und erkläre ihr, dass ich das Frühstück nicht mehr abholen und verteilen möchte. Dass es aus meiner Sicht einige Ungereimtheiten gibt. Da ist sie völlig ausgerastet, du glaubst es nicht. Sie hat mir gedroht, wenn ich hier mein Staatsexamen machen möchte, dann hätte ich mich an ihre Anweisungen zu halten. Wenn ich es nicht tun würde, hätte das ernsthafte Konsequenzen."

„Wie bitte", fragte Kai, „hat denn die Schulleiterin dich beauftragt, das Frühstück zu holen und an die Schülerinnen und Schüler der 12. Klasse zu verteilen?"

Natascha sah ihn prüfend an.

„Natürlich, was denkst du denn? Ich habe dir das die ganze Zeit schon erzählt. Und du benimmst dich ebenfalls so merkwürdig, kungelst mit den Schülern und verdächtigst mich irgendeiner Sache. Und jetzt habe ich mit allen Ärger. Die Schulleiterin droht mir, du vertraust mir nicht, und meine ganze Welt bricht zusammen."

Natascha sah verzweifelt aus, Tränen liefen über ihr schönes Gesicht, das schon ganz verquollen war.

„Als ich mich hier vorgestellt habe, hat Frau Kersting gesagt, sie könne mich einstellen. Allerdings hätte ich während meines Referendariats eine Sonderaufgabe zu erfüllen. Ich müsse Frühstückspäckchen abholen und nach einem bestimmten Schema verteilen. Ich habe mir nichts Böses dabei gedacht und das jeden Morgen getan. Dafür hat sie mir vier Unterrichtsstunden erlassen, was auch ganz schön war. Die Schulleiterin hat mir allerdings absolutes Stillschweigen auferlegt, deshalb habe ich dir nichts davon erzählt."

Langsam sickerte die Erkenntnis in Kais Verstand. Natascha war unschuldig, sie war nur benutzt worden. Eine Welle der Erleichterung durchfuhr ihn, und gleich danach setzte ein schrecklich schlechtes Gewissen ein. Er nahm sie bei der Hand und führte sie zu einer Bank auf dem Schulhof. Als sie sich gesetzt hatten, erzählte er ihr die ganze Geschichte von Anfang an. Sie war immer noch ganz schön sauer auf ihn, zu Recht, wie er fand. Deshalb dramatisierte er seinen Einsatz zum Schutz von

Eileen und Ben, so gut es ging. Sein Verband auf der Nase half ihm ein bisschen dabei. Am Ende sah es so aus, als könnte ihre Beziehung noch eine zweite Chance haben.

Kai Baumann fühlte sich mächtig erleichtert. Vielleicht würde ja doch noch alles gut werden. Er musste jetzt nur seinen Keylogger sicherstellen. Das hatte er mit dem BEUTZPHARMA-Sicherheitsteam so besprochen. Also rein in die Höhle des Löwen. Er klopfte an die Tür der Schulleiterin. Sie öffnete und sah ihn fragend an.

„Guten Morgen, Frau Kersting. Irgendetwas stimmt mit dem Mailserver nicht. Ich würde gerne mal an Ihren Rechner und nachschauen, ob Sie Mails empfangen und versenden können."

Die Schulleiterin hatte einen Gesichtsausdruck, den er nicht ganz deuten konnte. Gleichzeitig aufgesetzt freundlich und lauernd.

„Ach tatsächlich? Ich habe heute Morgen nichts Ungewöhnliches bemerken können. Aber bitte, Herr Baumann, immer hereinspaziert."

Sie öffnete die Tür weit und ließ ihn eintreten. Mit einem mulmigen Gefühl betrat er den Raum und setzte sich an den Rechner. Kai Baumann gab vor, mit dem Rechner beschäftigt zu sein und machte dieses und jenes, um nicht aufzufallen. Dabei behielt er die Schulleiterin im Blick. Kurze Zeit später wandte sie sich einem großen Aktenschrank zu und fing an, etwas zu suchen. Jetzt oder nie, dachte Kai Baumann und stand schnell auf, um den Keylogger zu entfernen. Dann fuhr ihm der Schreck in die Glieder. Der Keylogger war weg, jemand musste ihn gefunden und entfernt haben. Und plötzlich spürte er, dass jemand hinter ihm stand. Er drehte sich um.

„Suchen Sie das hier?"

Die Schulleiterin hielt seinen Keylogger in die Luft. Sonst war sie immer von einer ausgesuchten, falschen Freundlichkeit. Davon war jetzt aber nichts mehr zu sehen. Ihre Lippen waren zusammengekniffen und ihre Augen zu schmalen Schlitzen verengt.

„Ich werde Ihnen jetzt etwas sagen, Herr Baumann, und das tue ich nur ein einziges Mal. Sie haben ganz klar eine kriminelle Handlung vollzogen, als Sie am Freitag dieses Gerät angebracht haben. Außerdem haben Sie sich illegal Informationen verschafft. Wenn ich das anzeige, sind Sie Ihren Job los. Ich rate Ihnen also, Stillschweigen über die Informationen zu bewahren, die Sie sich illegal beschafft haben." Ihr Gesicht war eisenhart.

Kai Baumann war einen Moment lang sprachlos - wusste sie noch nicht, dass das Spiel längst verloren war? Dass Austenberg verhaftet und diese ungeheuerliche Studie aufgedeckt worden war? Sie erpresste ihn doch tatsächlich auch noch. Er räusperte sich.

„Selbstverständlich, Frau Kersting, ich habe verstanden, bleibt unser kleines Geheimnis."

Besser, er ließ sich nichts anmerken.

„Dann ist es ja gut", sagte die Schulleiterin eiskalt, „den hebe ich besser auf."

Sie legte den Keylogger in eine Schreibtischschublade.

Kai Baumann sah zu, dass er so schnell wie möglich den Raum verließ.

Im zweiten Block hatten Eileen und Ben Informatik-Leistungskurs. Schlapp und übermüdet saßen sie nebeneinander vor dem Bildschirm. Grace war heute Morgen wieder arbeiten gegangen, was Eileen ziemlich blöd fand. Ihre Mutter hätte sich besser noch einen Tag Ruhe gegönnt. Die Schläfrigkeit der beiden wurde von einer Polizeisirene unterbrochen, die immer lauter wurde und offensichtlich direkt zur Schule fuhr. Sie sprangen auf und stürzten gleichzeitig ans Fenster. Zwei Wagen mit Blaulicht hielten vor der Schule, ein Polizeiauto und ein ziviles Fahrzeug mit einem Blaulicht auf dem Dach. Eileen und Ben sahen sich an: jetzt würde die Bombe platzen. Kai Baumann hatte sich zu ihnen gesellt: „Das sollten wir uns nicht entgehen lassen, kommt!"

Sie liefen ins Erdgeschoss, hinter ihnen alle aus dem Kurs. Auf dem Weg nach unten zischte Ben Eileen zu: „Meinst du, dass die Schwab verhaftet wird?"

Eileen zuckte mit den Schultern. Auch die anderen Schülerinnen und Schüler, die gerade keinen Unterricht hatten, kamen zum Eingang. Schnell bildete sich eine kleine Traube. Die Polizei in der Schule, das war aufregend. Sofort gingen die Gerüchte um, möglicherweise waren Drogen gefunden worden. Oder ein Diebstahl. Inzwischen war eine kleine Gruppe durch die Vordertür in die Eingangshalle getreten. Zwei uniformierte Polizeibeamte und zwei in ziviler Kleidung, die ziemlich wichtig auftraten. Vor allem eine große Frau mit kurzen, blonden Haaren und einem gutsitzenden, schwarzen Hosenanzug, die sehr grimmig dreinblickte.

Die Schulleiterin kam erbost aus ihrem Büro gestürzt.

„Was ist denn hier los? Wir haben die Polizei nicht gerufen."

Die Frau im Anzug baute sich vor ihr auf.

„Nein, das haben Sie nicht. Mein Name ist Polizeihauptkommissarin Weber, ich komme aus Werften und bin für Kapitalverbrechen zuständig. Ich möchte zur Schulleiterin Frau Kersting."

„Das bin ich", sagte Anette Kersting. Ihre Stimme klang schon nicht mehr ganz so sicher.

„Na, dass trifft sich ja gut", sagte die Polizeihauptkommissarin. „Frau Kersting, hiermit verhafte ich Sie wegen vielfacher Körperverletzung und versuchten Mordes an Schutzbefohlenen."

Sie wandte sich an ihren Partner: „Gunnar, verlies ihr jetzt ihre Rechte. Dann leg ihr Handschellen für die Fahrt aufs Revier an."

Sie wandte sich noch einmal der Schulleiterin zu. Ihre Stimme war schneidend.

„Wenn der Vorwurf stimmt, können Sie nicht mit Gnade rechnen. Ich bin Mutter von zwei schulpflichtigen Kindern, wir müssen uns darauf verlassen können, dass unsere Kinder in der Schule sicher sind."

Mit angeekeltem Gesicht wandte sie sich ab und gab einem der uniformierten Polizisten Anweisungen.

„Nehmen Sie auch den stellvertretenden Direktor zum Verhör mit. Wir werden prüfen müssen, ob er sich der Beihilfe schuldig gemacht hat. Dann riegeln Sie bitte das Sekretariat und die Räume der Schulleitung ab. Mein Team wird gleich eintreffen und die Spuren sichern."

Mit versteinerter Miene hörte die Schulleiterin dem Polizisten zu, der ihre Rechte herunterleierte.

„Das gibt's doch nicht", sagte Eileen zu Ben. „Sie war die Mittäterin und nicht die Schwab! Sie muss gewusst haben, dass hier eine Medikamentenstudie mit ihren Schülern durchgeführt wurde."

„Warum hat sie das getan? Nicht, dass man den Eindruck hatte, dass sie Schüler mag, aber so etwas hätte ich trotzdem nicht von ihr gedacht." Ben war genauso geschockt wie Eileen.

Dann blickte er sich suchend um, „wo ist eigentlich Baumann?"

„Ich weiß nicht", sagte Eileen, „ach, da kommt er ja."

Kai Baumann kam auf sie zu und grinste zufrieden.

„Ich habe den allgemeinen Aufruhr genutzt, um mir mein Eigentum wiederzuholen. Wie es aussieht, in allerletzter Sekunde."

Er hielt triumphierend den kleinen Keylogger in der Hand und ließ ihn schnell in der Hosentasche verschwinden.

„Das erlebt man ja nicht alle Tage, dass die Schulleiterin verhaftet wird. Mann, bin ich froh, dass wir die los sind." Der Lehrer strahlte über das ganze Gesicht.

Alle sahen sprachlos zu, wie die Schulleiterin abgeführt wurde. Sie ging hoch erhobenen Hauptes und sagte im Rausgehen: „Ich habe nichts getan. Ich bin unschuldig, keine Ahnung, was Sie von mir wollen."

Für einen Moment schwiegen die Schülerinnen und Schüler, wie sonst nur in schlechten Unterrichtsstunden. So schnell realisierten sie gar nicht, was soeben geschehen war. Ihre Schulleiterin war tatsächlich verhaftet worden, das war einfach unglaublich. Einige hatten die Verhaftung mit ihren Handys gefilmt. Für einen Augenblick herrschte fassungslose Stille, dann brach ein wahrer Sturm los. Alle redeten durcheinander, Handys wurden gezückt, Vermutungen angestellt. Viele wandten sich an Polizeihauptkommissarin Weber und fragten, was eigentlich Sache war. Die hob beschwichtigend die Arme.

„Bitte, bewahrt Ruhe. Der Schulrat wird jeden Moment eintreffen und alle informieren. Am besten geht ihr schon mal in die Aula und sichert euch gute Plätze."

Kaum hatte sie diese Worte gesprochen, als mehrere Autos vor der Schule hielten, u.a. ein Krankenwagen. Viele Personen betraten nach und nach die Schule. Das Team von Polizeihauptkommissarin Weber begann mit der Durchsuchung der Schulleitungsräume. Der Schulrat und noch einige Personen sowie die Besatzung des Krankenwagens gingen in die Aula. Kurze Zeit später erfolgte die Durchsage: „Hier spricht die Polizei. Wir bitten alle Lehrerinnen und Lehrer sowie alle Schülerinnen und Schüler, umgehend in die Aula zu kommen."

Eileen und Ben gingen zusammen mit Kai Baumann und trafen auf Max. Sie konnten sich nicht erinnern, jemals so einen aufregenden Schultag erlebt zu haben. Als sich alle gesetzt hatten, ergriff der Schulrat das Wort. Er erzählte nur sehr kurz von dem Verdacht, dass an der Schule eine ‚unbekannte Substanz' mit der Frühstücksmilch an einige Schülerinnen und Schüler verteilt worden war. Und dass es der Aufmerksamkeit einiger Mitschüler zu verdanken war, dass dieser Skandal aufgedeckt worden war. Diesen Mitschülern würde er noch einmal gesondert seinen Dank aussprechen. Zuerst müsse aber die komplette Aufklärung im Vordergrund stehen. Und so weiter und so fort. Kai Baumann verdrehte die Augen zum Himmel und sagte leise zu ihnen: „Spricht wie ein Politiker, der Mann - redet viel, aber nichts Konkretes. "

„Habt ihr das gehört", fragte Ben grinsend, „der Dank des Schulrates ist uns sicher."

„Davon kann ich mir auch nichts kaufen", seufzte Max.

„Psst, seid doch mal still", sagte Eileen, „jetzt wird es wichtig."

Der Schulrat stellte gerade seine Kollegin, Astrid Kugel, vor. Sie würde bis auf Weiteres die Leitung der Schule übernehmen. Ein Raunen ging durch den Raum.

Im Anschluss bat er alle Schülerinnen und Schüler, die Milch erhalten hatten, zu einer kurzen Befragung und Untersuchung. Das betraf den 12. Jahrgang. Sie wurden von Amtsärzten vor Ort nach ihrem Gesundheitszustand befragt, der Blutdruck wurde gemessen und eine Haarsträhne abgeschnitten. Anhand der Haarsträhne sollte festgestellt werden, wer die Substanz erhalten hatte oder nur zur Kontrollgruppe gehört hatte.

Im Großen und Ganzen ging es den Schülern gut, nur einige klagten über Nervosität. Die Ärzte erklärten, dass das möglicherweise leichte Entzugserscheinungen waren. Heute war bereits der vierte Tag, an dem sie das Mittel nicht mehr erhalten hatten.

Es dauerte eine halbe Ewigkeit, bis die Freunde endlich gehen konnten. Gerade als sie die Schule verließen, bekam Eileen einen Anruf von ihrer Mutter. Sie sollten doch alle in die Firma kommen, die Firmenleitung würde sich gerne mit ihnen unterhalten.

Kapitel 25

Gespannt fuhren Eileen, Ben, Max und Kai Baumann auf ihren Fahrrädern zu BEUTZPHARMA. Unterwegs rätselten sie darüber, was die Schulleiterin dazu bewogen hatte, dieser Studie zuzustimmen. Selbst wenn sie dafür Geld bekommen hatte, war doch ihr persönlicher Einsatz viel zu hoch gewesen.

„Was wird denn jetzt aus der Schulleiterin?", fragte Eileen in die Runde.

„Ich denke, wenn sie wirklich davon wusste, wird sie im Gefängnis landen und außerdem ihre Pensionsansprüche verlieren." Kai Baumann hörte sich nicht so an, als hätte er Mitleid.

„Das hat sie mehr als verdient! Stellt euch nur vor, wenn Jerome nie wieder aufgewacht wäre!" Bei diesem Gedanken traten Max Tränen in die Augen.

„Wie geht es ihm denn, hast du schon was gehört?", fragte Ben nach.

„Es geht ihm soweit ganz gut, heute Abend werde ich noch bei ihm vorbeifahren", erwiderte Max lächelnd.

Bei BEUTZPHARMA meldeten sie sich beim Wachmann an, der wusste bereits Bescheid. Sie bekamen Besucherausweise. Dann holte ein schnittiger Herr im Anzug die Truppe ab. Er führte sie ins 1. Stockwerk in den Bereich der Firmenleitung. Eileen staunte, hier sah alles mächtig vornehm aus. Sie wurden in einen eleganten Sitzungsraum geführt. An den cremefarbenen Wänden hingen Gemälde. Um einen großen gläsernen Tisch standen samtbezogene Stühle. Eileen entdeckte unter den Anwesenden ihre Mutter und erkannte die zwei Sicherheitsbeauftragten von gestern. Es saßen auch noch weitere Männer und Frauen am Tisch. In der Mitte standen Wasser- und Saftflaschen und das Beste von allem waren silberne Tabletts mit kunstvoll belegten Brötchen und Obstspießen. Den Freunden lief das Wasser im Munde zusammen, durch die ganze Aufregung heute waren sie gar nicht zum Essen gekommen.

Nachdem sich alle gesetzt hatten, ergriff der Firmenchef, Paul Nolde, höchstpersönlich das Wort:

„Ich begrüße alle Anwesenden und ganz besonders unsere Gäste und Frau Thomsen. Die Firma ist Ihnen zu höchstem Dank verpflichtet. Sie haben einen Skandal ungeahnten Ausmaßes aufgedeckt. Ein Mitglied unserer Firma hat eine menschenverachtende Studie an Schülerinnen und Schülern des Gymnasiums durchgeführt und damit ihre Gesundheit ernsthaft in Gefahr gebracht. Der wirtschaftliche Schaden, der der Firma dadurch entstanden ist, ist noch nicht absehbar. Ich habe Sie heute hier zusammengeführt, um Ihnen meinen Dank auszusprechen, offene Fragen zu klären und unser zukünftiges Handeln abzusprechen."

„Was meint er damit?", fragte Max seinen Lehrer, der neben ihm saß.

„Ich denke, es geht jetzt um Schadensbegrenzung", raunte Kai Baumann ihm zu.

Der Firmenchef stellte die Anwesenden einander vor.

Es waren drei Mitglieder der Geschäftsleitung, das Sicherheitsteam inklusive der zwei Männer, die sie schon von gestern kannten, und zwei weitere Mitarbeiterinnen anwesend. Nach der Begrüßung übergab Paul Nolde das Wort an den Leiter des internen Sicherheitsteams, Klaus Gutenberg, mit der Bitte, den Stand der Dinge zusammenzufassen.

Gutenberg räusperte sich und sprach dann mit ruhiger und fester Stimme.

„Herr von Austenberg ist noch gestern Abend verhaftet und verhört worden. Er ist in weiten Teilen geständig. Der ehemalige Abteilungsleiter hat ohne unser Wissen eine neue Substanz kreiert, eine weitere Zustandsform eines chiralen Moleküls, das schon seit Langem auf dem Markt ist. Er nahm an, dass diese Substanz ähnliche Eigenschaften wie das bereits bekannte Medikament gegen Narkolepsie hat."

„Das hat meine Mutter auch angenommen", warf Eileen ein und schaute ihre Mutter stolz an. Gutenberg wandte sich lächelnd an Grace.

„Ja, das wissen wir. Frau Thomsen hat die richtigen Schlüsse aus seinen Aufzeichnungen gezogen, und wir sind ihr sehr dankbar dafür."

Paul Nolde nickte zustimmend und der Sicherheitsbeamte fuhr fort.

„Um das zu testen, hat er Versuche an Mäusen bei sich zu Hause unternommen. Er hat ihnen verschiedene Konzentrationen mit dem Futter verabreicht und sie beobachtet. Danach hat er ebenfalls den Hund der Nachbarin damit gefüttert. Seine Beobachtungen legten nahe, dass seine Annahme stimme. Deshalb entwickelte er ein Studiendesign, um die Substanz CNE 10-5682 an Schülerinnen und Schülern des hiesigen Gymnasiums zu testen."

Bei diesen Worten ging ein Raunen durch den Raum.

„Und diese Ungeheuerlichkeit hat er einfach so zugegeben?", fragte Grace entsetzt.

„Das Gute ist, er hat gestanden." Gutenberg zuckte hilflos mit den Schultern. „Und das Schlimme ist, er scheint überhaupt keine Schuldgefühle zu haben. Er ist der festen Ansicht, das Richtige getan und der Firma einen großen Dienst erwiesen zu haben. Die Polizei hält Herrn von Austenberg schlicht und ergreifend für größenwahnsinnig. Sie haben ein psychologisches Gutachten in Auftrag gegeben."

„Na, toll", raunte Ben Eileen zu, „und am Ende bekommt er noch mildernde Umstände!"

Als Sohn von zwei Anwälten wusste er über solche Dinge Bescheid.

Nun schaltete sich der Firmenchef ein: „Ich denke, die Motive für seine Tat sind auch in seiner Persönlichkeit begründet. Er strebte sein Leben lang nach Anerkennung und war aus meiner Sicht geradezu krankhaft ehrgeizig. In regelmäßigen Abständen hat er mich um Gespräche gebeten. Darin ging es immer um seinen Aufstieg in der Firma, die Abteilungsleitung war ihm nicht genug. Regelmäßig hat er mich auf die großen Erfolge seiner Abteilung hingewiesen. Und tatsächlich ist es so, dass Herr von Austenberg fachlich ganz ausgezeichnet ist, teilweise sogar genial. Deshalb habe ich ihn gewähren lassen. Auch wenn er menschlich, sagen wir, sehr anstrengend war. Ich hätte mir aber nie träumen lassen, dass er junge Menschen in ernsthafte Gefahr bringt."

Gutenberg nahm seine Ausführungen zum Tathergang wieder auf: „Offensichtlich hatte er wenig Erfahrung mit Jugendlichen. Er ist nicht auf die Idee gekommen, dass einige möglicherweise die Milch nicht mögen bzw. andere mehrere Portionen auf einmal zu sich nehmen könnten. Das hat zu der erheblichen Überdosierung bei einem Schüler geführt, der daraufhin ins Koma gefallen ist."

„Der Schüler heißt Jerome und er ist mein bester Freund", warf Max bitter ein.

Paul Nolde räusperte sich, trank einen Schluck Wasser und wandte sich anschließend direkt an Max.

„Ich kann dir versichern, dass wir alles tun werden, was in unserer Macht steht, um das wiedergutzumachen. Es soll deinem Freund an nichts fehlen, und er wird eine finanzielle Entschädigung erhalten. Unsere Firmenanwältin, Frau Bechstein, wird sich darum kümmern." Er nickte der Frau zu, die neben ihm saß.

„Siehst du, Schadensbegrenzung. Jetzt versuchen sie, die Wogen zu glätten", flüsterte Kai Baumann Max zu und griff dann nach einem belegten Brötchen.

Gutenberg nahm den Faden wieder auf.

„Herr von Austenberg hatte damit nicht gerechnet und ebenso nicht mit Jeromes Freunden, die anfingen, der Sache auf den Grund zu gehen." Er nickte den Schülern zu. „Mit Hilfe von Frau Thomsen stellten sie fest, dass einige Milchpäckchen eine unbekannte Substanz enthielten. Unsere Mitarbeiterin konnte nachweisen, dass Max und Jerome seit Monaten etwas zu sich nahmen, von dem sie nichts wussten. Der Täter merkte aber, dass man ihm auf der Spur war. Eine Frau Schwab, die als ahnungslose Lieferantin das Frühstück abholte und verteilte, hat ihn zur Rede gestellt."

Die Schüler sahen zu Kai Baumann hinüber und grinsten ihn an. Er wurde ein bisschen rot und lächelte schließlich glücklich zurück.

„Als Herr von Austenberg dann auch noch gehackt wurde, sah er rot und hat in einer berüchtigten Kneipe ein paar Schläger angeheuert. Die standen auf Abruf bereit, bis das Sicherheitssystem seines Rechners meldete, dass von einem anderen Rechner aus seine Daten heruntergeladen wurden. Er identifizierte diesen Rechner über die IP-Adresse und schickte den Schlägertrupp los, um diejenigen einschüchtern, die seine Daten entdeckt hatten. Aber dieser Plan misslang gründlich."

Ben und Kai Baumann sahen sich zufrieden an und klatschen ab. Eileen verdrehte die Augen.

„Inzwischen sah er nur noch rot und wollte auf jeden Fall seinen schönen Plan retten. Frau Thomsen war ihm schon länger ein Dorn im Auge. Ihre privaten Untersuchungen waren ihm nicht entgangen. Als sie am Sonntag wieder in der Firma erschien und Untersuchungen anstellte, geriet Austenberg in Panik und beschloss, sie aus dem Weg zu schaffen."

Grace und Eileen nahmen sich betroffen an die Hand. Was, wenn sein Plan gelungen wäre?

„Glücklicherweise hat aber ihre Tochter die richtigen Überlegungen angestellt und nicht lockergelassen, bis wir sie gefunden haben, Frau Thomsen." Gutenberg nickte wohlwollend zu den beiden hinüber.

Jetzt meldete sich Grace zu Wort: „Das kann Herr von Austenberg unmöglich alles alleine bewältigt haben, wer hat ihn hier in der Firma unterstützt?"

Gutenberg wechselte einen schnellen Blick mit dem Firmenchef, der nickte leicht.

„Das ist eine berechtigte Frage, Frau Thomsen", antwortete Gutenberg, „tatsächlich hatte er Unterstützung, und zwar von Frau Schnabelstedt."

„Wie bitte?", entfuhr es Grace entsetzt. „Diese freundliche, junge Praktikantin?"

„Ja, leider", fuhr Gutenberg fort, „und das ist auch die Verbindung zur Schule."

Die drei Jugendlichen und Kai Baumann sahen sich erstaunt an. Ben ließ vor Verblüffung seinen Obstspieß sinken.

„Wie jetzt?", fragte Max.

„Herr von Austenberg hat bei seiner Vernehmung ausgesagt, dass er sich an die Direktorin mit seinem Plan einer Studie gewendet hat. Als Gegenleistung bot er die Ausstattung für ein Chemielabor. Frau Kersting hat diesem Deal allerdings nur unter der Bedingung zugestimmt, dass ihre Nichte die Chance bekommt, bei

BEUTZPHARMA anzufangen."

„Das heißt, Frau Schnabelstedt ist die Nichte von Frau Kersting?" Grace war das Erstaunen ins Gesicht geschrieben.

Paul Nolde übernahm jetzt das Wort: „So ist es. Wir haben noch ein paar Nachforschungen betrieben. Frau Kersting hat keine Kinder. Ihre Nichte Sophie ist wohl ihr ein und alles. Und die brauchte dringend eine neue Arbeitsstelle. Zufälligerweise hatte Sophie sich bereits zwei Tage vorher bei Herrn von Austenberg auf eine Stelle beworben."

„Ah", sagte Kai Baumann, „deshalb lautete das Passwort an Frau Kerstings Rechner ‚Sophie', das ist ihre Nichte."

Der Firmenchef schaute etwas irritiert und fuhr dann fort.

„Als Herr von Austenberg in der Schule erschien, hat die Schulleiterin die Gelegenheit spontan beim Schopf gepackt. Man könnte sagen, es war ein dummer Zufall, dass sich zwei Menschen mit einem für sie wichtigen Anliegen getroffen haben. Die Schulleiterin hoffte, ihre Nichte gut in einer Firma, sogar bei ihr in der Nähe, unterzubringen. Herr von Austenberg hat nicht nur die Studie an der Schule durchführen können, sondern hatte außerdem noch eine willige Hilfskraft bei der Drecksarbeit."

„Was heißt Drecksarbeit?", fragte Eileen.

„Irgendjemand musste schließlich die Substanz CNE 10-5682 in die Milch injizieren. Ich schätze, das war

Frau Schnabelstedt. Ich habe im Kühlraum die Spritzen und die Milchpäckchen gefunden." Grace sah fragend in die Runde.

Gutenberg nickte. „Genau so war es. Sie hat auch die Frühstückspäckchen gepackt. Die Päckchen mit der präparierten Milch haben einen roten Aufkleber bekommen. Frau Schnabelstedt ist bereits heute Morgen verhaftet worden und geständig. Sie behauptet, über das Ausmaß ihres Handelns nicht informiert worden zu sein. Durch ihre Tante, die Schulleiterin, hat sie dann aber von dem Jungen erfahren, der ins Koma gefallen ist. Danach hätte sie versucht, Herrn von Austenberg von seinem Vorhaben abzubringen."

„Na ja", brummelte Ben leise, „das hätte ich jetzt auch gesagt."

„Wie kam es, dass immer dieselben Schülerinnen und Schüler die Milch mit der Substanz bekommen haben?", fragte Kai Baumann.

„Die Frühstückspäckchen sind kursweise im zweiten Block verteilt worden. Zu diesem Zeitpunkt finden wohl die Leistungskurse statt. Einige Kurse haben immer die reine Milch bekommen, die anderen die vergiftete. Frau Schwab bekam einen Plan, wie die Päckchen verteilt werden sollten. So hatte Herr von Austenberg eine Gruppe mit der Substanz und eine Vergleichsgruppe. Die kognitiven Tests sollten ihm Aufschluss über das Ergebnis liefern." Gutenberg legte so nach und nach die Fakten auf den Tisch.

„Mich würde jetzt mal das Ergebnis interessieren."

Kai Baumann hatte sich aufgerichtet. „Und wer hat eigentlich die Statistik gemacht?"

Die Mitglieder der Geschäftsleitung von BEUTZ-PHARMA schauten einander betreten an. Schließlich ergriff die Firmenjuristin in ihrem tadellos sitzenden Kostüm, mit ihren kurzen grauen Haaren und der roten Brille betont geschäftsmäßig das Wort.

„Es waren wohl noch weitere Mitarbeiter von BEUTZPHARMA beteiligt. Unter anderem ein junger Mathematiker. Ohne aber zu wissen, dass diesen Daten eine menschenverachtende Studie zugrunde lag. Wir stehen noch am Anfang der Aufklärungsarbeit in unserer Firma und werden uns zu einem späteren Zeitpunkt dazu äußern."

Kai Baumann gefiel diese Antwort gar nicht.

„Ich denke, dass die beteiligten Schülerinnen und Schüler sowie ihre Eltern ein Anrecht auf die Daten haben, die in einer widerrechtlichen Studie und ohne ihr Einverständnis erhoben worden sind."

Wieder wiegelte die Firmenjuristin ab.

„Herr Baumann, wir werden alles in unserer Macht Stehende tun, um eine umfassende Aufklärung herbeizuführen. Zum gegebenen Zeitpunkt werden wir auch an die Opfer und ihre Familien herantreten."

Kai Baumann zog die Augenbrauen hoch und setzte zu einer Antwort an, beließ es dann aber dabei.

Paul Nolde sprach schließlich die Schlussworte: „Ich bedanke mich noch einmal bei den Anwesenden für die Aufklärungsarbeit. Und Ihnen, Frau Thomsen, wollen wir ein Angebot machen, die Stelle der Abteilungsleitung ist ja seit heute vakant." Er lächelte etwas gekünstelt. „Wir würden gerne eine so beherzte Frau wie Sie auf dieser Stelle sehen. Eine, die auch den Sinn dafür hat, das Richtige zu tun. Überdenken Sie bitte unseren Vorschlag."

Grace lächelte höflich, blieb aber still. Paul Nolde fuhr fort.

„Von uns haben Sie heute den Stand der Ermittlungen erfahren, soweit er uns bekannt ist. Wir haben die Fakten auf den Tisch gelegt. Jetzt haben wir eine Bitte an Sie: Behalten Sie Stillschweigen in dieser Sache, bis wir uns offiziell in einer Pressemitteilung geäußert haben. Bedenken Sie, dass BEUTZPHARMA seinen guten Ruf zu verlieren hat und wir vielen Menschen aus Beutzenburg Lohn und Arbeit geben. Wir müssen diesen Skandal so klein wie möglich halten, sonst können wir keine Garantie für die Arbeitsplätze geben. Werden Sie mit uns an einem Strang ziehen?"

Eileen, Ben und Max sahen ihren Lehrer an, ihm vertrauten sie. Er würde wissen, was das Richtige war. Kai Baumann fühlte diese Blicke und die Verantwortung, die er trug. Dann sagte er: „Dieser Fall muss restlos und schonungslos aufgeklärt werden, damit so etwas nie wieder passieren kann. Aus meiner Sicht hat Ihre Firma eine erhebliche Sicherheitslücke. Das Ganze hätte nicht unbemerkt passieren dürfen, und das wissen Sie ganz genau. Die Schülerinnen und Schüler haben ein Recht auf Aufklärung und sicher auch Entschädigung. Ich denke, dass die Opfer juristischen Beistand brauchen und möglicherweise zudem die Unterstützung durch Psychologen, aber das steht auf einem anderen Blatt. Wenn wir uns nicht zu den Vorkommnissen äußern sollen, dann nur, wenn Sie uns umgehend über den neuesten Stand der Ermittlungen informieren und ihre Pressemitteilungen vorher mit uns absprechen."

Die Geschäftsleitung sah nicht besonders glücklich aus, willigte aber ein.

Kapitel 26

Am Dienstagmorgen nahmen sich alle frei. Nur Kai Baumann wollte unbedingt in die Schule, weil er Natascha dort sehen würde. Grace hatte eine Einladung in die forensische Abteilung der Kriminalpolizei bekommen. Man wollte dort gemeinsam mit ihr die Daten durchgehen, die sie im Zuge ihrer privaten Ermittlungen gewonnen hatte, und die als Beweismaterial dienen sollten. Grace freute sich auf diesen Termin. Zum einen, weil sie sich schon immer für Forensik interessiert hatte. Zum anderen aber auch, weil sie sich bei BEUTZ-PHARMA nach diesem Vorfall lange nicht mehr so wohlfühlte wie zuvor.

Eileen, Ben und Max waren einfach platt. Es war eine verdammt aufregende Woche gewesen. Heute Nachmittag wollten sie gemeinsam zu Jerome ins Krankenhaus gehen, er war so weit wiederhergestellt, dass er die Intensivstation verlassen konnte und Besuch von Freunden empfangen durfte. Die Freunde schliefen lange aus und frühstückten anschließend zusammen. Dann machte sich Max auf den Weg zu den Behörden. Durch die Ermittlungen und die Sorge um Jerome hatte er sein persönliches Problem aus den Augen verloren. Er würde einen Platz zum Wohnen finden müssen, es half alles nichts. Er konnte nicht ewig bei Eileen auf dem Sofa schlafen. Gestern Abend hatte Max noch mit seiner Mutter telefoniert.

Sie war froh, etwas von ihm zu hören. Und sie würde ihm sein Kindergeld jeden Monat auszahlen.

Eileen und Ben waren zum Mittagessen mit Bens Eltern in der Stadt verabredet. Sie trafen sich in einem schönen italienischen Restaurant und aßen gemeinsam das Menü. Eileen mochte solche Gelegenheiten, mit ihrer Mutter erlebte sie das selten.

Während der Kellner die leckersten Gerichte servierte, gab es nur ein Gesprächsthema. Abwechselnd berichteten Eileen und Ben von den Ereignissen der letzten Woche. Bens Eltern waren schon aus der Tageszeitung über den Vorfall an der Schule informiert. Das war natürlich die Schlagzeile des Tages: „Skandal: Nicht genehmigte Medikamentenstudie an ahnungslosen Schülern!"

Seine Eltern staunten nicht schlecht, als sie erfuhren, dass Ben an der Aufdeckung des Skandals beteiligt war. Sie waren sehr stolz auf ihn. Auch wenn sie sonst mit Lob ein bisschen geizig waren, heute schöpften sie aus den Vollen. Ben strahlte über das ganze Gesicht und fühlte sich gleich ein bisschen größer. Eileen freute sich für ihn. Als alle schon den Nachtisch löffelten, hatte Bens Mutter eine gute Idee.

„Nachdem unser Sohn sich in dieser Sache so hervorgetan hat, sollten wir es ihm gleichtun. Was hältst du davon, wenn wir den Opfern juristischen Beistand anbieten? Nicht alle werden sich einen Anwalt leisten können, und es ist besser, wenn wir eine Gruppenklage in die

Wege leiten", sagte sie zu ihrem Mann.

Bens Vater, der genauso gut aussah wie sein Sohn, überlegte einen kleinen Moment, bevor er antwortete.

„Das ist eine richtig gute Idee, Anna! Das machen wir. Vielleicht hat ja dann unser Sohnemann mal wieder Lust, etwas mehr Zeit mit uns zu verbringen." Er zwinkerte Ben freundschaftlich zu.

„Na klar habe ich Lust dazu", sagte Ben, „aber ihr habt ja immer zu tun und seid selten da."

Bens Mutter schüttelte ihre braunen Locken, lachte und sagte: „Das stimmt, aber an Attraktivität können wir ja mit deiner Freundin kaum mithalten."

Eileen wurde ein bisschen rot und lenkte schnell vom Thema ab.

„Das finde ich eine richtig gute Idee, dass Sie den Fall übernehmen wollen. Da ist nämlich noch etwas. Die Daten, die bei der Studie gewonnen wurden, müssen dringend den Opfern zur Verfügung gestellt werden. Und was noch viel wichtiger ist, BEUTZPHARMA darf diese Daten nicht verwenden."

Bens Vater sah sie interessiert an: „Warum ist das so wichtig, Eileen?"

„Das war eine Studie, die testen sollte, ob bei Jugendlichen diese Substanz, also das Austenberg'sche Molekül, als Neuro-Enhancer wirkt. Er wollte herausfinden, ob sich damit die kognitiven Leistungen verbessern. So etwas ist keine medizinische Studie, bei der man testet, ob eine Substanz gegen eine bestimmte Krankheit hilft. Diese Studie war dafür da, zu testen, ob sich das Molekül zum sogenannten Off-Label-Use bei Jugendlichen eignet."

„Wow, Eileen, wenn man dich so sprechen hört, möchte man nicht glauben, eine 17-jährige Schülerin vor sich zu haben. Was ist denn ‚Off-Label-Use‘?", fragte Bens Vater nach.

„Der Gebrauch von Medikamenten außerhalb ihrer Zulassung", mischte sich Ben in das Gespräch ein, „das habe ich inzwischen auch gelernt." Er grinste Eileen an.

„Genau", sagte Eileen. „Und ich finde, es ist nicht hinnehmbar, dass Jugendliche als Markt für Neuro-Enhancer erschlossen werden. Dass die Einnahme nicht ohne Nebenwirkungen ist, haben wir ja gerade erfahren."

„Na ja", klinkte sich Bens Mutter in das Gespräch ein und legte ihren Löffel beiseite. „Als Eltern wünscht man sich doch, dass das eigene Kind gute Leistungen erbringt. Man möchte eine möglichst gute berufliche Zukunft für seinen Nachwuchs erreichen, und die hängt nun mal oft an den schulischen Leistungen."

„Sehen Sie", sagte Eileen, „genau darin liegt die Gefahr. Die Eltern empfinden einen sozialen Druck, und sie wollen natürlich nur das Beste für ihre Kinder. Es wird ihnen suggeriert, dass die Kinder bessere Leistungen erbringen, wenn sie sich dopen und diese Pillen schlucken. Ob die Einnahme tatsächlich zu besseren Noten führt, kann doch niemand garantieren. Noten hängen sowieso von vielen Faktoren ab: ob man ein sozial angepasster Mensch ist, ob der Lehrer einen mag oder nicht mag und letztendlich, ob man bereit ist, viel zu lernen. Wenn man keine Lust zum Lernen hat, dann helfen auch keine Pillen, die das Lernen erleichtern."

Bei den letzten Worten zuckte Ben schuldbewusst zusammen.

„Ehrlich gesagt, so habe ich darüber noch nie nachgedacht." Bens Mutter war nachdenklich geworden. „Da hast du sicher recht, Eileen. Es reicht natürlich nicht, Pillen einzuwerfen, das Lernen wird einem trotzdem nicht erspart."

„Und ich finde außerdem, dass die Anforderungen, die an Jugendliche gestellt werden, ohne Doping zu schaffen sein müssen, oder?" Eileen hatte sich warm geredet.

Der Kellner räumte die leeren Teller ab, und Bens Vater räusperte sich.

„Natürlich, Eileen, aber wie du auch weißt, lernen einige Kinder eben besser als andere." Bei Ben regte sich ein gewisser Unwillen, denn diese Diskussion hatte er gefühlte tausend Mal geführt.

„Das ist richtig, einige lernen besser und andere sind dafür beispielsweise sportlicher. Wenn man in einer Sportart besser werden möchte, dann muss man eben mehr trainieren. Mit dem Lernen ist das genauso, das kann man üben und trainieren, um sich zu verbessern. Medikamente sind für mich keine Alternative." Eileen war jetzt nicht mehr aufzuhalten, und Ben wurde immer kleiner.

„Das hört sich alles überzeugend an. Aber ich sage dir, ohne Medikamente hättest du Ben nie kennengelernt, weil er nämlich niemals aufs Gymnasium gegangen wäre!"

Bens Mutter war auf einmal sehr emotional und verletzlich, ihre kühle Juristinnen-Stimme war wie weggefegt.

Eileen bemerkte, dass sie hier eine gefährliche Grenze überschritten hatte und lenkte ein.

„So meine ich das nicht. Bei Ben ist doch damals die Diagnose ADHS gestellt worden. Und das ist mit Methylphenidat behandelt worden. Dagegen sage ich ja gar nichts. Ich habe nur ein Problem damit, dass gesunde Jugendliche oder auch Erwachsene Medikamente nehmen, um eine vermeintliche Leistungssteigerung zu erzielen."

Bens Mutter entspannte sich wieder.

„Na, dann sind wir uns ja zumindest in diesem Punkt einig. Wie sind wir eigentlich wieder auf dieses leidige Thema gekommen?"

„Weil Eileen möchte, dass die Daten dieser grausamen Studie nicht BEUTZPHARMA zur Verfügung gestellt werden. Habe ich das richtig verstanden?" Bens Vater wandte sich an Eileen.

Eileen atmete erleichtert auf. „Ja, genauso ist es. BEUTZPHARMA soll nicht am Ende noch Profit daraus schlagen."

Bens Eltern sahen sich an. Schließlich sagte sein Vater: „Dann haben wir für die nächste Zeit ein großes Stück Arbeit vor uns. Aber nachdem ihr beiden so gut vorgelegt habt, wollen wir uns nicht lumpen lassen." Er lächelte seinen Sohn liebevoll an.

Der Rest des Beisammenseins verlief sehr harmonisch. Nach einem abschließenden Espresso bezahlte Bens Mutter die Rechnung und gab dem Kellner ein großzügiges Trinkgeld. Vor der Tür verabschiedeten sie sich herzlich voneinander.

Im Anschluss radelten Eileen und Ben zu Jerome ins Krankenhaus. Beim Pförtner erfragten sie die Raumnummer und liefen dann durch die Krankenhausgänge bis zu dem Zimmer, in das Jerome verlegt worden war. Ben klopfte an und öffnete die Tür. Jerome lag in einem großen Einzelzimmer, ein riesiges Blumengebinde thronte auf seinem Nachttisch. Auf einem Tisch daneben stand noch ein riesiger Obstkorb. Jerome hatte sich im Bett aufgerichtet. Er sah blass aus, sein rundes Gesicht war deutlich schmaler geworden, aber er lächelte so heiter wie immer. Seine Eltern und Max saßen um das Bett herum und unterhielten sich angeregt.

„Wow", sagte Ben, „sieht ja hier aus wie in einem Hotelzimmer!"

„Schön, euch zu sehen", grinste sie Jerome fröhlich an. „Ja, BEUTZPHARMA hat sich nicht lumpen lassen. Ich muss noch mal die Bemerkung fallen lassen, dass ich lieber Süßigkeiten anstatt Obstkörbe hätte."

Alle lachten, und die Anspannung und Sorgen der letzten Tage fielen langsam von ihnen ab.

Eileen sagte: „Schön, dass du offensichtlich ganz der Alte bist, Jerome."

„Ja, nicht wahr!" Jeromes Mutter strahlte über das ganze Gesicht. „Es geht ihm schon wieder so gut. Sie wollen ihn nur noch ein bisschen beobachten und einige Tests machen. Ende der Woche wird er vielleicht schon entlassen."

„Ab jetzt bekommt er nur noch Chefarztbehandlung", ergänzte Jeromes Vater. „BEUTZPHARMA hat offensichtlich ein ziemlich schlechtes Gewissen. Max hat uns gerade angedeutet, dass ihr alle dabei geholfen habt, die Umstände aufzuklären, die zu dem rätselhaften Koma von Jerome geführt haben."

Wieder erzählten die drei ihre Geschichte, und Jerome und seine Eltern kamen aus dem Staunen gar nicht mehr raus. Jerome beschloss, seinen Milchkonsum in Zukunft etwas einzuschränken. Nach einiger Zeit wurde er immer müder, so dass sich Eileen und Ben verabschiedeten. Die Eltern bedankten sich herzlich für ihren Einsatz. Als Eileen und Ben gegangen waren, nahm Jeromes Mutter Max in die Arme und drückte ihn so fest, wie sie konnte. Max hielt ganz still, und die Freude war ihm anzusehen.

„Mensch, Max", sagte sie. „Du bist echt der beste Freund, den mein Sohn haben kann. Wir haben hier am Krankenbett Familienrat abgehalten und uns gefragt, was wir Dir Gutes tun könnten. Dann sind wir darauf gekommen: Wir würden uns sehr freuen, wenn du zu uns ziehen würdest. Wir haben einen Sohn, das ist wunderbar, aber wir haben uns immer mehr Kinder gewünscht. Da kommst du doch eigentlich gerade richtig. Für Jerome bist du sowieso schon wie ein Bruder, und du hättest endlich ein eigenes Zuhause. Was meinst du?"

„Nun überroll den Jungen mal nicht", brummte Jeromes Vater, „er muss das ja nicht gleich entscheiden."

„Da gibt es nicht viel nachzudenken", strahlte Max über das ganze Gesicht. „Ich wäre überglücklich, wenn ich bei euch bleiben könnte und mir nicht mehr Gedanken darüber machen müsste, wo ich morgen schlafe und wem ich zur Last fallen muss." Innerlich krampfte sich sein Magen zusammen. Würde am Ende tatsächlich alles gut werden? Sein Freund wieder gesund und endlich ein richtiges Zuhause, wo sich alle mochten und alles in geordneten Bahnen verlief? Das war fast zu schön, um wahr zu sein. Vielleicht konnte er ja doch noch ein richtig gutes Abi hinlegen und hatte dann tatsächlich so etwas wie eine gute Zukunft vor sich. Eine Zukunft, von der man gerne träumte.

Während das Leben von Max eine entscheidende Wendung nahm, gingen Eileen und Ben im Park spazieren. Sie plauderten fröhlich vor sich hin und aßen jeder ein riesiges Eis. Als Eileens Handy klingelte, reichte sie ihr Eis schnell an Ben weiter. „Es ist Mam. Hier, halt mal einen Augenblick."

Sie telefonierte offensichtlich ziemlich aufgeregt mit ihrer Mutter. Ben hatte große Mühe mit den beiden Tüten und war heilfroh, als sie endlich das Handy einsteckte.

„Ich musste dein halbes Eis aufessen. Was war denn

so spannend, dass es nicht noch warten konnte?"

„Stell dir vor, man hat Mam eine Stelle in der Forensik angeboten. Sie suchen dringend eine neue Mitarbeiterin, und Mama war ihnen auf Anhieb sympathisch. Außerdem hat sie wohl verdammt gute Arbeit geleistet."

„Da kann man ja nicht meckern, zwei Jobangebote in zwei Tagen", freute sich Ben für Grace. „Und – will sie es machen?"

„Wir werden das heute Abend besprechen. Ich glaube, die Sache mit BEUTZPHARMA hat sie sehr mitgenommen. Mam hat mir erzählt, dass sie keine Lust hat, den Platz des verrückten Herrn von Austenberg einzunehmen."

„Oh, wenn ihr heute Abend was zu besprechen habt, dann werde ich wohl besser nach Hause fahren." Ben sah ein bisschen enttäuscht aus.

„Quatsch, du Dummkopf, mit ‚wir' bis du doch auch gemeint!" Eileen strahlte ihn an und vertilgte den letzten Bissen ihres Eises.

Beim Weitergehen nahm er ihre Hand. Eileen zog sie nicht zurück. Okay, dachte Ben, jetzt oder nie. Und endlich traute er sich, sie zu küssen.

GLOSSAR

Alzheimer

Eine Krankheit des Gehirns, die nach ihrem Entdecker Alois Alzheimer benannt wurde. Im Verlauf der Krankheit kommt es zu fortschreitenden Schädigungen (Degeneration) der Nervenzellen und Synapsen des Gehirns. Das resultiert in einem schweren Krankheitsbild mit Gedächtnisstörungen, Orientierungsschwierigkeiten, Verminderung von Denkleistungen und Urteilsvermögen. Es kommt auch zu Veränderungen der Persönlichkeit. Vorwiegend ältere Menschen sind davon betroffen.

Amphetamin

Eine chemisch hergestellte Substanz. Ursprünglich wurde sie von Pharmafirmen als Medikament gegen Asthma vertrieben. Dann entdeckte man die starke Wirkung auf die Psyche. Amphetamine wirken stimulierend, steigern die Aufmerksamkeit und senken das Schlafbedürfnis. Daher kann es außerdem als Mittel gegen ADHS/ADS und Narkolepsie verwendet werden. Da Amphetamin ein großes Suchtpotential hat, werden in Deutschland andere Medikamente vorgezogen. Als Droge wird es unter dem Namen Speed gehandelt. Amphetamine fallen unter das Betäubungsmittelgesetz. Besitz, Handel und Herstellung ohne Genehmigung ist verboten.

anaphylaktischer Schock

Eine extreme Reaktion unseres Körpers auf einen allergieauslösenden Stoff. Bei dieser Reaktion wird eine große Menge des Botenstoffes Histamin freigesetzt. Dadurch werden die Blutgefäße erweitert und das führt zum Blutdruckabfall. Lebenswichtige Organe werden nicht mehr ausreichend mit Blut versorgt, und es kommt zum Kreislaufversagen, was tödlich enden kann.

Antibiotika

Sehr wichtige Medikamente, die zur Behandlung von bakteriellen Infektionskrankheiten verwendet werden. Antibiotika werden z.B. von Pilzen gebildet, kommen also natürlich vor. Sie können aber auch im Labor synthetisiert oder gentechnisch gewonnen werden.

chromatographische Trennverfahren

Ein Sammelbegriff für Verfahren, bei denen Stoffgemische in ihre verschiedenen Komponenten aufgetrennt werden. Gemeinsam ist allen Verfahren, dass es eine mobile (z.B. ein Laufmittel) und eine stationäre Phase (z.B. Filterpapier oder eine Dünnschichtchromatographie -Platte, das ist eine beschichtete Glasplatte) gibt.

Dopamin

Ein Transmitter (Botenstoff) u.a. im Gehirn. Umgangssprachlich wird es auch als „Glückshormon" bezeichnet, denn es ist u.a. an unserem körpereigenen Belohnungssystem beteiligt. Immer, wenn wir z.B. auf eine Belohnung hoffen oder unerwartet etwas geschenkt bekommen, wird Dopamin ausgeschüttet und sorgt für „freudige Erregung" oder ein Glücksgefühl. Auch wenn wir verliebt sind, wird Dopamin freigesetzt.

Drehspiegelachse

Ein Objekt wird um eine bestimmte Achse gedreht. An einer zu dieser Achse senkrechten Ebene wird es dann gespiegelt. Es ist also eine gleichzeitige Drehung und Spiegelung.

EKG-Gerät

Dieses Gerät wird von Ärzten benutzt, um ein Elektrokardiogramm (EKG) zu erstellen. Ein EKG gibt den Spannungsverlauf wieder, während elektrische Impulse über den Herzmuskel laufen. Beim EKG erhält man das typische Bild des zeitlichen Ablaufes der Herzmuskelerregung, ohne die unser Herz nicht schlagen würde. Salopp könnte man sagen, ein EKG zeigt die elektrischen Befehle, die unser Herz zum Schlagen bringen. Ohne diese Befehle würde das Herz stehenbleiben.

FDA

Die Abkürzung steht für Food and Drug Administration. Auf Deutsch könnte man das mit „Behörde für Lebens- und Arzneimittel" übersetzen. Diese wichtige US-amerikanische Behörde ist für die Lebensmittelüberwachung und die Zulassung von Medikamenten zuständig.

Firewall

Diese „Brandmauer" schützt Computer vor unerwünschten Netzwerkzugriffen. Die Firewall ist eine Software, die den Datenverkehr überwacht.

Forensik

Ein Sammelbegriff für alle Gebiete, in denen kriminelle Handlungen wissenschaftlich oder technisch untersucht werden. In Deutschland gehören die forensischen Institute zu den Bundes- bzw. Landeskriminalämtern.

Gaschromatographie

Eine Analysemethode, die zum Auftrennen von Stoffgemischen in ihre einzelnen chemischen Verbindungen genutzt wird.

Gaschromatographie mit Massenspektrometrie

Ein Verfahren, bei dem eine Gaschromatographie mit einem Massenspektrometer gekoppelt wird. Mithilfe der Gaschromatographie wird ein Stoffgemisch aufgetrennt. Das Massenspektrometer kann die aufgetrennten, einzelnen Bestandteile nun identifizieren und teilweise auch quantifizieren (die Menge bestimmen).

intrinsisch motiviert

... ist man, wenn die Motivation, etwas zu tun, aus einem selbst heraus kommt. Wenn man z.B. Spaß am Lernen hat, weil es einen interessiert. Bei der extrinsischen

Motivation hingegen kommt die Motivation von außen, z.B. wenn man uns eine Belohnung verspricht.

Methylphenidat

Ein Wirkstoff aus der Gruppe der Amphetamine mit einer stimulierenden Wirkung. Methylphenidat wird u.a. unter dem Handelsnamen Ritalin© vertrieben. Das Medikament wird bei ADHS/ADS oder Narkolepsie verordnet.

Neuro-Enhancement

Wenn gesunde Menschen Medikamente einnehmen, um ihre Gehirnleistung zu steigern. Umgangssprachlich auch als Gehirndoping bezeichnet.

Neuro-Enhancer

Substanzen, die zum Neuro-Enhancement eingesetzt werden. In der Regel sind das verschreibungspflichtige Medikamente wie z.B. Amphetamine.

Placebo

Ein Mittel ohne einen pharmakologischen Wirkstoff, das als „Scheinmedikament" eingesetzt wird. Allerdings ist nachgewiesen, dass auch Placebos helfen, solange die Versuchsperson nichts davon weiß und an die Wirkung glaubt. Bei einer Medikamentenstudie bekommt daher eine Gruppe den zu testenden Wirkstoff und eine andere Gruppe nur ein Placebo. Die Probanden wissen nicht, was sie erhalten.

potenzsteigernde Mittel

Wirkstoffe gegen Impotenz, z.B. bei Erektionsstörungen. Am bekanntesten ist das Medikament Viagra©.

Probanden

Menschen, die sich zu Versuchs- bzw. Testzwecken zur Verfügung stellen. Meistens für wissenschaftliche Zwecke, wenn z.b. ein Medikament getestet werden muss.

Psychopharmaka

Medikamente, die im Gehirn wirken und die psychische Verfassung beeinflussen. Menschen mit starken Depressionen können z.b. Psychopharmaka bekommen.

Pufferlösung

Ein Stoffgemisch, bei dem sich der pH-Wert kaum oder wenig verändert, auch wenn man eine Säure oder Base dazugibt. Pufferlösungen werden für viele chemische Experimente gebraucht und dafür hergestellt. Auch unser Blut ist im Prinzip eine Pufferlösung oder besser ein Puffersystem.

Rezeptoren/Rezeptormoleküle

Bezeichnung für Proteine (Eiweiße), an die spezifische Stoffe binden können, z.B. Transmitter wie das Dopamin. Durch diese Bindung wird eine Reaktion ausgelöst. Die Reaktionen können ganz unterschiedlich sein, z.B. werden Ionenkanäle geöffnet oder geschlossen.

Server

Kann ein Computerprogramm oder ein Computer sein. Hier verwendet für einen Computer, der Daten und Programme bereithält und auf den die anderen Computer eines Netzwerkes zugreifen können.

Strukturformel

Gibt die räumliche Anordnung und außerdem die Bindungen der Atome in einem Molekül wieder.

Summenformel

Gibt die Anzahl und Art der Atome in einem Molekül an. „H_2O" ist z.B. die Summenformel für ein Wassermolekül. Es besteht aus zwei Atomen Wasserstoff und einem Atom Sauerstoff. Die Buchstaben sind die Elementsymbole der Atome.

synaptischer Spalt

Der Raum zwischen zwei Nervenzellen. Informationen werden über den synaptischen Spalt von einer Nervenzelle zur anderen übertragen – entweder in Form von elektrischen Potentialen oder anhand von Botenstoffen. Viele Medikamente wirken z.B. im synaptischen Spalt.

Target

Der englische Begriff für „Ziel". In diesem Zusammenhang sind die Targets Moleküle des Körpers oder eines Erregers, an die ein Wirkstoff binden kann und so seine

Wirkung entfaltet. Wirkstoffe können z.B. Medikamente sein. Targets sind meistens Proteine, beispielsweise Rezeptoren oder Enzyme, die im Krankheitsprozess eine Rolle spielen.

Toxin

Ein Gift, das von Lebewesen produziert wird oder auch manchmal bei ihrem Zerfall entsteht. Lebewesen produzieren Gifte als Schutz, zur Verteidigung oder als Waffe.

Transmitter

Stoffe, die Informationen von einer Nervenzelle zur nächsten übertragen, sie werden daher auch als Botenstoffe bezeichnet.

Signalübertragung an einer chemischen Synapse

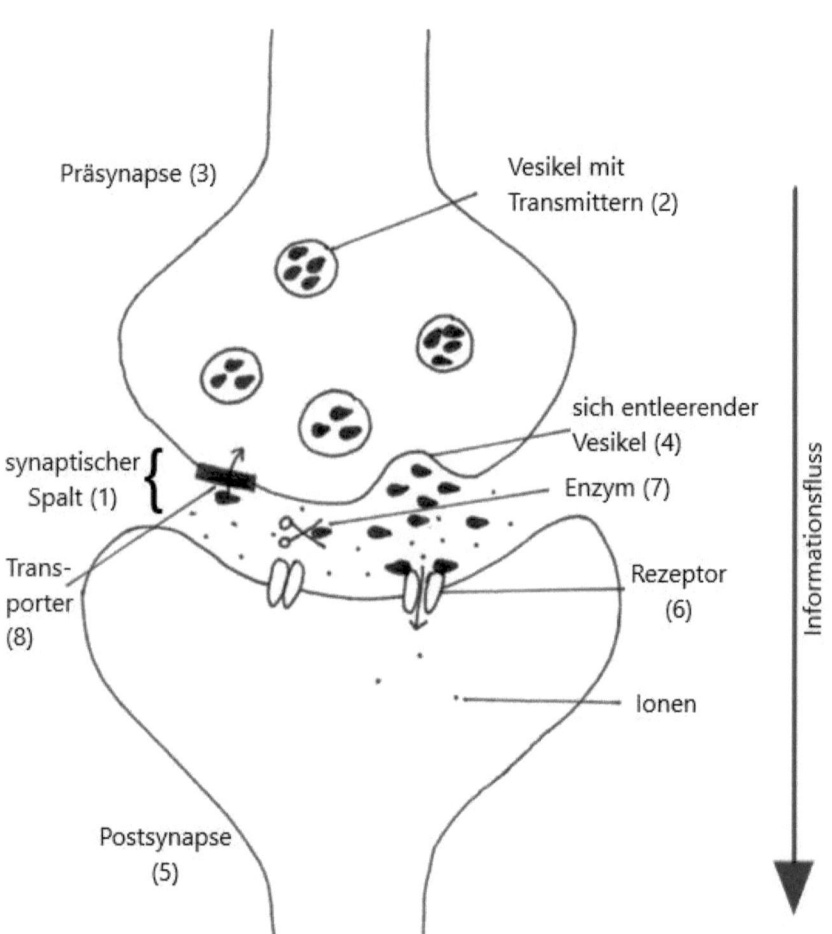

Präsynapse (3)

Vesikel mit Transmittern (2)

sich entleerender Vesikel (4)

synaptischer Spalt (1)

Enzym (7)

Trans-porter (8)

Rezeptor (6)

Ionen

Postsynapse (5)

Informationsfluss

Im Nervensystem werden Informationen von einer Nervenzelle zur nachfolgenden über den synaptischen Spalt (1) mittels Transmitter (Botenstoffe) übermittelt. Die Transmitter befinden sich in Vesikeln (2) in der Präsynapse (3). Die Vesikel (Bläschen) können die Transmitter in den synaptischen Spalt entleeren (4), wenn sie den entsprechenden Befehl dazu erhalten. Das passiert, wenn ein elektrischer Impuls (Aktionspotential) die Präsynapse erreicht. Sind die Transmitter im synaptischen Spalt, binden sie an der Postsynapse (5) an Rezeptoren (6) und lösen eine Reaktion aus, z.B. die Öffnung eines Ionenkanals, so dass die entsprechenden Ionen in diese Zelle einströmen können. Das kann ein postsynaptisches Potential (elektrische Veränderung an der Postsynapse) auslösen; damit ist die Information von einer Zelle zur nächsten weitergegeben worden. Nun muss der Transmitter schnell wieder aus dem Spalt entfernt werden. Das kann durch Enzyme (7) erreicht werden; sie spalten die Transmitter in kleinere Bestandteile auf. Anschließend werden die Spaltprodukte wieder in die Präsynapse transportiert. Oder der Transmitter wird direkt durch Transporter (8) in die Präsynapse zurücktransportiert, Beispiel: Dopamin.

Was ist eigentlich Neuro-Enhancement?

Das ist so etwas wie Doping fürs Gehirn. Gesunde Menschen nehmen Medikamente ein, um beispielsweise ihre kognitiven Fähigkeiten zu steigern. Sie erhoffen sich davon, bessere Leistungen zu erzielen oder besser lernen können. Zu den kognitiven Fähigkeiten von Menschen gehören Wahrnehmen, Lernen, Problemlösen, Aufmerksamkeit usw.

Vor allem vor Prüfungen oder in stressigen Zeiten wird zu solchen Mitteln gegriffen. Oft steht der Druck dahinter, bessere Ergebnisse zu erzielen, weil man Sorge hat, dass die eigenen Leistungen nicht ausreichen könnten.

Es gibt eine Vielzahl von Medikamenten, von denen angenommen wird, dass sie zur Verbesserung der Leistungen taugen. Aber alle diese Medikamente werden im „Off-Label-Use" verwendet, also außerhalb ihrer Zulassung, sie sind ursprünglich dafür gar nicht vorgesehen.

Die bekanntesten Mittel sind sogenannte „Stimulanzien", wie Methylphenidat (Ritalin©) und Modafinil (Vigil©). Methylphenidat wird für die Behandlung des Aufmerksamkeits-Defizit-Syndroms eingesetzt und Modafinil für die Behandlung von Narkolepsie und dem Schichtarbeitersyndrom.

Was passiert, wenn man Stimulanzien einnimmt?

Diese sorgen dafür, dass die Konzentration der Transmitter Dopamin und Noradrenalin im synaptischen Spalt erhöht wird. Das wiederum sorgt für Wachheit, selbst wenn man müde ist, für eine innere Erregung und manchmal auch für eine höhere Motivation. Das hört sich natürlich erst einmal ganz gut an, aber dieser Zustand sagt noch nichts über eine messbare kognitive Leistungssteigerung aus. Und tatsächlich ist es so: Eine Pille, die dazu führt, dass man besser lernen kann, ist zumindest bis jetzt noch nicht gefunden worden – obwohl es inzwischen schon eine ganze Reihe Medikamente gibt, die zum „Gehirndoping" verwendet werden, zum Beispiel auch Antidementiva, Mittel gegen Demenz.

Forscher haben festgestellt, dass sich bei Menschen mit hoher kognitiver Leistungsfähigkeit die Testergebnisse sogar verschlechtern, wenn sie Stimulanzien zu sich nehmen. Eine Verbesserung ist nur bei Personen möglich, die sehr müde sind oder generell über eine eher geringe kognitive Leistungsfähigkeit verfügen.

Außerdem muss jedem gesunden Menschen, der Medikamente einnimmt, klar sein, dass es „keine Wirkung ohne Nebenwirkung" gibt. Stimulanzien führen häufig zu Schlafstörungen, Nervosität, Appetitlosigkeit und Kopfschmerzen. Es sind sogar schwere Nebenwirkungen wie Wahnvorstellungen, Psychosen und depressive Verstimmungen möglich.

Was aber noch schwerer wiegt: Sie können abhängig machen – und das führt zu einem nicht selbstbestimmten Leben!

Und noch ein Tipp am Rande: Auch Koffein erhöht nachgewiesener Maßen die Aufmerksamkeit und Wachheit. Wer keinen Kaffee mag, trinkt einfach 400ml Milch (nur wenn keine Milchunverträglichkeit vorliegt!), denn auch davon wird die Aufmerksamkeit verbessert.

Was man über ADHS/ADS wissen sollte

ADHS ist die Abkürzung für Aufmerksamkeits-Defizit-Hyperaktivitäts-Störung – aber was verbirgt sich dahinter?

Tatsächlich ist das gar nicht so leicht zu erklären, weil die Ausprägung dieser „Störung" von Mensch zu Mensch unterschiedlich ist. Es gibt auch Leute, die behaupten, dass es so eine Störung gar nicht gibt, sondern im Laufe des Erwachsenwerdens bestimmte Verhaltensweisen einfach auftreten, die von anderen als störend empfunden werden.

Betroffene können unter Konzentrationsstörungen, geringer Aufmerksamkeit, einem großen Bewegungsdrang und teilweise sozialen Problemen leiden. Bei ADS fehlt die Hyperaktivität, diese Menschen gelten meist als „verträumt".

Wodurch wird ADHS/ADS verursacht?

Auch dazu gibt es noch keine endgültige Antwort und nicht alle Forscher sind einer Meinung. Man geht inzwischen davon aus, dass es eine genetische, also vererbbare Komponente gibt, aber außerdem viele Faktoren, die von außen auf Menschen einwirken. Dazu gehören familiäre Bedingungen: Vernachlässigungen oder Stress zu Hause begünstigen das Entstehen von ADHS/ADS, positive Bindungserfahrungen hingegen schützen davor. Auch Umweltgifte, Bewegungsmangel und Reizüberflutung, etwa durch zu viel Fernsehen und Computerspielen, können zum Entstehen dieser Störung beitragen.

Dem Transmitter Dopamin kommt wohl eine entscheidende Bedeutung zu. Dopamin ist unter anderem für unsere Aufmerksamkeit und Lernfähigkeit zuständig. Bei Menschen mit ADHS/ADS ist die Verfügbarkeit dieses Botenstoffes im Arbeitsgedächtnis wahrscheinlich zu gering. Unser Arbeitsgedächtnis gehört zum „präfrontalen Cortex", das ist der Fachbegriff für den vorderen Bereich unseres Gehirns, der ungefähr in Stirnhöhe liegt. Das führt zu den Symptomen von verminderter Aufmerksamkeit und Lernfähigkeit, zumal diese beiden Dinge sowieso eng zusammengehören. Ohne eine gewisse Aufmerksamkeit ist es mit dem Lernen schwierig.

Dopamin ist noch in einem weiteren Bereich von wichtiger Bedeutung, nämlich in unserem Belohnungszentrum. Unser Gehirn ist in der Lage, sich selbst zu „belohnen", indem der Botenstoff Dopamin ausgeschüttet wird. Das ist wichtig fürs Lernen: Mit Ermutigung und Lob lässt es sich einfach viel besser lernen. Bei ADHS/ADS-Betroffenen scheint es ebenfalls zu Störungen des dopaminergen Systems im Belohnungszentrum des Gehirns zu kommen.

Warum ist eine richtige Diagnose so wichtig?

Mediziner gehen von drei großen Leitsymptomen aus, die sehr allgemein sind: Unaufmerksamkeit, Überaktivität und Impulsivität. Wie schon gesagt, ist die Ausprägung von ADHS/ADS bei allen Menschen unterschiedlich; dementsprechend schwer ist auch eine Diagnose, also die sichere Feststellung dieser Störung. Es gibt immer wieder Kritik, dass ADHS/ADS bei Kindern und Jugendlichen zu oft diagnostiziert wird. Verstärkt wird dieser Eindruck dadurch, dass die Diagnose bei Jungen fünfmal häufiger als bei Mädchen gestellt wird.

Kommt es zu der Feststellung der Störung durch einen Arzt, zieht das oft weitreichende Konsequenzen nach sich: Verhaltenstherapien und/oder die Einnahme von Medikamenten, meist der Wirkstoff Methylphenidat.

Bei der Einnahme von Methylphenidat wird die Konzentration der Botenstoffe Dopamin und Noradrenalin im synaptischen Spalt erhöht. Wenn Menschen an ADHS/ADS leiden, wäre demnach der Einsatz dieses Wirkstoffs durchaus sinnvoll, um den Dopaminmangel zu kompensieren.

Allerdings warnen einige Forscher davor, dass es keine zuverlässigen Langzeitstudien über die Einnahme von Methylphenidat gibt, also wie sich die Medikamenteneinnahme über viele Jahre auf ein sich entwickelndes Gehirn auswirkt. Denn nicht nur der Körper wächst und verändert sich, sondern natürlich auch das Gehirn. Dabei ständig in den Botenstoffwechsel einzugreifen, könnte zu Nebenwirkungen führen, die noch gar nicht absehbar sind. Daher muss man Kosten und Nutzen sehr genau gegeneinander abwägen. Erst wenn alle anderen Behandlungsmöglichkeiten ausgeschöpft sind und eine sichere Diagnose vorliegt, sollten Medikamente eingenommen werden.

Was sagt die Forschung zur Wirksamkeit von Medikamenten bei ADHS/ADS?

Bei der Abwägung, ADHS/ADS mit Medikamenten zu behandeln, sollte der tatsächliche Gewinn hinzugezogen werden. Auch hier sind sich die Forscher wieder nicht einig, daher haben sich einige die Mühe gemacht, eine große Anzahl bisheriger Studien noch einmal auszuwerten und zusammenzufassen, das nennt sich dann „Metastudie". In dieser Metastudie kamen die Wissenschaftler zu dem Schluss, dass die Einnahme von Methylphenidat Hyperaktivität und Impulsivität vermindern und die Konzentrationsfähigkeit steigern kann. Es hilft möglicherweise, die Lebensqualität der Betroffenen zu verbessern, allerdings gibt es dafür keine gesicherten Ergebnisse.

Einig sind sich die Forscher aber darin, dass die Einnahme von Methylphenidat zu Nebenwirkungen wie Schlafstörungen und Appetitlosigkeit führen kann. Gerade schlechter Schlaf ist für Kinder und Jugendliche mit ADHS/ADS gar nicht gut, denn das verringert die Aufmerksamkeit und Lernfähigkeit.

Was passiert, wenn man Methylphenidat einnimmt, ohne tatsächlich an ADHS/ADS zu leiden?
Das scheint tatsächlich keine gute Idee zu sein. Ein Forscherteam kam zu einem erschreckenden Ergebnis: Nehmen junge Menschen über einen langen Zeitraum Methylphenidat ein, kann das zu negativen Auswirkungen auf die Entwicklung des präfrontalen Cortex und zu bleibenden Verhaltensänderungen führen. Langfristig gesehen kann es zu Mängeln in der Verhaltensplastizität und im Arbeitsgedächtnis kommen, was sich auf das Leben insgesamt auswirken könnte. Die Plastizität, d.h. die Formbarkeit des Gehirns, ist für Lernvorgänge oder Entscheidungsfindungen enorm wichtig.

Quellen

[1] Brendler, M.: Die Trickserei mit den Pillen. In: Frankfurter Allgemeine Zeitung vom 03.02.2015

[2] Bohsem, G.: Zahl der ADHS-Diagnosen steigt deutlich. In: Süddeutsche Zeitung vom 08.06.2016.

[3] Bruchmüller, K.; Schneider, S.: Fehldiagnose Aufmerksamkeitsdefizit- und Hyperaktivitätssyndrom? Empirische Befunde zur Frage der Überdiagnostizierung. Psychotherapeut 2012, 57:77–89.

[4] Heyn, G.: Neuro-Enhancement. Doping fürs Gehirn. Pharmazeutische Zeitung online 2012, 11.

[5] Osterkamp, J.: Die Transmitterchemie stimmt nicht. In: Spektrum News vom 09.09.2009. URL: http://www.spektrum.de/news/die-transmitterchemie-stimmt-nicht/1007330 am 20.09. 2016.

[6] Quednow, B. B.: Neurophysiologie des Neuro-Enhancements: Möglichkeiten und Grenzen. Sucht-Magazin 2010, 36(2): 19-26.

[7] Urban, K. R.; Gao, W.-J.: Performance enhancement at the cost of potential brain plasticity: neural ramifications of nootropic drugs in the healthy developing brain. Frontiers in Systems Neuroscience 2014, 8: 38ff.

Babette Pribbenow wurde 1964 in Berlin geboren. Studium der Germanistik und Biologie an der TU Berlin, anschließend Promotion in der Neurophysiologie mit dem Arbeitsschwerpunkt Lernen und Gedächtnis.
Fortführung der wissenschaftlichen Forschung am Leibniz-Institut für Neurobiologie in Magdeburg.
Von 2000 bis 2017 an einem Oberstufenzentrum mit naturwissenschaftlichem Schwerpunkt tätig, anfangs als Lehrerin und später auch als pädagogische Koordinatorin. Nebenbei Durchführung von Fortbildungen für andere Lehrkräfte, vorwiegend im Bereich Neurodidaktik sowie Sucht und Gehirn.
2013 verwirklichte sie ihre Vision: Das Schülerforschungszentrum Berlin e.V., an dem Schülerinnen und Schüler eigene naturwissenschaftliche Projekte durchführen können.
Babette Pribbenow veröffentlichte zudem Fachartikel in wissenschaftlichen Zeitschriften. Im Herbst 2019 erschien ihr erstes Buch beim Kosmos Verlag: »Pepper Mint und das verrückt fantastische Forscherbuch«.

Autorenfoto: © Mary Cronos